U0522240

《潇湘奇观图》局部 （南宋）米友仁

《烟岚秋晓图》局部 （北宋）范宽

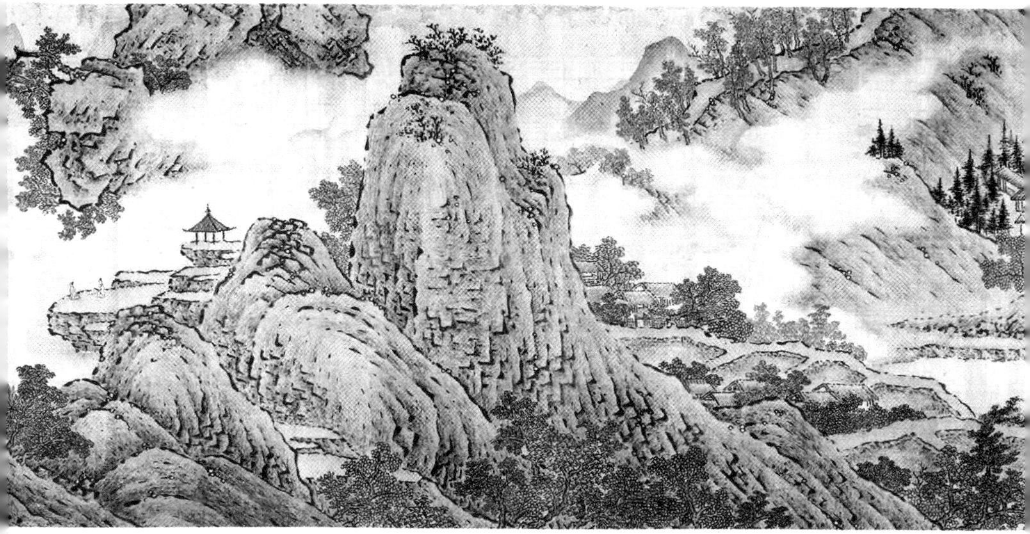

長夏山居詩興幽趣涼多在碧泉頭松陰滿地
凝空翠骨遙朱門檻㰀流 丁亥花朝再題
少梅陳雲彰

一邱一壑養生主聽松聽
水遣遺遊 少梅

《长夏山居图》 陈少梅

暗香疏影

在最美宋词里邂逅最有趣的灵魂

快乐人生老陈 著

中国纺织出版社有限公司

内 容 提 要

本书选取了十六位宋代杰出词人的作品，就其作品的创作背景、思想内容、文风以及作者的创作心境，进行了全方位的梳理和解读。读者在书中会邂逅这些有趣的灵魂——欧阳修、柳永、苏东坡、李清照……透过他们的词作领略宋词意境，感悟宋词之美。

图书在版编目（CIP）数据

暗香疏影：在最美宋词里邂逅最有趣的灵魂 / 快乐人生老陈著． -- 北京：中国纺织出版社有限公司，2023.12

ISBN 978-7-5229-1087-1

Ⅰ．①暗… Ⅱ．①快… Ⅲ．①宋词－诗歌欣赏 Ⅳ．① I207.23

中国国家版本馆 CIP 数据核字（2023）第 189622 号

责任编辑：刘　丹　　　特约编辑：周战衡
责任校对：王蕙莹　　　责任印制：储志伟

中国纺织出版社有限公司出版发行
地址：北京市朝阳区百子湾东里A407号楼　邮政编码：100124
销售电话：010—67004322　传真：010—87155801
http://www.c-textilep.com
中国纺织出版社天猫旗舰店
官方微博 http://weibo.com/2119887771
天津千鹤文化传播有限公司印刷　各地新华书店经销
2023 年 12 月第 1 版第 1 次印刷
开本：880×1230　1/32　印张：11
字数：225千字　定价：58.00元

凡购本书，如有缺页、倒页、脱页，由本社图书营销中心调换

自　序

有人说，好看的皮囊千篇一律，有趣的灵魂万里挑一。可惜，如今有趣的灵魂越来越少了。

流年寂寞，光阴清寒。在这严冬的季节，我唯有温一壶月光下酒，温暖久已迷惘的心灵。

突然，水银般的月色幻化出不同的场景，里面依稀舞动无数的身影，衣袂飘飘，仪态万千。

稍后，一人摇晃着倒在了杨柳岸边，一人竹杖芒鞋徐徐而行，一人在沈园的墙壁上疾笔而书，一人蓦然回首，深情地盯着远处的阑珊灯火。

还有一位纤细清瘦的人影，先是荡舟荷丛，继而倚门回首，最后在东篱独自一人把酒言愁。

那不正是柳永、苏轼、陆游、辛弃疾以及李清照么？

要说的人其实还有很多，有些清晰可辨，有些面目恍惚。

其实，我一个人都不识，只粗浅地了解他们的文字。那些文字，历经千年，至今仍散发出淡淡的墨香。

人生百态，即使一段相同的文字，唤起的内心感触也不尽相同。

有些人，稍稍几句，就心领神会；有些人，千言万语，也难引起共鸣。

　　大唐，是诗歌的顶峰，可惜年代过于久远。

　　再说，那轮鄜州夜月过于惨淡，那颗长河落日失去了光辉，那幅浔阳秋色寂寥清冷，那场巴山夜雨了无痕迹。

　　唯有一江春水，夜以继日，东流不息。

　　这浩荡奔流的春水里，洒下过多少行人的泪水，承载过多少苦愁怨恨，又汇聚过多少孤独的灵魂？

　　这些，只有余温尚存的文字给你答案。

　　那么，就让我们走进这些文字，领略词的意境，去接近一个个有趣的灵魂。

快乐人生老陈
2023 年 6 月

目录

第一章	"宰相词人"：**晏 殊**	1
第二章	一代文宗：**欧阳修**	13
第三章	将通俗进行到底：**柳 永**	29
第四章	只愿活在自己的世界里：**晏几道**	47
第五章	中国文学史上最可敬可爱的巨匠：**苏 轼**	59
第六章	老而弥坚：**黄庭坚**	101
第七章	忧郁的情歌王子：**秦 观**	113
第八章	很丑但很温柔：**贺 铸**	139
第九章	御用乐师：**周邦彦**	155

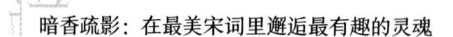

第十章	千古词后： **李清照**	171
第十一章	一曲《满江红》万里长空忠魂舞： **岳 飞**	199
第十二章	亘古男儿一放翁： **陆 游**	211
第十三章	内热外冷： **姜 夔**	227
第十四章	英年早逝的状元郎： **张孝祥**	247
第十五章	毕生不忘杀贼： **辛弃疾**	255
第十六章	"樱桃进士"： **蒋 捷**	295
附录1	花间鼻祖： **温庭筠**	301
附录2	情深语秀： **韦 庄**	311
附录3	千古词帝： **李 煜**	319
	后 记	333

第一章 『宰相词人』：晏殊

壹

我们一直以为,词是宋代的标签,是宋文化的名片。其实一开始,甚至很长一段时间,词这种形式不过是文人士大夫茶余饭后的消遣,是传唱于歌楼酒肆的靡靡之音,常被看作不务正业的雕虫小技,是断然登不了大雅之堂的。

君子立德修身,求取功名,关键还看诗赋文章。然而写诗、作文多半应一本正经苦吟推敲,这显然有违宋人开放风雅浪漫的心性。何况宋诗过分讲究理趣,于是越来越多的文人开始选择词这种随意自由的体裁,以此作为宣泄的渠道,抒发或快乐或失意的情感。

也许正是宋词偏重情感的表达,才导致宋诗走上了一条专讲理趣的枯燥刻板之路,继而失去了诗歌本应具有的情趣和魅力。但正经文人或者以道学家自居的那些精英阶层终究还是排斥词这种通俗的文学形式。所以,寇准、范仲淹等都只是"浅尝辄止",偶尔试水,绝不会花大精力沉溺进去。

只有晏殊,才是宋词发端的奠基式人物。这不仅得益于他过人的才情,还归因于他位高权重的政治地位。既然宰相都好这一口,天下人自然群起响应,纷纷效仿。于是填词终于成了一种引领时尚的潮流,再想禁止为时已晚了。

晏殊(991—1055)字同叔,抚州临川(今江西进贤县)人。

晏殊少而聪颖,才思敏捷,5岁即能作诗,素有"神童"美称。

14 岁的他入殿参加考试时,神态自若,很快就完成了答卷。当时的皇上宋真宗龙心大悦,即赐同进士出身。

据说当时贵为宰相的寇准有些酸意地提醒真宗说:"晏殊是南方人。"真宗反诘道:"张九龄不也是南方人么!"对寇准地域性的歧视,我们不加评论。不过,我们不得不佩服他敏锐的洞察力,在这个年轻新进的小小躯体里就察觉到了惊人潜力。

果然,在随后的一次诗赋考试中,晏殊一看题面就交了白卷,解释说这些题早就烂熟于心,奏请皇上换题再做。他的坦率真诚、过人的才华和自信深受真宗赞赏,于是一路青云,到仁宗朝时众望所归,坐到了宰相的位置。

晏殊工诗善文,词方面的成就尤其突出,有"宰相词人"的美称。据说他一生写了一万多首词,可惜大部分已散失,仅存《珠玉词》136 首。

他的词都是短副小令,大都语言明静,清丽自然,秀雅精致。晏殊极为重视自然物象的内在神韵,往往在借景抒怀中融入自己的人生感悟,哲理性思辨是他作品的特色之一。他不仅是北宋婉约词风的开路先锋,也是江西词派的领袖。

下面请欣赏他的作品。

贰

浣溪沙

一曲新词酒一杯,去年天气旧亭台。夕阳西下几时回?无可奈何花落去,似曾相识燕归来。小园香径独徘徊。

听一曲新词,喝一杯清酒,看到的是和去年一样的天气与旧时的亭台。可夕阳西沉何时才能转回?

繁华落尽,令人无可奈何;看着似曾相识的归燕,一个人在幽香四溢的园内小路上,独自徘徊。

突然一丝悔意掠过心头。

那么隽永的词句,那么深婉的意蕴,一经翻译意境全无,形如白开水一般淡而无味。

事实上,小令反映的内容并不复杂,即自然界的一切都有其不可抗拒的生物规律:花儿谢了还会再开;太阳西落翌日又会东升;春天走了明年还会降临,惟有消逝的光阴和人生岁月不会重来。

于是,看着亭台、夕阳、落花、归燕,词人在深深的眷恋和无可奈何的失落中,怅惘不已。然而作者的高明之处是,在伤春惜时的同时,融进了自身对宇宙人生的深思。

可以相信,自然界的花开花谢,人间的悲欢离合,一样会使他性情摇曳,悲喜交替,但晏殊从不会失去内敛恬静以及温润圆融的那份风度。

他的作品常弥漫着一丝若有若无朦胧隐约的闲愁，但总是淡淡的。他绝不会以杜甫号寒啼饥的姿态吼出"安得广厦千万间"之类的愤激之句，也不会像被一贬再贬的秦观带着哭腔唱出"郴江幸自绕郴山，为谁流下潇湘去"这般幽怨之声。

他时刻懂得节制和反省。毕竟是一朝宰相，举手投足间自带一种雍容华贵的富贵气象，多年中枢位置的历练更让他对世故人心熟稔，因此，他的气质更多偏于理性。

他的词，没有后来那些词作者惯有的羁旅愁苦和儿女情长，主题表达的大都是人生共有的无奈，即使偶有喟叹感伤，在他那儿也只是蜻蜓点水般，稍纵即逝。他的优雅、节制和从容，不允许他泛滥自己的情感。

记得25年前第一次去巴黎，导游拿着喇叭充满激情地说了一句开场白：欢迎各位来到香喷喷、软绵绵、甜丝丝的巴黎。

几年前我初读晏殊的这首《浣溪沙》时，突然有种似曾相识的感觉，我知道，它触动了我心底深处那份遥远而柔软的记忆。

如今再读，深诵，却有了进一步的认识。

与巴黎不同的是，晏殊的词风香而不艳，软而不俗，甜而不腻，意蕴悠长，令人百读不厌。而巴黎，这座曾经的艺术风尚之都，这座曾经风情万种的城市，如今的魅力不复从前。

幸运的是，这座城市曾经吹响过大革命的号角，孕育过无数艺术家的灵魂，而这些高贵的灵魂，至今仍飘荡游弋在灿烂的星空，俯瞰着大地，不时吐出微弱却迷人的气息。

这气息从西方一路逶迤至东方，与盘旋在华夏大地上空、由晏殊等一系列古圣先贤发出的气息碰撞、交回、融合，最终涡旋成一股强大的气流，不断冲击和滋养着国人的心灵。

因此，我要真诚地说一声：谢谢这些不朽的灵魂。

叁

浣溪沙

> 一向年光有限身，等闲离别易销魂。酒筵歌席莫辞频。
> 满目山河空念远，落花风雨更伤春。不如怜取眼前人。

人生有限，时光易逝，无端的离别最易使人伤悲，因此难得的聚会，能借酒消愁，切莫频频推辞。

山河辽阔，亲友何处？风雨无情，吹落繁花，更让人起了伤春之情。也罢，还是好好珍惜眼前的人！

这首词是晏殊《珠玉词》中的代表作。

现代词学家孙人和先生认为其中的两句"满目山河空念远，落花风雨更伤春"较"无可奈何"之语胜过十倍，我认为稍有夸大之嫌。

不过，这过片两语，气势恢弘，意境莽苍，笔力雄劲处尽显刚柔相举之美，倒是晏殊作品中少有的气象。

但要说这首词的"词眼"，自然应该是"不如怜取眼前人"。

人生短暂，落花无情；世事无常，意外丛生。如果一味在伤春别怨、悲欢离合的愁绪中纠结且不能自拔，不但于事无补，只会增添更多的怨恨。因此除了要有罗隐"今朝有酒今朝醉，明日愁来明日愁"这种不管不顾的态度，以及韦庄"遇酒且呵呵，人生能几何"的洒脱，还应立足当下，紧紧抓住稍纵即逝的每一个机会，珍惜眼前的亲人（友人、爱人），从而享受现实的快乐和幸福。

我想，这才是晏殊真正想要表达的主题，也是他一以贯之的生活态度。

"不如怜取眼前人"，源于唐传奇《莺莺传》中的诗句"还将旧来意，怜取眼前人"，说的是张生对莺莺始乱终弃最后又想重续旧好的故事。张生后来又一次经过莺莺的家门，旧情复燃，请求以表兄身份相见。崔莺莺不允，并传一首小诗以示决绝之意，最后两句便是"还将旧来意，怜取眼前人"，希望张生善待珍惜他如今的妻子。

早知如今，何必当初？

幸福是什么？

或许幸福就在当下，在一草一叶上，在一粥一饭间，在晨露霞光中，在清风明月里。

有些人能从最素朴最平淡的真实里感受幸福，哪怕熙攘街市擦肩而过的陌生人的一个微笑，哪怕糟糠之妻为你的一次披衣。

可现实里，太多的人总在滚滚红尘里流连打滚，在名利的海洋中起起浮浮，只为打捞那些虚幻而华丽的梦，独独忘了一生默默相随、无怨无悔的身边人。

肆

清平乐

红笺小字,说尽平生意。鸿雁在云鱼在水,惆怅此情难寄。

斜阳独倚西楼,遥山恰对帘钩。人面不知何处,绿波依旧东流。

精美的红色信笺上写满了思念和爱慕的小字。鸿雁飞翔云端,鱼儿游弋水中,却难以传递我满腹惆怅的情思。

斜阳中我独自倚楼眺望,远处的山峦恰好正对窗户,遮住了我的眼眸。如花般的人儿今在何方?眼前惟有碧绿的春水,依旧东流。

鸿雁这个意象,在我国古代诗词中出现的频率很高,它通常有三种含义。

第一,即鸿雁传书或"雁足传书",来源于《汉书·苏武传》。说的是苏武被困匈奴,因宁死不屈、不降而最终被流放至今天的贝加尔湖一带放羊,汉朝几次派使者前去交涉,对方以苏武已死屡屡搪塞。后来有位使者心生一计,当面责备单于说:"我们皇上在上林园射下了一只大雁,大雁的脚上拴着一条绸子,是苏武亲笔写的一封信。他说他在北海放羊。您怎么可以骗人呢?"单于听了大惊失色,说:"苏武的忠义都感动飞鸟了!"他连忙向使者道歉,随后答应一定送回苏武。

苏武出使匈奴时正当盛年，刚刚40岁，放还时已经59岁了。

第二，鸿雁是一种候鸟，随季节变换而南北迁徙：南飞止于衡阳，北飞止于大漠。更多的时候总与茫茫大漠联系一起，比如王维就有"征蓬出汉塞，归雁入胡天"之句。

第三，表达男女间情深意切的相思爱恋甚至殉情之意，所以金代文学家元好问有"问世间，情是何物，直教生死相许"的曲子。

鱼作为信使的说法最早见于东汉蔡邕的《饮马长城窟行》，其中几句为"客从远方来，遗我双鲤鱼。呼儿烹鲤鱼，中有尺素书"。后来秦观在《踏莎行》中就有"鱼传尺素"的精彩演绎。当然，并非真的是把鱼肚剖开，塞进书信，而是将信匣做成鱼的形状而已。

说得有点远。

不过，晏殊的作品无须多费言辞。此刻，我们只需沉浸在红笺、鸿雁、斜阳、遥山、人面、流水等一个个隐含离愁别怨的物象中，闭目思量，感悟作者淡淡的忧伤以及婉曲细腻的心思。

但晏殊总有一种收束化解愁绪的本事，绝不会怨声载道自乱方寸。

什么叫适可而止？什么叫收放自如？什么叫大家风范？都在晏殊儒雅洒脱的气质里。

是的，永远是淡淡的，甚至在娴雅中还透出一份从容，这就是晏殊作品的艺术特色。

伍

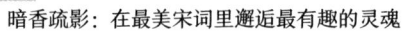

蝶恋花

槛菊愁烟兰泣露,罗幕轻寒,燕子双飞去。明月不谙离恨苦,斜光到晓穿朱户。

昨夜西风凋碧树,独上高楼,望尽天涯路。欲寄彩笺兼尺素,山长水阔知何处!

清晨,栏杆外的菊花蒙上一层惨愁的烟雾,兰花带露好似哭泣的点点泪珠;罗幕内透出的丝丝寒意,逼得燕子双双飞去。明月却不懂离别之苦,直到拂晓仍将清光遍洒进窗户。

昨夜西风惨烈,吹得绿树凋残;我独自登上高楼,望尽消失在天际的道路。想要给心上人书信一封,无奈山重水复,不知他(她)身在何处?

这是晏殊词作中我最喜欢的一首:婉约幽曲兼具豪迈沉郁,情致深远又显苍茫寥廓。

清秋时节景物的萧瑟、天气的寒凉,本就令人不堪,双飞离去的燕子更让人倍感孤独,偏偏明月此刻还不解人事,仍将一片银辉径直洒进原本弥漫着缕缕寒意的屋中。

怎一个愁字了得!何以解愁?或者只有心中的他(她)才能消解这般闲愁。

于是主人翁不仅回忆起昨夜独上高楼的情景，只是即便望断天涯，也难觅踪影；就算想鸿雁传书，也不知对方的地址。

望而不见，寄无着落，可以想象，相思的愁绪只会更甚更深。然而，作者并没继续展开，词就在这渺茫无托的怅惘中戛然而止。

奇妙的是，在感同身受的境况中，我竟然还感受到一种悲壮的情绪在胸臆间滋生、跃动，似乎有一种不达目的不罢休的气概翻涌而出。

我想这也是王国维先生把"昨夜西风凋碧树，独上高楼，望尽天涯路"这三句列为人生三大境界之一的原因吧。

其实，每个人因为个性、阅历、学养以及所处的位置，都可能有不同的解读。

有的伟人站得更高，看得更远，因而也更能看透事物的本质。

而我，一介平民，自然没有那么宏大的感悟，只能凭自己有限的见识对作品进行诠释。虽说难免有失之偏颇、隔靴搔痒之嫌，但我绝不会妄自菲薄。

我之所以不自量力来解析古诗词，一来因为实在迷恋老祖宗给我们留下的这些艺术瑰宝，二来是想给后代子孙留点念想，最重要的是，想通过自己对人生、社会、历史的解读、理解来感悟这些艺术家当时的所思所想，尽最大能力去接近他们一个个高贵的灵魂。

毫无疑问，这对于我是极大的挑战，然而其间也充满了无限的乐趣。因为，我完全可以按照自己的内心，自由地诠释、任性地抒情，没有人能剥夺我这一家之言的正当权利。

不是吗，连王国维这样的国学大师在解析完上述三句后也自嘲地

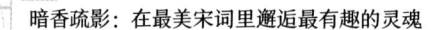

说:"以此意(三种境界)解释诸词,恐为晏、欧(实为柳永)诸公所不许也。"

王公如此,何况我一介小民?

第二章 一代文宗：欧阳修

壹

重情重义固然让人尊重，痴情亦能博人同情，滥情却往往遭人讨厌，如果是乱情，那就令人鄙视不齿了。而欧阳修正是因为一桩风流公案遭遇了人生的"至暗时刻"。正是这次败诉，他才被贬滁州，留下了经典名篇《醉翁亭记》。

好在欧阳修有一支生花妙笔，好在他风流得彻底，好在他有美酒相伴，好在他一直以来对生活的悲喜始终抱着一种驱遣、赏玩的态度，因此政敌的攻讦，守旧派的压制，终究没有击垮"醉翁"的意志，没有影响他悠游山水、诗酒人生的好心情。相反，自滁州后他的仕途生涯一路顺遂，最后得以安享晚年，寿终正寝，活了六十六岁。

而我想说的是，风流何止是欧阳修一个人的标签，它其实也是整个宋朝尤其北宋一代的标签。

当然，欧阳修的风流故事真实性如何，有兴趣的朋友可以去考证。我们接着说他的这篇《醉翁亭记》。

有别于韩愈的雄肆、柳宗元的峻切，欧阳修的文笔简约通达，平易晓畅又圆融轻快，字里行间浓缩了滁州秀美的山水风光以及作者与民同乐的思想。

他这种平易近人的文风，或者说由他领导推行的北宋古文运动，结束了骈体文长久以来的统治地位，为以后的历朝历代提供了一种便于论事说理、抒情述志的新型古文。

第二章 一代文宗：欧阳修

由此，欧阳修也成为一代文章宗师，跻身于千古文章四大家之列（韩愈、柳宗元、欧阳修、苏轼）。

欧阳修还是一位卓有成效的史学家，曾与"红杏尚书"宋祁等合著过《新唐书》，独自编撰《新五代史》。中国的二十四史，两史均与他相关，这在史学领域绝对是了不起的伟绩。

相对而言，欧阳修诗词方面的成就不如他的文章。作为宋初的婉约派代表，一方面他承继了李煜、冯延巳的词风，更加注重词的抒情功能，进一步用词抒发人生的自我感受。另一方面，他积极汲取民歌精华，使得词风更加通俗化，一定程度上影响了人们的审美情趣，从而与后来的柳永词遥相呼应。

另外值得一提的是，虽说欧阳修为官一生，政绩平平，但是名副其实的伯乐。他眼光高远，胸怀广阔，相继推荐过苏轼、苏辙、曾巩等文坛巨匠，以及张载、程颢、吕大钧等旷世大儒；他一生桃李满天下，包拯、韩琦、文彦博、司马光、王安石等都得到过他的激赏与提点。

几乎可以这样说，是他一人奠定了宋代文化盛世的基础。

接下来请欣赏他的作品。

贰

生查子

去年元夜时，花市灯如昼。月上柳梢头，人约黄昏后。
今年元夜时，月与灯依旧。不见去年人，泪湿春衫袖。

元夜：元宵之夜。

甚至，连上面的"元夜"两字，我都不想注释。因为这首词实在太过浅直平易了，连孩童一看，都能马上理解、领会。

然而真正好的作品，如果撇开政治或思想内容，在艺术上必有过人之处。洗尽铅华后的自然、朴素、简洁和凝练无疑是所有艺术技巧中最重要的元素。不仅如此，真正优秀的经典一定是那些让人感同身受但又无法确切表达的作品。

譬如，我们大都有过中秋赏月的经历，但很难写出"举头望明月，低头思故乡""海上生明月，天涯共此时"这般看似白话却意蕴深长的诗句；我们无不向往悠游闲适的山水田园生活，但即便有一天真正亲近了田园山水、花鸟鱼虫，也难歌吟出"月出惊山鸟，时鸣春涧中"这种充满诗情画意的旋律；我们无数次经历过春风细雨的滋润，但终究无法吐出"夜来风雨声，花落知多少""随风潜入夜，润物细无声"此类清淡语言。

究其原因，是大多数人不但欠缺敏锐的观察力，还由于自身学养不够，只好拼命堆砌文字，故作高深之语，却最终落入花哨、空洞的泥潭里了。

由此看来，干净、简练甚或拙朴显得尤其可贵。而本词作者欧阳修做到了。

我始终认为真正优秀的经典诗词只能意会而无须言传，就如这首《生查子》。"月上楼梢头，人约黄昏后"是大多数青年男女相恋时体验过的一种温馨浪漫的情景。

只是请大家记住，一定要珍惜你生命中出现的那个爱人，如若不然，最后的结局很可能是"人面不知何处去，桃花依旧笑春风"，那时，"泪湿春衫袖"又有何用？

有部分学者讹传《生查子·元夕》为朱淑真《断肠集》作品，并以此批评朱氏有失妇德，我认为不可采信。不可否认，朱淑真有创作此词的动机和可能，但文笔功力以及词风特点毕竟与欧阳修相差甚远。

踏莎行

候馆梅残，溪桥柳细，草薰风暖摇征辔。离愁渐远渐无穷，迢迢不断如春水。

寸寸柔肠，盈盈粉泪，楼高莫近危阑倚。平芜尽处是春山，行人更在春山外。

旅舍外的梅花已然凋败，溪桥边的细柳轻垂。和煦的春风送来青草的芳香，而你正策马扬鞭奔向他乡。目送你渐行渐远的背影，止不住的离愁就像春水般遥远而漫长。

分手后，我常常柔肠百结，珠泪暗淌。多少次想登高远望，却怕触景情伤：因为极目远眺，虽说可见绵延的芳草地外的青山，而你，更在渺远青山的另一旁。

以乐景写哀情，由实景至想象，作者采取实中寓虚、化虚为实等艺术手法，将一腔离愁表现得淋漓尽致。小令语淡情深，意境悠远，确实算得上婉约词中的杰作。

早春时分，梅花飘雪，杨柳堆烟，春风花草香。可在这融和明媚的春色中，他却要辞别深爱的女子，独自踏上征程，远赴他乡。

溪桥边，她有没有折柳相赠？他是异地求学还是省亲后要返还朝堂？我们不得而知，只知道他走得决绝，空留下她，在桥的这头张望，同时把无穷尽如春水般的离愁留给了她！他走后的日子里，她终日以泪洗面，柔肠寸断；也曾想要登高瞭望，可除了辽阔的芳草连连，就是芳草尽头横亘无际的丛丛山峦，哪里还有他的影踪？

这是欧阳修的早期作品。

肆

渔家傲

花底忽闻敲两桨，逡巡女伴来寻访。酒盏旋将荷叶当。莲舟荡，时时盏里生红浪。

花气酒香清厮酿，花腮酒面红相向。醉倚绿阴眠一饷，惊起望，船头阁在沙滩上。

花底深处忽然传来两声桨响，不多时便有女伴前来寻访。她们采摘荷花当酒杯，小舟摇荡，"杯"中的酒映着荷花，泛起层层红浪。

花的清香与酒的醇香交织在一起，花的红晕和粉红的脸庞交相辉映在"酒缸"。醉了也无妨，正好借荷叶绿荫躺一晌。一觉醒来抬头望，原来船头搁浅在了沙滩上。

这首词的起、承、转、合，脉络是如此清晰，层次是那么井然，加上风格清新，音韵和谐，所有这些，都让我情不自禁地一再吟诵，思绪也飞到了千年前的那个荷塘……

好一幅江南水乡的姑娘们泛舟采莲时喝酒嬉戏的风景画！

不知是作者大胆的想象营造出的意境，还是亲眼看到了这样活色生香的图画？

不错，之前也曾有过荷叶当杯的描写，如北齐殷英童《采莲曲》中有"莲叶捧成杯"之句，唐戴叔伦《南野》云"酒吸荷杯绿"，白居易《酒熟忆皇甫十》也有"寂寥荷叶杯"之说,等等。但生活中,我几乎从没见过如此生动有趣的场景,我们偶尔一见的至多是"游女带香偎伴笑,争窈窕,竞折团荷遮晚照"这样的画面。

记得有一次,我亲眼看见我的姐姐和村上的几位少女撑着一叶小木舟在离家不远的荷塘里穿梭、采莲。那时的河水清澈,碧波荡漾。初秋的阳光还有些炙热,只见姐姐们争相采摘最大的荷叶,相互嬉笑着戴到同伴的头上……

然而,欧阳修笔下的姑娘们竟然还能在采莲的余暇,摘荷作杯,喝酒至醉,醉后酣眠于荷花丛中,全然不知她们的小舟随波逐流搁浅到了沙滩上,这些可爱的丫头!

伍

渔家傲

近日门前溪水涨,郎船几度偷相访。船小难开红斗帐,无计向,合欢影里空惆怅。

愿妾身为红菡萏,年年生在秋江上;重愿郎为花底浪,无隔障,随风逐雨长来往。

这是一首情歌,表达了一位采莲女对美好爱情的期待和向往。开始的旋律有些婉转清幽。

略带一丝羞怯中,姑娘切切如私语般哼唱道:因为近日溪水上涨，情郎才有机会划船前来偷偷相访。只是船小得搭不开帐篷，所以欢爱好合的愿望没有实现。两人无可奈何看着水中并蒂而开的莲花，心中充满了无限的惆怅。

这时，旋律转为低沉、滞塞，歌声也渐渐消停。真所谓"别有幽愁暗恨生，此时无声胜有声"，这不，几秒钟后，旋律突然再起，而且清越激昂，荡人心怀。

只听姑娘大声咏叹道：自己情愿做一朵年年生在秋江上的荷花，希望情郎就是那荷花下回绕不息的波浪，这样他们就可以相互依偎、毫无阻隔，就可以随风逐雨长相来往。

多么真诚直率的表白，多么大胆执着的爱情宣言，多么热烈奔放的生命赞歌！

写到这里，我心中不禁产生一个疑问，那就是，一千年后的中国女性，与宋初的妇女相比，是否更自在、从容，是否更潇洒、大胆？

毋庸置疑，从受教育的程度、就业的广泛以及话语权方面综合考虑，今日女性的地位是大大提高了。但如果仅从对生活的态度，对感情的追求以及审美情趣方面看，今天的女性未必一定更加开明、雅致而富有情趣。因为宋时经济的繁荣和开放势必让女性有了更多介入社会的机会，生活的富足、安逸也足以使她们开始关注自身心灵的需要，直至发出切实的感情呼唤。

但此刻，我们只须张开想象的翅膀，想象那对情人在狭小的木船上执手依依互诉衷肠的温馨画面。

陆

浪淘沙

把酒祝东风,且共从容,垂杨紫陌洛城东。总是当时**携手处,**游遍芳丛。

聚散苦匆匆,此恨无穷。今年花胜去年红。**可惜明年花更好,**知与谁同?

手持酒杯在东风中祝祷:愿春光常驻,别匆匆就走。我们正好可以沿着洛阳东郊垂柳婆娑的大道,重温去岁携手遍游姹紫嫣红的惬意和快乐。

相聚总是短暂,离别更让人怅恨苦痛。今年的花红胜过去年,估计明年的花儿开得更艳,只是不知道那时和谁一同畅游?

小令写得疏隽深婉,情真意切,让读者感慨之外,更有一丝淡淡的忧伤萦绕心间。现代红学家俞平伯之父俞陛云在他的《宋词选释》中这样评价这首词:"因惜花而怀友,前欢寂寂,后会悠悠,至情语以一气挥写,可谓深情如水,行气如虹矣。"此当为至评。

很显然,这是一首伤春惜别之作,内容意蕴几乎与叶清臣的《贺圣朝》一样,都是对春光易逝,人生聚散无常的感慨。甚至,两首词的结尾都大同小异。"不知来岁牡丹时,再相逢何处?"所谓年年岁岁花相似,岁岁年年人不同。

光阴流转不停，季节更迭依然，花开花谢照旧，然而对于人类而言，现实往往是今非昔比物是人非。正因为人生漂泊不定，聚少离多，所以作者更加珍惜与友人在一起度过的点滴时光，希望以此慰藉别离之苦带来的心灵伤痛。

欧阳修入仕不久在洛阳留守钱惟演府中做推官时，与同为僚属的尹洙以及河南县主簿梅尧臣常切磋诗文、饮宴游乐，相得甚欢，结为至交。

据说钱惟演对这几位青年才俊极为欣赏、宽容，甚至到了纵容的地步。这也使得欧阳修等人过了几年相对安逸、轻松甚至有些放浪的生活，并有更多的时间研习古文，从而奠定了厚实的文学基础，这几年也成了欧阳修生命中最美好的回忆之一。

后来他被贬湖北宜昌当县令时，还写过"曾是洛阳花下客，野芳虽晚不须嗟"这般充满深情又旷达洒脱的诗行。也是，曾经在洛阳享受过那样绚烂的青春，这一生还有什么遗憾？

柒

蝶恋花

庭院深深深几许？杨柳堆烟，帘幕无重数。玉勒雕鞍游冶处，楼高不见章台路。

雨横风狂三月暮。门掩黄昏，无计留春住。泪眼问花花不语，乱红飞过秋千去。

庭院深邃幽闭，那儿杨柳丛丛，堆烟叠雾；那儿帘幕重重，不可胜数。可他乘着宝马香车终日游荡，不知在哪里风流快活？我登上高楼，仍望不到他寻花问柳所经之路。

三月暮春，雨大风狂，黄昏时我掩上房门，叹息没有任何办法将春色留驻。噙着泪水问花如之奈何，花儿非但没有作答，反而随风飘落过秋千去。

吟诵欧阳修这首意境幽美、情思绵邈的作品，让我一下联想到南唐冯延巳的《蝶恋花》。"几日行云何处去？……百草千花寒食路，香车系在谁家树？"

几乎差不多的内容，相同的牵挂和怨情：男人的风流浪荡一如既往，思妇的幽怨、痴情如出一辙，甚至连文笔都如此相似。怪不得晚清著名学者、文艺批评理论家刘熙载在他的《艺概·词曲概》中说："冯延巳词，晏同叔得其俊，欧阳永叔得其深。"

李清照也十分喜爱上述作品，尤其迷恋"深深深几许"之句，据说她还模仿写了"庭院深深"数阕词作。

高墙大院内，自当是锦衣玉食、琴棋书画式的富足安逸和优雅怡然的日子。然而，我们的这位女主人翁过得并不幸福。

在她眼里，此刻的高墙深院和重重帘幕无疑是层层枷锁，不仅限制了她的身体，也禁锢了她的心灵。

或许她的要求并不高，只希望那个他能在家多陪伴一会，重温昔日缱绻缠绵的爱意。可他却不管不顾径自逍遥去了，空留下她一人，在无尽的孤独中吞咽寂寞、品咂空虚。

时值暮春，三月的迅风疾雨无情地肆虐，催送着残春，何尝又不在催走她如水的芳华和青春的容颜！想到这里，她柔肠百结、心痛欲裂，双眼不自禁地噙满了泪水。不过，此刻的她还没失去希望。

泪光莹莹中，她轻声细语询问院中的花儿，一切为何如此？谁知，刚刚被风雨摧残的花儿也默然无语，甚至随风翻飞，一会就飘过秋千，落英满地。那秋千，曾见证过她和他几多甜蜜欢快的时光啊。然而，这次，它也同样见证了她与乱红一样憔悴枯萎的命运。

她终于陷入了绝望……

这首词，情景交融，铺排有序，自然浑成，尤其意境更是深远悠长，确实是欧阳修最有名的代表作之一，也是婉约词中不可多得的佳品。而结句"泪眼问花花不语，乱红飞过秋千去"更是"有我之境"（王国维语）最上乘的例句。

事实上，大多数人的写作风格也都更近于"有我之境"：即融入自己的主观感受，不可避免地带上感情色彩。只不过普通作品很有可能陷入单纯的宣泄甚至无病呻吟的状态中，乍一看感情丰沛、文笔优美，但极易流于虚夸浮艳，缺少真正撼人心魄的力量。

当然，"有我之境"与"无我之境"并非有高下之分，真正的大家，完全能在两种境界中自然游走驾驭自如，就譬如陶渊明、"李杜"以及欧阳修、苏轼等千古文豪。

其实，欧阳修最有名的两句词是《玉楼春》里"人生自是有情痴，此恨不关风与月"，写的是他西京留守推官任满，离别洛阳和众好友话别时生出的万千感慨。全篇如下：

> 尊前拟把归期说，欲语春容先惨咽。人生自是有情痴，此恨不关风与月。
>
> 离歌且莫翻新阕，一曲能教肠寸结。直须看尽洛城花，始共春风容易别。

风月花草本无心，是人赋予了万物情感，才有了爱恨情仇，有了苦乐悲喜。

说到底，一个人，纵使兰心蕙质，悟性极高，也抵不过情劫一次。情涛爱浪的威力，足以让最聪明的人瞬间变得糊涂，分不清南北东西。

只是这次在欧阳修内心掀起的情涛巨浪，与风流无关，尽管风流在欧阳修身上成了一辈子都无法揭下的标签。

那时他还年轻，面对离别，如何做到从容淡定？何况他本就是重情重义的至真至性之人。想到筵席一散，故人将策马扬尘各奔东西，欧阳修再难控制自己的情感，以致举杯拟把归期说，却未语先哽咽。阳关三叠哀婉悱恻，他知道，霸陵之柳又将少去几枝。

然而，欧阳公毕竟是个智者，他终究战胜了自己的脆弱，于是语调一转，随即吟诵出"直须看尽洛城花，始共春风容易别"这般洒脱豁达之句。

虽说仍有不舍、眷恋，但只要看尽了繁花，自当可挥手与春风从容道别。

离散聚合无处不在，身在红尘，又怎能遍尝悲欢、享尽好事？所以，所有的喜怒哀乐和人事际遇都与风月无关。"'风乍起，吹皱一池春水'，干卿甚事？"李璟当年早就调侃过冯延巳。

那么畅饮后，就潇洒地转身而去吧，因为过往的一切早晚只是故事。

就这样，原本蒙上感伤色彩的离别愁绪，在理性的引领下，一下转变成俊逸高朗的格调，在豪放中不乏淡然沉着之致，在豪放中尽显疏朗飞扬之意。

而这，或许才是欧阳修作品风格乃至他个性里最大的特色。

第三章 将通俗进行到底：

柳永

壹

每个时代都有文化符号,这些符号通过漫长的沉淀积累,在历史的长河中几经冲刷筛选,得以将真正的精华留存下来,形成各具特色的时代特征并传诵千古,光耀万世。比如汉赋唐诗,或者宋词元曲等。

艺术来源于生活,并高于生活。这话说说容易,做到却极难。

古往今来,只有真正的艺术大家才做到了这点。柳永就是其中为数不多的一位,且他活着的时代,其作品就已深入人心,为百姓喜闻乐见并传唱不息。

柳永,约生于984年,原名三变,因排行第七,亦叫柳七,崇安(今福建武夷山)人。

柳永出身官宦世家,一生意在功名,未料时运不济,自25岁开始参加科考,连续四次名落孙山,直到50岁那年才进士及第。之后宦海沉浮,辗转外地,始终不过低级官吏而已。临近古稀,他才终于得到了屯田员外郎,从六品(相当于现在的国家粮食和物资储备局副局长)的位置,故又称柳屯田。

此君与传统的文人士大夫格格不入,不附权贵,狂浪不羁,专喜与教坊乐工以及民间音乐人士交往,最大的爱好是去秦楼楚馆采风,以获取第一手的创作素材。他的作品贴近生活,贴近百姓,尤其将青楼女子那种哀怨愁苦刻画得生动贴切,大受市民阶层和广大歌姬的喜爱。

柳永步入词坛不久,便风生水起,声名远播,这让一些传统的卫

第三章 将通俗进行到底：柳 永

道士和文化名流大为紧张，那些人便在皇帝面前极尽诬陷百般挑拨。

但不得不承认，柳永是第一位对宋词进行全面革新的词人，也是宋朝创用词调最多的词人。他承继了民间流行的俗曲慢词，扭转了前人只填小令不写慢词的风气；他将敷陈其事的赋法移植于词，同时充分运用俚词俗语，对宋词形式的拓展产生了深远影响。

本章节，我将系统梳理柳永的多首经典，下面让我们一起重温。

贰

望海潮

> 东南形胜，三吴都会，钱塘自古繁华。烟柳画桥，风帘翠幕，参差十万人家。云树绕堤沙。怒涛卷霜雪，天堑无涯。市列珠玑，户盈罗绮，竞豪奢。
> 重湖叠巘清嘉。有三秋桂子，十里荷花。羌管弄晴，菱歌泛夜，嬉嬉钓叟莲娃。千骑拥高牙。乘醉听箫鼓，吟赏烟霞。异日图将好景，归去凤池夸。

杭州地形优越，风景优美，又兼三吴都市，一直以繁华富庶闻名天下。如烟的杨柳、精致的画桥，以及各式各样的竹帘翠幕，隐约错落着十万人家。如云的树木环绕着沙堤，怒吼的海潮卷起白雪似的浪花，还有壮美的钱塘江无边无涯。市场上到处陈列着珠玉珍宝，家家户户存满绫罗绸缎，众人都在争比奢华。

西湖的山光水色秀美多姿，冠绝华夏：那儿有三秋桂子，十里荷花；晴天羌笛悠扬，夜来菱歌声声，湖中有闲适的钓翁以及兴高采烈的采莲姑娘。突然，由上千名骑兵簇拥着高官的仪仗队巡游而来；只见他微醺中听着箫鼓管弦，继而吟诗作词，赞赏着眼前的水色山光。最后他决定，日后定把这美好的景致描绘，回京时好向朝中的同僚夸一夸。

婉约词大多表现离愁别恨、男欢女爱等情感题材，但柳永上面的这首《望海潮》全无婉约柔靡之态和小家之气，相反倒更多了些豪放雄壮之风。这就不得不让我们看看作品的创作背景。

1002 年，柳永 18 岁，正是青春年少意气风发的时候。

这年，他打算入京参加礼部考试，于是从钱塘出发。途径杭州时，立即被这儿秀丽的湖光山色、热闹的市井繁华所吸引，致使他流连忘返，一时迷醉于听歌买笑的浪漫生活中了。不过，他并未忘记功名之志。

听闻曾经的好友孙何正任两浙转运使，于是他写下这首饱醮激情的《望海潮》前往拜谒，本想奉承之余获得孙何的举荐，谁知后者门禁甚严，他一介布衣，竟未获准进见。好在他这首词一经传唱便深入人心，柳永也因此名噪一时。

这时的柳永，青涩而阳光，他还不知道人事艰险、世道沧桑。在他眼里，世界多么美好：山水壮美，国泰民安。尤其东南第一大都市杭州，更是秀美多姿富丽非凡。

于是，他再也无法按捺心中激动的意绪，只觉得有股气流在肺腑间回旋、奔突，随后从喉管喷涌并震动了声带，与鼻腔形成了共鸣，接着，一首节奏明快铿锵、旋律抒情悠扬的"摇滚曲"《望海潮》脱口而出。

这雄浑的节奏，盖过了箫鼓管弦，甚至让钱塘江的怒涛默然无语，俯首噤声；这动人的音符，不仅回荡在西湖的上空，也传到了京城，让皇城脚下的人们侧耳细听、闭目遐想；这悠扬的旋律，更是飞越万水千山飘扬到了遥远的北国边地，使得金国国主听闻后叹惋之余心摇神荡。

据南宋罗大经《鹤林玉露》记载，一百多年后的完颜亮正因钦羡"三秋桂子，十里荷花"之西湖盛景，遂动了挥鞭渡江（长江）、南下灭宋的念想。

不可否认，北宋初期经过休养生息，以杭州为代表的中国很多地方，山水景秀，殷实富足，呈现出前所未有的繁荣太平景象。这，怎能不引起异族的觊觎之心、非分之想？

总之，《望海潮》是历史上描写杭州、西湖山水壮美和繁华富庶最成功的作品之一，自古以来无不令人对杭州心生向往。

鹤冲天

黄金榜上，偶失龙头望。明代暂遗贤，如何向？未遂风云便，争不恣狂荡？何须论得丧。才子词人，自是白衣卿相。

烟花巷陌，依约丹青屏障。幸有意中人，堪寻访。且

恁偎红倚翠，风流事，平生畅。青春都一饷。忍把浮名，换了浅斟低唱！

黄金榜上居然没有我的名字，使我意外丢失了状元的名望。清明时代暂时遗落贤才，我如何治疗心灵的创伤？既然不能乘势施展抱负，那就索性一任自己纵情放浪，何必管顾得与丧？我本才子词人，即使身着白衣，也不亚于公卿将相。

烟花巷陌中，自有胜过画屏丹青的风景让人流连欣赏。幸运的是，其中必有知音，最值得寻访。姑且这样倚翠偎红，此种风流韵事，足令我快慰舒畅。美好的青春那么短促，不过一瞬时光。怎忍心为了一时虚名，放弃及时行乐的小饮清唱！

这是柳永第一次进士科考落第后的一纸"牢骚言"，字里行间透露出叛逆的精神，处处显现出狂傲自负的性格。本来自信满满，以为必中高魁，结果却榜上无名，这无疑激起了柳永极大的愤慨。

算哪门子的清明朝代，像我这般的绝世高才竟然落榜？

不过，愤激之余，他转而一想，大可不必纠缠于一时的得失，他自信凭他的本事，即使没有一纸功名，俨然是白衣卿相。既然理想落了空，那就倚翠偎红吧，个中滋味，足够抚慰他内心的创伤。

很显然，科举落第给他带来了深重的苦恼和巨大的困扰，使他最终产生了一种逆反心理，走向了另一个极端，并希望在极端中找到平衡。

他的结论是：怎么能够为了"浮名"而虚掷本就短暂的青春，牺牲人生的赏心乐事呢？

第三章 将通俗进行到底：柳 永

如果我们还记得，柳永计划进京参考是 1002 年的事。

那一年，他由钱塘出发途径杭州时为那里的山水风光、市井繁华迷醉，曾为杭州和朋友孙何写过一首华美动人的咏叹名曲《望海潮》。但他第一次参加科考却到了六年后的 1009 年。这期间，他究竟在哪里，又干了些什么？

经查阅得知，他先在杭州待了两年左右，接着去了苏州和扬州，期间无非是写词填曲、纵情游乐，度过了一段随心所欲放浪无形的生活。不幸的是，他年纪虽轻，名气却已不小，可惜只是"淫冶讴歌之曲"的"臭"名声。而当时的皇帝宋真宗有诏，"浮糜"之词皆该严厉谴责，这便是柳永第一次落第的原因。不仅如此，他的这首泄愤之作流传出去后又被真宗看到，导致他第二次科考时又名落孙山。

据说真宗对柳永的评价是：此人花前月下，好去浅斟低唱，何要浮名？且去填词。

就这样，皇帝的这一断语，让柳永的政治生涯了无希望。不过，我们的柳先生似乎并不沮丧，相反开始更频繁地出入章台楼馆，并私刻一章，自豪地取名曰：奉旨填词柳三变，又自诩"白衣卿相"，倒落得更加风流洒脱、无拘无束了。

肆

雨霖铃

寒蝉凄切。对长亭晚，骤雨初歇。都门帐饮无绪，留恋处、兰舟催发。执手相看泪眼，竟无语凝噎。念去去、千里烟波，暮霭沉沉楚天阔。

多情自古伤离别，更那堪，冷落清秋节！今宵酒醒何处？杨柳岸、晓风残月。此去经年，应是良辰好景虚设。便纵有千种风情，更与何人说？

傍晚。一阵骤雨停歇后，前方隐约出现一座长亭，而秋蝉正在凄凉地哀鸣。京城郊外设帐饯别，却没有畅饮的心情。正在依依不舍，船家却在频频催促登船南行。两人手把手，泪眼相对，却哽咽无语。念及此番远行，千里迢迢，烟波浩渺的南国暮霭深沉。

自古以来多情者最伤心的是别离，何况又在这萧瑟冷落的清秋时分！不知今夜酒醒时会身在何处？只怕是泊船柳岸，独对冷冷晓风以及一弯残月低沉。这一去，长年相别，就算遇到良辰美景，也形同虚设；这一走，纵有千般人世风情，又能向谁倾诉获得共鸣？

《雨霖铃》这首词主要以冷落凄凉的秋景来衬托情人难以割舍的离情。不止如此，这应该还是柳永第四次落第后的心境写照。

仕途的失意、恋人的离别，两种痛苦交织在一起，使柳永更感到前途的暗淡和渺茫。正因如此，全词的基调是伤感而低沉的。

柳词长于铺叙，深谙勾勒点染之道，善于在典型环境中描写刻画人物心理，继而烘托人物形象。状难状之景，达难达之情，而能出乎自然，无疑就营造出诗意美的境界，取得情景交融、声情双绘的艺术效果。

不过，如果我们仔细体悟，就不难发现，柳永的词作虽为婉约一派俗曲，但往往出现疏朗清远之句，甚至不乏一些唐诗的高处与妙境。结果，连后来的苏东坡也有意与这位前辈一争高低。

南宋丽水人俞文豹在《吹剑录》谈到一个故事，提到苏东坡有一次在玉堂日，恰逢一幕士善歌，便问："我词何如柳七？"对曰："柳郎中词，只合十七八女郎，执红牙板，歌'杨柳岸，晓风残月'。学士词，须关西大汉，（执）铜琵琶，铁绰板，唱'大江东去'。"东坡听后为之绝倒。

也是，想象一下，"老夫聊发少年狂"这种黄钟大吕之音，如何能让纤弱多情的歌女启口轻唱？即使开口，恐怕无论听者歌者，一定会顿时捧腹笑场。苏轼曾言"虽无柳七郎风味，亦自是一家"，这句话暗示着当时流行的正是柳永这种通俗或者"低级趣味"的词风。

苏轼，是文人士子甚至中国人心中理想化人格的代表人物，其淡泊旷达之风高标立世，传为楷模。不过，他也是有血有肉之人，年轻时也有贪慕虚荣、自鸣得意的时光。

反倒是柳永，执着得无怨无悔，表现得更为率真可亲。

不得不说，在群星璀璨的北宋词坛上，柳永是最耀眼的明星之一。他是一位特立独行的江湖词人，是深深扎根于泥土的一朵带刺玫瑰，是宋初流行乐坛上最著名的通俗歌手。

由于一直活跃在北宋首都汴京，接触过许多歌姬，他十分了解歌姬舞女生活的艰辛和情感上的孤独，并对她们寄予了深切的同情。

就这样，柳永一生都为她们鼓与呼，写和唱，唱彻京城，传遍全国，甚至流播海外。西夏史就记载说，凡有井水饮处，都能哼柳词。

这就是通俗的力量。

所谓雅俗之别，就如阳春白雪和下里巴人，形式上看似有高下之分，内容无外爱恨情仇风花雪月，但如果细化到心灵的慰藉，给人震撼以及鼓励，能让人有感同身受的艺术魅力，那就不失为经典之作。

柳永的这阕《雨霖铃》无疑就是这样的经典。

伍

定风波

自春来、惨绿愁红，芳心是事可可。日上花梢，莺穿柳带，犹压香衾卧。暖酥消、腻云䭰，终日厌厌倦梳裹。无那！恨薄情一去，音书无个。

早知恁么，悔当初、不把雕鞍锁。向鸡窗，只与蛮笺象管，拘束教吟课。镇相随，莫抛躲，针线闲拈伴伊坐。和我，免使年少，光阴虚过。

第三章　将通俗进行到底：柳　永

春回人间，本是绿叶红花一派生机，但在我眼里，它们却显得凄愁无比，什么也提不起我的兴致。日上三竿，照到了树梢，黄莺在柳枝间穿飞鸣啼，而我仍拥着锦被不肯起。原本丰润柔酥的肌肤不再光滑细嫩，浓密如云的秀发低垂散乱，可我终日萎靡厌倦，懒得梳洗。无奈。只恨薄情郎这一去，竟没有片言只字。

早知如此，后悔当年没有锁住他的驾骑。让他坐在书房，只给他笔墨小笺，约束他吟诵书卷、创作诗词。这样我们就可以常伴左右：他做功课我做针线，相依相偎，寸步不离，免得虚度了青春年华的美好日子。

这首词运用大量的俚词俗语，具有浓郁的民歌风情，是柳永最具市民性通俗性的代表作品。

柳永的"俚词"一改宋初主流文化要求的文雅、含蓄，以白描的手法、通俗自然的语言，甚至不惜大胆露骨的描写，毫不掩饰地表现男女之间的热切恋情，反映底层妇女尤其是歌姬对自由幸福生活的强烈渴望与追求，因而极易获得落魄文人和风尘女子的共鸣，也更能被新兴的广大市民群众接受。

元曲大家关汉卿正是欣赏柳永作品的亲民意识，才在二百多年后把柳词搬上舞台，用另一种方式演绎、传唱这种非正统的精神。

然而，正如所有的新生事物总会遭遇曲解打压一样，柳永创作道路上布满了荆棘。皇帝好雅词且不说，面容古板的理学家看不惯通俗之词亦可理解，可我不明白的是，素有伯乐之称的晏殊也要从柳永的词中寻找破绽，乘机打击。

一次，柳永去拜访当朝宰相晏殊，晏殊问，贤俊还在作曲吗？柳永答,如相公一样,还在作的。晏殊说,哦,我虽作曲子,没有说"针线闲拈伴伊坐"啊!排斥甚至挖苦之状,宛若眼前。

我至今仍纳闷,柳永之"针线闲拈伴伊坐"那种情真意切的直率表白,格调境界如何就低下了?

柳永本以为天下词人同为一宗,晏殊却绷起脸,阴阳怪气,刻意强调柳词的恶俗低级,硬是在两人间划清界限,拉开距离。

话不投机,柳永自知无趣,随即悻悻而退。

如今想来,幸亏当时柳永没被晏殊接纳,否则他很有可能由俗转雅,改变曾经的创作风格,继而滑落至邯郸学步、不伦不类的尴尬境地。

这次不悦的见面,反让柳永抛弃了幻想,更加坚定了自己的创作理念——将通俗进行到底。

作为宋词的奠基者之一,柳永这块看似不规则的地基,却是词这座大厦最有力的支撑之一,尽管上面的任何一截椽子、一根横梁、一块砖瓦好像都高他一头,压他三分。

然而,或许连他自己也没想到,这块地基,纵使千年以后,也无一丝松动,仍坚如磐石。

记得余秋雨先生在散文《白发苏州》中有一段描写明代吴中四才子之一的唐寅,其文如下:"道德和才情的平衡木实在让人走得太累,他有权利躲在桃花丛中做一个真正的艺术家。中国这么大,历史这么长,金碧辉煌的色彩层层涂抹,够沉重了,涂几笔浅红淡绿,加几分俏皮洒脱,才有活气,才有活活活泼泼的中国文化。"

我想,余先生对唐寅的点评也同样适用于柳永,正是柳永的任逸

第三章　将通俗进行到底：柳　永

放浪让中国的文化史多元和开阔，吐纳自如又气象万千。

陆

八声甘州

对潇潇暮雨洒江天，一番洗清秋。渐霜风凄紧，关河冷落，残照当楼。是处红衰翠减，苒苒物华休。惟有长江水，无语东流。

不忍登高临远，望故乡渺邈，归思难收。叹年来踪迹，何事苦淹留？想佳人妆楼颙望，误几回、天际识归舟。争知我，倚阑杆处，正恁凝愁！

暮雨潇潇，遍洒江天。长空如洗，显出一派寒凉清朗的秋景。秋风渐冷渐紧，残阳映照着高楼，江河关山一片寥落冷清。放眼四望，到处红衰翠减，万物枯败凋零。只有那滔滔的长江水，默不作声东流不尽。

最怕登高临远，眺望遥远渺茫的故乡，心中的归思乡愁浓得难以排遣。究竟为了什么，我长年滞留在外，浪迹天涯行踪不定？遥想佳人，终日依栏凝望，几次三番误认为远归的船上有自己的心上人。她哪知道，此刻的我与她一样，正在高楼上望眼欲穿，为爱伤神！

上片写景，但景中带情，层层铺叙中将苍茫寥落的浓郁秋景与内心凄凉落寞的感慨融合一起，写得深沉浑厚又酣畅淋漓。下片写情，但情中含景，在缠绵的离情中，生动地表现了词人思乡之苦和怀人之情。

柳永1024年第四次落第后，心情抑郁，加上与最宠爱的恋人（可能是虫娘）在长亭依依惜别后，他登船一路南下，以填词为生。虽说名震天下，但因常年漂泊，身心俱疲。期间曾一度返回汴京，那儿繁华依旧，但故交零落，早已物是人非。无奈中，他又一次踏上流浪的征程，于1032年至1033年抵达西北，这首词就是他漫游渭南时所作，也是他羁旅行役词中意境最高的典范之作。

从上面的这首作品，我们不难看出，柳永也并非只能做婉约怡丽之词。

即便常常留恋于亭台楼阁，浅唱低吟，即便常诉儿女之情、闲情春愁，但他一不留神，自然也能哼出诸如"渐霜风凄紧，关河冷落，残照当楼"这样的悲歌来。这种由现实引发的感悟，虽说柳词中并不多见，但偶一为之，竟也呈现出悲悯博大的胸襟。而那苍凉寥廓的意境，沉郁顿挫的声韵，我认为一点也不弱于李太白《忆秦娥》中"西风残照，汉家陵阙"那两句。

这就不由得苏轼也感叹道：人皆言柳三变词俗，然如上述者，唐人佳处，不过如此。

何为"唐人佳处"？即是指唐诗中意象高远而富于感发的特质。

稍稍遗憾的是，柳永一生，虽然寄情风月，内心深处却一直没有放弃仕途的追求。好在景祐元年（1034年），仁宗亲政，特开恩科，对历届科场沉沦之士的录取放宽了尺度，柳永才终于荣登进士、暮年及第。

其实，何止柳永一人？

几千年来，中国文人，哪一个没有一点治国平天下的抱负和执念？只可惜造化弄人，到头来往往无法开拓出让他们实现梦想的舞台。很多人只能限于孤芳自赏和嗟叹哀怨的窘境，甚至不得不以追忆和怀念昔日的恋情来安慰自己那颗受伤的心灵。

柳永的一生一直处于矛盾纠结之中，从这个意义上说，他的人生是失意的，落魄的。但正因如此，宋朝有幸得到了一位顶级的词坛高手，一名真正意义上的艺术大师，而当年经由他填词成为流行的曲调，穿越时空隧道，一路飘来，传唱到千年后的今天，成为经典，铸就了永恒。

蝶恋花·凤栖梧

伫倚危楼风细细，望极春愁，黯黯生天际。草色烟光残照里，无言谁会凭阑意。

拟把疏狂图一醉，对酒当歌，强乐还无味。衣带渐宽终不悔，为伊消得人憔悴。

迎着和风细细，我站在高楼眺望，突然有一种莫名的忧愁仿佛从遥远的天边升起。草色迷茫、云霭缭绕，都掩映在落日的余晖里。此刻,谁能理解我默默无语凭栏凝伫的心意。

好想放纵畅饮以求一醉,没想到举杯高歌时深深感到的则是勉强作乐的索然无味。虽说衣带渐宽,人渐憔悴,但为了她,我始终痴心不变,无怨无悔。

这首词上片写伫倚危楼,凭栏无语,春愁暗生;下片写借酒消愁,强颜欢笑,愁绪更甚。但作者并未点明愁从何来,直到最后两句感情猛然倾泻,原来这愁,是为了朝思暮想的情人而生。

这是柳永最负盛名的一首词,王国维先生更是将最后两句视为人生做学问、成事业之三大境界之一。我很赞同这种说法。

一个人,确立了目标,选定了对象,就必须持之以恒义无反顾地拼搏追求下去,哪怕前路漫漫,崎岖不平,不管风吹雨打,骇浪滔天。为了爱情,为了理想,就算拼得形销骨立、神情憔悴,也要勇往直前在所不惜。

从这个意义上讲,这不只是柳永宣言式的爱情咏叹,更应该是一曲敢与逆境抗争的生命之歌。

中国诗词史上出现了很多伟大的人物,他们理应被欣赏和仰望,但真正让我发自肺腑喜欢的只有寥寥几人。柳永就是为数不多的其中之一。

他就如邻家大哥那般亲近可爱,又不时会犯点浑劲。他既热衷功名利禄,期望学以致用报效朝廷,又我行我素,不屑流行文化中盛行的所谓正统实质虚伪的评判标准。在宋初的文坛,他是个只听内心呼唤的异己;在个人生活中,他是个多情的浪子。

确实,柳三变不仅词写得好,最为人所称道的是他重情重义。

第三章 将通俗进行到底：柳永

古往今来，不知有多少文人骚客、权贵显赫光临秦楼楚馆，熏香调笙抚琴而歌，但最后，大多是长衫一抖，屁股一拍走人，空留"绿窗人似花""梦长君不知"这般诸多叹息。

柳永决然不同，他对歌姬舞女的爱和同情全出于真情，而且一视同仁。所以当时出现的情形是，众多歌姬争相宴请柳七，并甘心委身奉献，男欢女爱后自然索得新词一曲，然后相互传阅争唱，荣耀至极。

有一首歌谣形象地说明了当年柳永在娱乐行业的至尊地位：

不愿穿绫罗，愿依柳七哥。不愿君王召，愿得柳七叫。
不愿千黄金，愿得柳七心。不愿神仙见，愿识柳七面。

再精彩的好戏总会落幕，再耀眼的星光终将黯然消逝，柳永这位堪称我国历史上最伟大的通俗词作者之一也到了谢幕之际。然而，谁能料到他死时竟身无分文，也无亲友为他安排后事。据说还是当时的众多歌姬纷纷自掏腰包合资安葬了他。但究竟葬于何处，历史上竟然语焉不详，众说纷纭。

这无疑是一代词霸的悲哀，但这何尝不是柳永的荣幸？那可以让更多地方的人铭记他啊。但我更倾向于他被安葬在襄阳的南门外。因为，此后每年的清明节，歌姬们都会去那里的墓地祭扫，并渐渐成为一种习俗，名曰"吊柳会"或者"吊柳七"。没有入"吊柳会"的人甚至不敢到乐游原上踏青。这种风俗一直延续到宋室南渡。

后人在柳永墓上题诗云：

乐游原上妓如云,尽上风流柳七坟。可笑纷纷缙绅辈,怜财不及众红裙。

我想,有那么多才色俱佳的美人为君送行并致祭奠,永哥,你若泉下有知,当含笑安息了。

第四章 只愿活在自己的世界里：

晏几道

壹

北宋词坛上，除了柳永，还有一位对后世词坛影响深远的词人，他就是1038年出生的字叔原、号小山的晏几道。他出身名门，是晏殊第七子，品行耿介正直，不攀权贵，不趋流俗，永远遵循内心最真挚的感情呼唤，无怨无悔。

其词风浓挚深婉，工于言情，语言精练，使小令的艺术技巧达到了新的高度。他与父亲齐名，世称"二晏"，不过，在很多评论家眼里，他的成就超过其父，尤其是言情词方面。有《小山词》一卷留世。

贰

临江仙

梦后楼台高锁，酒醒帘幕低垂。去年春恨却来时。落花人独立，微雨燕双飞。

记得小蘋初见，两重心字罗衣。琵琶弦上说相思。当时明月在，曾照彩云归。

宿醉梦醒，只见楼台紧锁，帘幕低垂。去年的伤心往事不自禁地涌上心头。那天微风细雨中与小蘋痛别后，我在簌簌落花中幽幽独立，呆呆地凝望空中盘旋的双燕，羡慕着它们的成双成对。

记得与小蘋初次相见，她穿着绣着两重心字的罗衣。琵琶一曲，倾诉的都是少女情思。如今明月犹在，只剩下她如彩云般朦胧绰约的身影，在飘逝归去前，依稀还在久久徘徊。

上面的译文，反复看了几遍，总觉差强人意，不过挖空心思杜撰拼凑而成的方块字，甚至有点狰狞的味道，仿佛在嘲笑我的无能。

"落花人独立，微雨燕双飞"，多么凄美的意境，一经翻译，味同嚼蜡，不但语境顿失、意象破坏，连想象的空间也消失殆尽了。

如果说晏殊《浣溪沙》中"满目山河空念远，落花风雨更伤春"那种伤春怀人的格局更大，那么晏几道的上面两句在沉挚悲凉中更显得凄婉动人。

晏殊词风富贵典雅，晏几道虽说仍是婉约一派，但词风清壮顿挫，语浅情深，加上造语工丽、秀气神韵，自"能动摇人心"（黄庭坚语）了。

据晏几道《小山词·自跋》里说：沈十二廉叔、陈十君宠家有莲、鸿、蘋、云几个歌女，晏每填一词就交给她们演唱，他与陈、沈"持酒听之，为一笑乐"。后来，"君宠疾废卧家，廉叔下世。昔之狂篇醉句，遂与两家歌儿酒使，俱传于人间"。可见晏几道早早跟这些歌女结下了不解之缘。

这首《临江仙》就是他诸多怀念歌女词作中的一首，抒发了他对歌女小蘋的怀念之情，写得低回婉曲，荡气回肠，体现了小山词固有的深婉、顿挫风格，可以说代表了词人艺术上的最高成就，堪称婉约词中的经典之作。

晏几道是北宋词坛边缘化的存在，尽管父亲身为宰辅，权倾朝野，他却没有遗传晏殊一丁点为官与处世的基因。或许小时候养尊处优的日子使然，即使后来家道中落，他也断然放不下那份自尊和矜持去拍马奉承他人。

他从没有钻营名利的想法，也不会趋炎附势，更没兼济天下的雄心壮志，甚至连应对基本人间关系的情商也没有。

在他内心世界，填词就是一切，而仰慕、讴歌歌女几乎是他生命里唯一乐此不疲的正经事。

门外的滚滚红尘、尔虞我诈和狗苟蝇营，他从不关心，更不在乎。

就这样，他在自己构筑的精神园地里踽踽独行，断然不顾外界的非议，一味沉溺在某个歌女的一颦一笑中，痴痴地品咂一次次离散带来的心灵伤痛。

如果说柳永是离经叛道、狂浪不羁的浪子，那么晏几道则是一个具有赤子之心的单纯孩子；如果说柳永还会借通俗的名义偶尔消遣一下那个时代的娱乐明星，那么晏几道则是把那些歌女奉若灿烂的星辰。

所以，晏几道虽然与柳永一样被疏离于正统的精英文化之外，但柳三变的我行我素无所畏惧中多少带了点叛逆和自嘲的成分，只有晏几道在自己营造的真、爱、美的情感王国里流连忘返、舍生忘死。

他和几百年后大观园中的贾宝玉如出一辙：此生只为情爱，除此之外，任何事都不值一提。

清平乐

留人不住，醉解兰舟去。一棹碧涛春水路，过尽晓莺啼处。

渡头杨柳青青，枝枝叶叶离情。此后锦书休寄，画楼云雨无凭。

我百般挽留，他还是在醉意朦胧中解缆决绝而去。只见船桨一划，碧波荡漾，小舟转瞬消失在黄莺晨啼的阳春烟景里。

渡头的杨柳翠绿碧青，枝枝叶叶都仿佛渗透着我的离情。自此别后不要再寄书信，画楼欢情不过逢场作戏，终究只是虚幻无凭。

小词运用对比和白描的手法，惟妙惟肖地表现了一个女子痴中含怨的微妙心理，刻画出她多愁善感的美好形象。

平心而论，相较晏殊，我更喜欢晏几道的作品。或许他的词更像一根心弦，一经拨动，便能流淌出柔情万千的旋律。

从他的《小山词》自序中可以看出，他一生最愉快的时光应该是和友人沈廉叔、陈君宠以及后两位的家妓莲、鸿、蘋、云一起度过的。这四位女子激发了他的创作灵感，也满足了他对人间情爱的所有想象。

即使内心爱意萌生、波澜四起，他和倾慕的情人也总保持着一种微妙的若即若离。他不敢靠得太近，更不敢流露出一点轻薄之态，生怕一不小心吓走了他心中的女神。试看他《采桑子》下阕的几句：

    长情短恨难凭寄，枉费红笺。试拂么弦，却恐琴心可暗传。

  明明朝思暮想、相思无限，却还担心琴声泄露了心事。

  越喜欢、越在意，反倒不敢轻易表白，结果自然在患得患失中陷入暗恋的境地。

  暗恋，恐怕是一切恋情中最值得咀嚼回味的一种情愫，似乎晏几道就很享受这份暗恋的味道！

  正是那份小心翼翼、战战兢兢，他与那些歌女之间上演的大都是悲欢离合的凄美爱情。我想，除了个性，与他父亲后来的升谪生死不无关联。

  确实，晏几道再重情重义，终究也有身不由己之时。

  这不，他这次又不得不与心仪的女子在杨柳依依的渡头挥手作别。

  不忍不舍外，她再也抑制不住怅恨的泪水，在断断续续的啜泣声中埋怨道：以后再也别寄什么书信，过后无须自作多情。

  但，她真能忘了与他之间的情缘，冲破那张千丝万缕结成的情网么？很显然，最后两句只是她一时的负气之言。所谓爱之深恨之切，正因为爱得执着，才会如此烦恼，才会幽怨无尽。

  突然就想，很少有人会在爱人离自己远去时抱着一份宽容的心态，大多数人恨不得把负心人咬成碎片来祭奠安慰自己那颗受伤的痴心。

也是，过于激烈的情爱很可能转化为尖锐的仇恨。

所以，对待感情，既要认真严肃坦荡真诚，又要控制好尺度，避免在爱和恨的边缘上疯狂起舞，失去平衡。

肆

鹧鸪天

小令尊前见玉箫，银灯一曲太妖娆。歌中醉倒谁能恨？唱罢归来酒未消。

春悄悄，夜迢迢。碧云天共楚宫遥。梦魂惯得无拘检，又踏杨花过谢桥。

酒宴歌席间第一次见到玉箫。华灯璀璨中，她清歌一曲，实在动人妖娆。情愿歌中醉倒而毫无怨恨，宴毕一路陶醉归来，酒意未消。

四周寂静，春夜漫长，迟迟不见东方破晓。仰望暗蓝色的苍穹，与楚王宫一样天远路遥。还是做个梦吧，这样我就能自由自在无拘无束，踏杨花，过谢桥，一路追寻我朝思暮想的玉箫。

词写作者对邂逅于筵席的一位美丽歌女的追思之情。

这位歌女不但歌喉婉转美妙，而且姿容华艳，让词人一下为之迷醉倾倒。可惜良辰苦短，他空有一腔思念，久久无法释怀却无缘再次相聚，于是只好借助于没有束缚的梦境来寄托自己深切的怀思。

有关巫山云雨的典故,很多人听说过。但"玉箫"这个文学语码,远超"小玉""双成"这类宽泛的名字,可说是中国古典文学中集浪漫、凄美于一体的爱情符号。为了更好地理解上述这首作品,有必要在此多费一点笔墨。

要说玉箫,必先提唐朝名臣韦皋,就是那个文武双全、任剑南西川节度使时一手将蜀中四大才女之一的薛涛捧上天的人。

据传,他年轻时曾游历江夏,受聘于姜郡守家教书。姜家有一丫鬟,名玉箫,年方十岁,常来服侍韦皋起居。后姜使君外出求官,韦皋便离开姜家暂时栖身于一座寺庙。然而,小玉箫还是一如既往去寺庙探望照顾韦皋,终于,两人日久生情。没曾想,韦皋家人此时来信催促他返乡省亲。依依惜别之际,韦皋承诺,少则五年多则七载,他一定回来接走玉箫。临走前,韦皋还特意留下一枚玉指环和一首诗作为信物。

五年悄然而过,玉箫没见韦皋的踪影,相思成疾的她总独自一人去鹦鹉洲默默祈祷,守候期待着情郎的突然出现。

然而又过了两年,韦皋还是没回来。到了第八年的春天,玉箫绝望之余,竟绝食而死。

姜家倒也善良厚道,厚葬了玉箫,并把那枚玉指环戴在了玉箫的中指上。

多年后,韦皋奉命入川,坐镇蜀州,才探知玉箫为他殉情的故事。自责悔恨之余,他开始日复一日地抄写佛经、修建佛像,希冀偿还情债,安抚良心。此举最终感动了一位方士,他有感于前者的真情实意,施法术让韦皋见到了玉箫的魂魄。玉箫见到曾经的恋人,惊喜

第四章　只愿活在自己的世界里：晏几道

交加，激动地说：多亏你的礼佛之力，我马上就托生人家，十三年后一定再到你身边，做你的侍妾。

韦皋在蜀州为官长达二十多年。

一天，有人送来一歌姬，模样与当年的玉箫一样，且同名，更巧合的是，她的中指隐隐有个凸起的环形，仔细一瞧，正是那个玉指环的形状。

……

一旦了解了玉箫的全部传奇，再来解析这首作品，无疑就更从容，也更能接近晏几道的灵魂了。

确实，晏几道在士大夫阶层处从来找不到真正的知音，所以他才会将一切寄托和思念全部放在"玉箫"身上，且乐此不疲。

离散，回忆，而回忆几乎总落脚到曾经那次美丽的遇见。然后是对重逢的期待，可山长水阔，人若浮萍，要几度轮回才能谋得一次重聚？

既然希望渺茫，那么就让现实的束缚让位给梦魂的自在吧。梦中可以畅行无阻无挂无碍，能够行过谢桥，径入楚宫，再次与玉箫相会了。

小词写得情意绵绵，摇曳多姿，尤其结拍两句语出新奇，显得意趣幽渺，别具特色。难怪与晏几道同时代"二程"之一的程颐、一位迂腐刻板的道学家，在闻诵最后两句时也不由大笑着说："鬼语也！"

可见，真正的杰作总能打动人心，引起大家的共鸣。

伍

鹧鸪天

彩袖殷勤捧玉钟,当年拚却醉颜红。舞低杨柳楼心月,歌尽桃花扇底风。

从别后,忆相逢,几回魂梦与君同。今宵剩把银釭照,犹恐相逢是梦中。

回忆当年你手捧玉盅殷勤劝酒,我开怀畅饮不管酒醉脸红。纵情跳舞,直到一轮明月从楼顶下移至杨柳梢头;尽兴歌唱,累得精疲力竭无法将桃花扇摇动。

自从别离后,总想着再相逢,多少次梦中与你相依又相拥。今夜我可得拿起银灯把你看个够,就怕这次相逢还是在虚幻的梦境中。

我们介绍晏几道前面的几首词作,基调大都哀婉沉郁、伤感悱恻:小蘋留下彩云般朦胧的倩影后悄然无踪;渡口诀别后爱恨交加吐出"此后锦书休寄"的负气之言;酒宴上玉箫曼妙动人的妖娆歌舞后天涯隐身,这些都成了词人心中抹杀不去的印记和永远的伤痕。

于是,他只好寄身于缥缈的梦境,以此追忆曾经的美好,麻木自己为情所困的心灵。

终于,这回不再是梦境。

词人魂牵梦萦苦苦思恋的心上人回来了。

第四章　只愿活在自己的世界里：晏几道

然而，就如杜甫《羌村》"夜阑更秉烛，相对如梦寐"所说的情景，词人还在担心这一切是否真实。所以他点亮银灯，一次又一次地照看，唯恐这次重逢还只是南柯一梦。

如此细腻贴切的心理描摹，情思表达得这般委婉缠绵，也只有晏几道这样的至性至情之人才能做到。正因为性真情深，所以他的作品无一例外地显得深沉诚挚、动人肺腑，具有强烈的感情色彩。

这不，连一向视李后主、晏几道为词中另类的陈廷焯也不得不叹服两位的深情，他说："李后主、晏叔原皆非词中正声，而其词则无人不爱，以其情胜也。情不深而为词，虽雅不韵，何足感人？"

这就说明，任何一部优秀的作品，尤其是古往今来那些脍炙人口的诗词，发自内心的真情流露才是最重要的。相反，一切虚情假意的表达，就算文字再华美绮丽，纵然呼天哭地，也只是僵硬的堆砌和肉麻的矫情而已。

这首词深婉曲折，情浓韵厚，空灵雅致，足见晏几道为文做人的本色。尤其让我欣慰的是，这首作品一扫之前的暗淡抑郁之态，格调欢快，意境清新，总算让我看到了一个失意文人、多情种子难得舒怀欢颜的那一瞬。

他没有其他文人"香草美人"式的高远寄寓，却永远以一颗慈悲爱怜之心，倾情描摹歌咏底层的那些歌姬舞女。不屑世俗眼光，不顾社会精英的品头评足，他就是那个时代的陌生人。

但正因其陌生，反倒成就了他的独一无二；正因他孩童般的不谙世事以及与生俱来的纯粹，才成就了《小山词》异于其他词作的别样风景。

《小山词》是晏几道自己编订校勘的,当时的文坛盟主黄庭坚冒着流言蜚语的围攻,慨然为此书作序。

其中一段是这样说的:"仕宦连蹇,而不能一傍贵人之门,是一痴也。论文自有体,不肯作一新进语,此又一痴也。费资千百万,家人寒饥,而面有孺子之色,此又一痴也。人皆负之而不恨,已信之终不疑其欺已,此又一痴也。"

黄庭坚的"四痴"论,无疑是对晏几道性格的最好诠释。而一些优秀的艺术经典,何尝又不是通过极度的"痴迷"和"顶真"才得以完成、呈现并流传百世呢?

明末文学家张岱曾说过这样两句话:"人无癖不可以交,因其无深情也;人无痴不可以交,因其无真气也。"

因此,单凭这点,我们就得感谢晏几道的痴和真。

第五章 中国文学史上最可敬可爱的巨匠……苏轼

壹

命题有点大。

中国文学史悠久漫长,优秀人物层出不穷,他们理当被人仰望和尊崇。但如果可敬的同时又能可爱可亲,就凤毛麟角了。

先秦诸子百家似乎偏向于学术、教育的研究和制定社会礼仪的规范,因此,纵然出现了诸如孔孟、老庄等思想领域的古圣先哲,但他们都算不上纯粹文学范畴的大家。

接下来,屈原过于执着和决绝,司马迁太过悲壮,杜甫多了份沉重和悲悯,这三位,无论作品还是个性气质,除让人敬重有加外,很难让人产生会心一笑的感觉。

倒是谪仙李白,潇洒率性,仗着一把剑、一壶酒,衣袂飘飘,浪迹天下。可惜他犹如一道闪烁的流星,尽管壮观、明艳,却在惊人的闪耀后徒留梦境般的虚幻。李白无疑是可爱的,但似乎要让人发自肺腑地尊敬,显然还少了点分量。

我以为,唯有苏轼,不管人品道德、艺术才情还是个性魅力等方面,才当得起这个"最"字,才领受得起这份殊荣。

国学大师林语堂曾在他的《苏东坡传》里不吝笔墨赞叹道:苏东坡是个秉性难改的乐天派,是悲天悯人的道德家,是黎民百姓的好朋友,是散文作家,是新派的画家,是伟大的书法家,是酿酒的实验师,是工程师,是假道学的反对派,是瑜伽术的修炼者,是佛教徒,是士大夫,是皇帝的秘书,是饮酒成癖者,是心肠慈悲的法官,是政治上

第五章 中国文学史上最可敬可爱的巨匠：苏 轼

的坚持己见者，是月下的漫步者，是诗人，是生性诙谐爱开玩笑的人。

能如此精准而丰满地勾勒出东坡先生的全貌，得益于林语堂先生掌握了大量翔实的资料。他说他读过东坡先生的札记、七百首诗（当然还有无数词作、文章）以及多达八百通的个人书简。

怪不得描摹得如此栩栩如生，真切动人。

现在，这位亲和、有趣、真纯且身心洋溢着卓绝才智的伟人向我们走来了。

苏轼生于1037年，眉州眉山（今属四川省眉山市）人，祖籍河北，字子瞻，又字和仲，号东坡居士。

仁宗嘉祐二年（1057年）进士，神宗年间因与王安石等政见不合无奈外放，历任杭州通判及密州、徐州、湖州三州知州。上任湖州仅三月就因"乌台诗案"锒铛入狱，几次濒临杀身之险，幸新旧两党众多有识之士尽力呐喊营救，才从轻发落，被贬黄州当了一个团练副使。哲宗年间召为翰林学士，新党东山再起，又贬惠州，再贬琼州（今海南岛）。徽宗即位大赦天下，他于1101年8月北归时不幸病亡于常州。

苏轼是"唐宋八大家"之一。其诗题材多样，清新雄健，善用夸张比喻，与黄庭坚并称"苏黄"。词别开风气，冲破了晚唐、五代以来的绮罗香泽之气，在题材、意境、风格等方面都作了开拓和创新，与辛弃疾同是豪放派代表，世称"苏辛"；其散文著述宏富，豪放阔大，与欧阳修并称"欧苏"；苏轼亦善书，与黄庭坚、米芾、蔡襄合称为"宋四家"；他还工于画，尤擅墨竹、怪石、枯木等。有《东坡七集》《东坡易传》《东坡乐府》等著作传世。

毫不夸张地说，苏轼的诗、词、文均代表了北宋乃至宋代文学的最高水平，没有之一。

大体介绍了苏轼宦海蹭蹬的一生和在文学艺术上取得卓越非凡的成就，下面我们就具体来欣赏和解析他的一部部隽永优美的作品，并细心感悟他的可亲、可爱、可敬之处。

江城子

乙卯正月二十日夜记梦

十年生死两茫茫。不思量，自难忘。千里孤坟，无处话凄凉。纵使相逢应不识，尘满面，鬓如霜。

夜来幽梦忽还乡。小轩窗，正梳妆。相顾无言，惟有泪千行。料得年年肠断处，明月夜，短松冈。

十年生死相隔，别后音容渺茫，就算不去追忆前尘往事，我对你仍念念不忘。你的坟冢远在千里之外，我向谁诉说我心中的凄凉悲伤。恐怕现在与你相逢，你也不一定认得出我来，因为我早已满面风尘、鬓发如霜。

夜来忽入幽梦，梦见自己回到了故乡，只见美丽的你正在窗前对镜梳妆。谁知你我相见后竟然默默无语，一任泪水洒下千行。就想：明月朗照下那松柏环绕的小山岗，以后一定是我日夜思念为你断肠的地方。

第五章　中国文学史上最可敬可爱的巨匠：苏 轼

苏轼 19 岁时与年方 16 的王弗结婚，婚后夫妻俩鱼水相欢、琴瑟和谐。王弗年轻貌美，贤淑端庄，相夫教子，陪伴苏轼度过了一生中最为美好的时光。

王弗是进士之女，持重识大体，而且聪明解事，办事圆通，给年少气盛、不谙世事又常常率性而为的苏轼在为人处世上很大帮助。可惜恩爱夫妻不白头，27 岁时王弗便因病离开了人世。临终前，她曾叮嘱苏轼说："妇从汝于艰难，不可忘也。"

爱妻的亡故，给苏轼精神和身体造成了巨大的伤痛。正因如此，他又娶了与王弗神韵极度相似的堂妹，以此纾解亡妻之痛。然而，看似"不思量"的苏轼怎能忘了曾经和他同舟共济、相濡以沫十年的结发之妻？

于是十年后，在密州（今山东诸城）任知州的苏轼，在本是团圆时节的正月，于一个风清月明的晚上，在似梦似醒之间，再也无法抑制对亡妻的思念。这思念里，既有十年来流离迁徙漂泊失意之痛，也夹杂着人生无奈、世事沧桑的深沉慨叹。

往事历历在目，久蓄的情感潜流，如决堤之水汹涌奔腾，再难遏制。

先是直抒胸臆式的悲怆表白，继而引入凄凉沉痛的梦境，但即便是梦中，仍然还是"相顾无言，惟有泪千行"这般凄切难堪的场面。上片是因为孤坟遥远无法前去倾诉，而如今梦中相见仍不能一诉衷肠，那我的一腔思念更向谁说？

这时的苏轼，眼泪夺眶而出，不由得呼号出"断肠处"这样撕心裂肺的至情之语，将悼念之情推到了极致，也因此为后世读者留下了这首"有声当彻天,有泪当彻泉"(陈师道语)这般深挚真纯且传诵千古的悼亡词。

在苏轼之前,西晋的潘岳、中唐的元稹等都写过悼亡之作,无不写得凄怆悲切,但我以为苏轼的这阕《江城子》写得更为真诚、朴素,效果却足以感天动地,让人读后为之泪如泉涌。

叁

江城子·密州出猎

老夫聊发少年狂,左牵黄,右擎苍,锦帽貂裘,千骑卷平冈。为报倾城随太守,亲射虎,看孙郎。

酒酣胸胆尚开张,鬓微霜,又何妨。持节云中,何日遣冯唐?会挽雕弓如满月,西北望,射天狼。

且让老夫今天发一发小伙子的狂劲:左手牵着黄狗,右臂架着苍鹰,头戴锦帽、身穿貂皮,带领大队人马像疾风般卷过原野山岗。为了报答满城百姓相随出猎的盛情,我要亲自射杀猛虎,就如当年的孙权一样。

酒酣耳热,胸怀开阔,胆气更加豪壮,两鬓微白,又有何妨!什么时候上面会差人下来,就如当年冯唐拿着兵符赶去云中赦免魏尚?到那时,我定将拉满雕弓,瞄向西北,射杀一个个来犯的天狼。

这首词作于宋神宗熙宁八年(1075年)冬,记述的是正任密州太守的苏轼祭常山归来途中,在黄茅冈与随从"习射放鹰"之事。

开篇的"老夫"自称,似乎一下子就定下了全词遒劲铿锵的基调。

事实上,此时的苏轼还不到四十,正当壮年,且天才纵横,理应大用于世成为国之栋梁。但由于四年前与王安石政见不合,他被迫外放,几年辗转,自杭州来至这北方边郡。

虽说苏轼勤政爱民,每到一处都深受百姓爱戴,但他这几年来的生活依旧是寂寞失意的。

爱妻虽然离世十年,但那份刻骨的思念仍不时包裹着他,让他悲伤断肠;一生才华,空有报国济世之心,却迟迟得不到重用;加上朝廷羸弱,西北狼烟又起,他更是忧心忡忡,郁积难安。

但苏轼毕竟是苏轼,他人生的字典里没有消沉二字,有的只是积极向上的乐观主义精神。所以他要借这次出猎的豪兴,来"聊发"少年之狂。

于是,在"狂"字的引领下,我们再也看不到怀才不遇、壮志难酬的消极情绪,呈现在我们面前的是"老"而弥坚、意气风发的英雄形象:他踌躇满志、疏狂豪放;他一身戎装,气宇轩昂;他要学孙郎搏虎,英姿飒爽;他痛饮沉醉,胆气更加豪壮;他自诩魏尚,相信自己定能立功射狼。

写到这里,我突然看见一个双鬓微白、头戴锦帽、身披貂皮的骑士,正手执弓箭策马纵横在北方辽阔的原野上。马蹄过处,尘土飞扬。尘土落下之时,只见一个个"狼"兵倒伏,一声声"狼"嚎四起,而我们的这位骑士,终于在胜利的鼓声中迎来了朝廷派来的"冯唐"。

为他击节叫好的同时，此刻的我早已血脉偾张，豪兴勃发，一股久违了的大男子情怀顿时充溢于胸府间，荡气回肠。

任何一部优秀的作品，只有先感动自己才会感动别人。难怪苏轼对这首充满阳刚、痛快淋漓之作特别得意。

他在随后给友人的一封信中写道："近却颇作小词，虽无柳七郎风味，亦自是一家，数日前猎于郊外，所获颇多。作得一阕，令东州壮士抵掌顿足而歌之，吹笛击鼓以为节，颇壮观也。"

诗，言志兼具讽喻之功。但历朝历代以来，即使在诗歌中言明心志评说时政，态度必须诚恳忠厚，不能由着性子不管不顾，更不能冷嘲热讽，要有一种临深履薄的敬畏才好。然而，即使心智聪敏如苏轼者，要在诗歌文章里一味谨言慎行，谈何容易？

于是他开始寻找另一种相对轻松随意的文体，来表达他或激愤疏狂，或庄重严肃，或愉悦欢快的各类人生感受。

于是，词自然成了他的最佳选择。

但，苏轼是一个才智卓绝且具一流情感的伟人。他不愿因循守旧跟风而上，他要创新，要实验，要开辟出一个有别于"花间"风尚的新舞台。

在这个舞台上，未必一定手执"红牙板"，无须曼妙的歌喉，要的是"关西大汉"和"铜琵琶"，并有"吹笛击鼓以为节"的阳刚之气。想象下，这就差不多类似今日军乐队的伴奏演唱了。

当然，他并不排斥博家之长。就如叶嘉莹女士分析他的词时所说，东坡的词"有冯延巳炽烈深沉的执着，有李后主滔滔滚滚的奔放，有晏殊情中有思的圆融，有欧阳修疏隽豪放的意兴与柳永开阔博大的气象……"

但区别在于，场所换了，题材变了，那儿不再是亭台绣楼里的男欢女爱和伤春别怨，而是换了湖海日月下的浩荡之气、千古情思与悲慨超旷后的高朗咏叹。

可想而知，这种大胆的创新，会对传统观念和主流文化带来多大的冲击。这就像上海滩20世纪30年代听惯了软糯的靡靡之音的那些人，一下听到抒情昂扬的意大利咏叹调，他们怎能不耳膜大振，继而惊异万分呢？

虽说仍有抵触，但他们不得不承认，此作一洗词坛柔弱香泽之风，挟带着风雷之势，音节嘹亮，豪情恣肆，气势雄浑，洋溢着高昂积极的进取精神。

确实，此词不但拓宽了词的境界，一开豪放风格之先，甚至对南宋的爱国词都产生了直接的影响。

肆

水调歌头

明月几时有？把酒问青天。不知天上宫阙，今夕是何年？我欲乘风归去，又恐琼楼玉宇，高处不胜寒。起舞弄清影，何似在人间？

转朱阁，低绮户，照无眠。不应有恨，何事长向别时圆？人有悲欢离合，月有阴晴圆缺，此事古难全。但愿人长久，千里共婵娟。

什么时候出现的明月？我端起酒杯叩问青天。不知月宫里的今夜是哪一年。我想乘风飞到天上，又担心宫殿太高，经不起那儿的寒冷。不如留在人间趁着月色起舞，最起码还有与自己不离不弃的清朗身影。

月光流转过朱红色的阁楼，低洒进雕花的门窗，映照着夜不能眠的人。明月，你总不该有什么怨恨吧，可为何总要趁着别人离别的时候才圆？人间的悲欢离合，月亮的阴晴圆缺，自古以来本就难求完美圆满。但愿亲人健康常在，即使相隔千里，也能共同欣赏这美丽的银光灿烂。

作这首词前，苏轼写了几句序文："丙辰中秋，欢饮达旦，大醉。作此篇，兼怀子由。"

这说明是他在密州任上，于1076年的中秋深夜，因思念胞弟子由（苏辙）而写。

苏轼自从外放辗转各地多年，两年前为了能离兄弟更近些，他主动要求来到密州，然而他的美好愿望并未能实现，此时兄弟俩已分别了整整7年。

那晚，他登上子由命名的超然台，只见明月当空，银光如水，他心潮起伏，思亲更甚，于是乘着酒兴醉意，挥笔写下了这首浪漫主义名篇。

月亮，是大自然中最具诗意浪漫的物象，在它身上寄托了人类太多的憧憬和理想。

自古以来，出现了无数咏月寄怀的优秀作品。但叩问青天何时出现明月这种奇思妙问,非得是情感思想自由奔放、精神世界天马行空般的豪放浪漫之人才会有的追索。

比如屈原的《天问》、李白的《把酒问月》,当然还有张若虚的《春江花月夜》。

相较之下,屈子的设问投入了过多的理性思辨,显得深沉甚至有些咄咄逼人;太白的发问"青天有月来几时?我今停杯一问之"则舒缓有余,张力不足;而张若虚的"江畔何人初见月,江月何年初照人"虽如小夜曲一般朦胧优雅,但过于清幽凄美,似乎更适合小家碧玉式的浅吟低唱;唯有苏子的仰问,不仅闪耀着哲理的光辉,而且激情豪迈、超逸旷达,犹如一首人生的狂想曲,纵横开阖,情思无涯,带给人一种豁达乐观、温暖向上的力量。

苏轼虽久处江湖之远,但未尝一日忘了朝堂。可是充满尔虞我诈、党派纷争的朝堂就像九天之上的月宫,令人胆寒凄凉。

那么还是温一壶月光下酒吧,边喝边歌边舞,在舞蹈中与自己的清影相伴,在月色下静静地思念"天涯共此时"的弟弟。

仕途遭受冷遇、手足离别天涯,足以让词人心生郁愤或消极沮丧,但深刻的人生思考使他对沉浮荣辱持有冷静、旷达的态度。

或许苏轼比他人更深切地感到人生如梦,但他并未因此而否定人生,而是力求自我超脱,始终保持着顽强乐观的信念和超然自适的人生态度。因此偶尔出现痛苦、困惑甚至愤懑、消沉的一面时,他总能一一化解稀释,最终几乎无一例外地表现出对苦难的傲视和对痛苦的超越。所以他才会在最后熔铸成"人有悲欢离合,月有阴晴圆缺"的哲学思辨,才会吟咏出"但愿人长久,千里共婵娟"那种突破时间局限、打通空间阻隔的千古绝唱。

说到这里，得稍稍提下苏家姐弟。

苏洵夫妇育有四个孩子，苏轼本是老三，因前面一个孩子不幸夭亡，便成老二的位置了，上有个姐姐，下有个弟弟，弟弟就是苏辙，字子由。至于坊间流传他还有个叫"苏小妹"的妹妹，并杜撰出苏秦（秦观）一段香艳旖旎的美妙联姻，实在查无实据。

事实是，秦观初识苏轼已 29 岁，且有妻室，即便苏轼真有这样一个妹妹，她已然 40 左右的年岁。至于苏轼的大姐，后来嫁给了他的一个表兄。遗憾的是，他姐在夫家过得并不快乐，据说受尽折磨后不久就过世了。

那时苏轼才 16 岁。

也就是说，从那以后，苏家的子辈只剩下苏轼兄弟俩了。

子由，性格恬静稳重，为人处世机敏而实际，不像兄长般倔强任性，当然也少了苏轼的超然才气。或许正因如此，政敌将攻击的矛头大都指向了苏轼。除了是同胞兄弟，他俩更是良师益友。

兄弟二人苦闷忧伤时互相慰藉，患难不顺时彼此扶助，肝胆相照，结下了深厚的手足之情，而这也成了东坡先生毕生歌咏的题材。

苏轼曾在一首诗里说："我少知子由，天资和而清。岂独为吾弟，要是贤友生。"子由则在苏轼的墓志铭上题写道："我初从公，赖以有知。抚我则兄，诲我则师。"虽说中国是礼仪之邦，极为看重人伦亲情，但似苏轼兄弟俩般和美友爱，还是不多见的。

正如词前小序所说，这首词表达了苏轼对弟弟苏辙的怀念之情，但何尝不是他在中秋之夜对所有正经受离别之苦的人的美好祝愿？

而这个祝愿，以豪放阔大作为背景，温润磊落，千年来不知俘获了多少人的心，让人油然而发登高望远、对酒当歌的逸兴壮思之余，平添几多高旷、几许温情。

伍

蝶恋花

花褪残红青杏小。燕子飞时，绿水人家绕。枝上柳绵吹又少，天涯何处无芳草！

墙里秋千墙外道。墙外行人，墙里佳人笑。笑渐不闻声渐悄，多情却被无情恼。

杏花凋落，青涩杏子既嫩且小；燕子低飞，一溪碧水把人家环绕；风吹柳枝，纷飞的柳絮日渐减少；但处处可见葱翠茂盛的青绿芳草。

墙内秋千摇荡不止，墙外行人驻足观望，墙内传来悦耳的笑声让他陶醉遐想。笑声渐渐隐去，随即一片静悄悄，引得多情的行人因对方的无情而惆怅懊恼。

由于手头资料有限，实在无法弄清苏轼创作这首词的确切时间。根据《全宋词》的编辑顺序，当是词人密州任上所作。从作品反映的内容和思想感情来说，我认为这段时间比较契合作者当时的心境。有些评注在解析时说什么报国之情、思乡之情，甚至断定是苏轼晚年被贬海南儋州时的感慨之作，未免就过于生搬硬套了。

苏轼的爱妻王弗是1065年去世的，一转眼十年过去了，尽管苏轼在此期间续了弦，但他并没忘记曾经相濡以沫的前妻，这才有了《江城子·乙卯正月二十日夜记梦》这首哀恸千古的悼亡词。

所以，我更倾向于这就是苏轼的一次偶遇而引起的追忆爱情、感怀身世之作。正因如此，全词的基调有一种淡淡的忧伤以及难以排遣的无奈。

暮春总让人伤感。

花儿凋败，柳絮乱飞，好在有燕子盘旋，绿水环绕，更有那充满盎然生机的青绿芳草无处不生，总算给人带来一点安慰和希望。然而，墙里原本充满朝气散发青春气息的欢笑声却渐渐消失，空留词人墙外伫立良久，怅然若失，滋生无限的懊恼。本来他还一度歌吟"天涯何处无芳草"的昂扬旋律，自信余生还能找到如王弗这样的知音，可墙内的无情之举给他当头一棒，彻底打消了他的非分之想。

在合适的时间，合适的地点，遇上合适的人，是人生难得的缘分，世上有几个王弗呢？人家欢笑，人家淡漠，干你何事？

我想，此刻的苏轼一定非常抑郁落寞，或者后来《水龙吟》里那几句"春色三分，二分尘土，一分流水。细看来，不是杨花，点点是离人泪"最能代表他当时的心境。

袁牧似乎对东坡先生有些微言，说他"有才而无情，多趣而少韵""有起而无结，多刚而少柔"，我认为算不得中肯之言。

事实上，东坡除了旷达淡泊，更是性情中人。

将杨花看作"点点离人泪"，这是怎样一种妙笔和情思；"但愿人长久，千里共婵娟"更是一种悲悯宏阔的情愿，而"念故人老大，风流未减，空回首，烟波里"和这首词中的"多情却被无情恼"表达的则是或浩渺或无奈的情怨。

由此看来，苏轼并不是不会作婉约之词，只是他拒绝亭台院落中的幽怨呻吟，更喜欢将单纯描摹女性化的柔情之词扩展为体现阳刚气的豪情之词，将传统上只表现爱情之词扩展为人类的普遍性情之词，使词像诗一样可以充分表现作者的性情抱负和人格个性。

正因如此，这阕《蝶恋花》虽属婉约风格，但就凭一句"天涯何处无芳草"，已然带有豪放洒脱的印记风韵。

关于这首词，还有一个小故事。

相传，苏轼后来贬谪广东惠州，于初秋时节的一天，让侍妾朝云唱这首词，朝云唱到"枝上柳绵"这句时凝噎在那，泪流满面。东坡见状，内疚地笑了笑说："是吾正悲秋，而汝又伤春矣。"不久，朝云病故，东坡终身不复听此词。

朝云死后，东坡将她安葬在惠州西湖孤山南麓大圣塔边的一片松林中，林中寂立一亭——六如亭。东坡在亭柱上亲镌一副楹联："不合时宜，惟有朝云能识我；独弹古调，每逢暮雨倍思卿。"以此纪念与他患难与共、惺惺相惜二十多年的红颜知己，寄托他对王朝云的无限深情。

陆

浣溪沙

簌簌衣巾落枣花,村南村北响缫车。牛衣古柳卖黄瓜。
酒困路长惟欲睡,日高人渴漫思茶。敲门试问野人家。

枣花飘落沾上衣襟,簌簌有声;村南村北纺车缫丝,噪噪入耳;古柳树下,一位穿着麻布粗服的老农正在叫卖着黄瓜。

路途遥远,艳阳高照,不胜酒力的我睡意蒙胧、口渴干煞。于是敲响一户农家门,试向农户讨一碗茶。

苏轼从密州调任徐州后的一年夏天(1078年),当地发生了严重的旱灾。作为地方官的苏轼曾率众到城东二十里的石潭求雨,得雨后,他又与百姓同赴石潭谢雨。

这首词就是他途经农村前去谢雨记下的见闻,通过枣花、缫丝、黄瓜这些富有时令特色的事物,寥寥几笔的勾勒,就点染出一幅初夏时节农村的风俗画,形象生动地再现了淳厚朴实的乡村民风。

可以想象的是,尽管路长、日高、酒困、人渴,但身为父母官的苏轼,面对井然有序、悠闲安适的乡居场景,内心是欢畅愉悦的。因为,徐州百姓安居乐业的背后也有他的一份功劳。

这首词清新朴素,明白如话,加上真切传神,犹如枣花飘香,沁人心脾。

原来，农野人家并不逊色于豪门深宅。体恤民情、为民服务不但是为官者的一份责任道义，而且那种崇高的使命感，在温暖大众的同时甚至也能感动自己，在付出和奉献中享受一份由衷的快乐。

此时的苏轼 41 岁。

正是这段徐州的岁月让世人充分领略了他慈悲、真实、练达、活跃又诙谐的诸多特质，当然还有他那无与伦比的艺术才华。

欧阳修离世后的几年里，也正是苏轼声名鹊起远近皆知的时候。于是，天下学子自然而然地将苏轼视作文坛盟主，都以拜倒在他门下为荣。"苏门四学士"的前两位（按结识时间排序）张耒、晁补之分别在淮阳（今河南）和杭州就成了苏轼的门生，后来秦观和黄庭坚也诚心请求，希望被东坡收为门徒。

第一次拜谒苏先生时，秦少游就煽情地说："生不愿封万户侯，但愿一识苏徐州。"接着继续吹捧道："不将俗物碍天真，北斗以南能几人。"黄庭坚虽说没亲自前去拜访，但也写了两首诗，毛遂自荐的同时态度极为低调，腔调也足够谦逊，将未来的老师比作巍然挺立山巅的青松，自己则比作深山幽谷里一株卑微的小草。

后来的剧情，大家都知道了，秦观和黄庭坚都得偿所愿。东坡先生去世后，黄庭坚更是成了北宋最伟大的诗人之一。这是后话。

永遇乐

彭城夜宿燕子楼,梦盼盼,因作此词。

明月如霜,好风如水,清景无限。曲港跳鱼,圆荷泻露,寂寞无人见。紞如三鼓,铿然一叶,黯黯梦云惊断。夜茫茫、重寻无处,觉来小园行遍。

天涯倦客,山中归路,望断故园心眼。燕子楼空,佳人何在,空锁楼中燕。古今如梦,何曾梦觉,但有旧欢新怨。异时对、黄楼夜景,为余浩叹。

明月皎洁如霜,好风清凉似水,好一派清幽的夜景。弯曲的池塘里,有鱼儿跳出水面,圆圆的荷叶上滴落露珠点点。可惜夜深人静,这样的美景,没人看见。三更鼓后,一片落叶的清响,竟惊断了我的梦魂,让人不禁黯然伤怀。夜色苍茫,醒后寻遍小园,再也看不到梦境中美丽的盼盼。

漂泊不定的羁旅生涯,我早已厌倦。但远山阻隔,即使我望眼欲穿,也难以回还。"燕子楼"人去楼空,佳人早已不在,只剩下楼中的燕子,还在空自呢喃。人事代谢犹如梦幻,但大多数人沉睡不醒,仍然纠缠于人生的旧欢新怨。想必他日有人面对这黄楼夜色,也一定会为我凭吊长叹。

第五章 中国文学史上最可敬可爱的巨匠：苏 轼

这是一首记梦词，写于苏轼徐州任上。1078年10月的一个晚上，苏轼寄宿于"燕子楼"，一个温馨缠绵的梦境，让他对如梦似幻的人生感慨不已，灵魂也因此得到了一定程度的净化和升华。

"燕子楼"曾经演绎过多么旖旎动人的情感故事，无论张建封（燕子楼是他所建）在世与否，激发世人无限想象、留给后人美好情怀的都只是那娇美而忠贞的盼盼姑娘。

然而，如今早已是人亡楼空、佳人不在了。

由此，作者联想到自己所建黄楼，他日也不过是供人凭吊的古迹而已。于是，不由得引发词人对人生宇宙的怀疑和思考，激起他内心强烈的忧患意识。

好在苏轼时刻用老庄哲学作为镇痛的良药。他清醒地认识到，人生须臾，枯荣无常，所有的一切，无论爱恨情仇抑或功名利禄，在历史的长河里，在寥廓的宇宙中，都只是过眼烟云，显得微不足道。

如果说这首词的大部分情调显得有些沉郁和感伤，然而单单"古今如梦，何曾梦觉"及"异时对，黄楼夜景，为余浩叹"这两句就足以显示出苏轼的清旷和从容。这不是禅意玄思后的单纯出世意念，也不是超现实的虚幻慰藉，而是作者看透世事沧桑后得出的随意人生的态度和信念。

正是这样的态度、信念，帮助他在未来更为崎岖险恶的人生道路上渡过难关、战胜风霜。

从这个意义上说，他十多年后写的"且陶陶、乐尽天真。几时归去，作个闲人。对一张琴，一壶酒，一溪云"（《行香子》）绝不是消极的逃避，而是一个老人顿悟人生真谛后的自然表白，一种中国式智慧的美丽结晶。

这首词情景交融、情理双会又境界清幽，风格和婉又不失清丽；加之用典贴切、融会贯通，足见词人行文造诣的高妙不凡。其中的"燕子楼空，佳人何在，空锁楼中燕"几句更是传诵久远。

不过，我觉得"铿然一叶"最值得玩味。一叶落而知秋，可落叶坠地竟有金玉之声，我想，只有苏轼这样的天纵英才，才有这样精微的体察和惊人的想象力，才会营造出一个如此静谧的深夜。

再说两句黄楼。

东坡先生多才多艺，他还特别喜欢建楼。他任职徐州期间，在东门亲自勘查选址，督造了高达一百尺的黄楼。后来"黄楼"一词竟然成了这个时期他诗歌总集的名称，一如他在密州建造的超然台，成了密州所写诗集的名称一样。

但他绝不是李世民弟弟李元婴那样喜亭榭歌台之盛、好大兴土木之类的庸官。李元婴连造三座滕王阁，只是为了满足自己纵情游冶的糜烂生活，而东坡却是心系苍生百姓的好官。

他只是朴素地认为，黄代表土，而水来土掩，因此黄楼理所当然被赋予了防水克水之意，自然也就成了防洪抗洪以及保民安民的象征。

捌

西江月

世事一场大梦，人生几度秋凉？夜来风叶已鸣廊，看取眉头鬓上。

酒贱常愁客少，月明多被云妨。中秋谁与共孤光，把盏凄然北望。

世事恍如一场大梦，人生几多惆怅。秋夜的寒风裹挟着落叶在回廊上簌簌鸣响。我对镜自顾，眉头鬓上银丝新添，让人不禁忧伤。

酒质低劣，却为客少发愁；月亮虽明，多被浮云遮挡。又值中秋佳节，可无人与我共饮赏月。我只好独自端着酒杯，凄然遥望着北方。

1079年，42岁的苏轼从徐州调任湖州知州，他例行公事地写了一份《湖州谢表》，谦虚的言辞下不免带了些牢骚，譬如说自己"愚不适时，难以追陪新进""老不生事或能牧养小民"等，这些话被宵小卑鄙，尤其是新党中的居心叵测之徒抓住了辫子，说他"衔怨怀怒""指斥乘舆"。

这还了得，如此不忠无礼，够得上死罪了。不仅如此，他们还在苏轼的诗作中挑出大量"讽刺"甚至"包藏祸心""妄自尊大"等意味的诗句，譬如苏轼咏桧树写的那两句"根到九泉无曲处，此心唯有蛰龙知"，极尽捕风捉影之能事，开始深文罗织他欺君罔上的罪名，在舆论上大造声势，以致朝堂上下充斥了一片倒苏鸦音。

于是，在这年的七月二十八日，苏轼上任湖州知州仅三个月之际，御史台就派人赶赴湖州，将他押解到开封，扔进了监狱。

这就是北宋历史上著名的"乌台诗案"（乌台，即御史台，因上面遍植柏树，终年栖息乌鸦，故称乌台）。

乌台诗案是苏轼人生的一大转折点。那些真正包藏祸心的奸邪之辈想方设法要置苏轼于死地，但一批有良知的朝廷重臣甚至一些变法派中的有识之士也劝谏神宗不要杀苏轼。

救援活动几乎同时在朝野间展开。

王安石，这位变法的总设计师、人格上无可挑剔的正直君子，当时正下野退居金陵，也向皇帝大声疾呼："安有圣世而杀才士乎？"

好在皇帝还不算太糊涂，他看了诬陷苏轼的大量"证据"，尤其那首咏桧诗后说："彼自咏桧，何预朕事？自古称龙者多矣，如荀氏八龙，孔明卧龙，岂人君也？"

终于，在大家的努力下，这场诗案就因王安石"一言而决"（最关键还是得益于曹皇后的庇护和不杀士子的祖宗家法，以及神宗皇帝的天恩大开），苏轼才得以从轻发落，贬为黄州（今湖北黄冈）团练副使，这位所谓持有"异议"的大知识分子才幸免于难，躲过一劫。

很显然，"乌台诗案"是官场奸小用牵强附会的卑劣手段捏造而成，使苏轼几次险遭杀戮。遇赦出狱后，他清楚地看到政治斗争中不可避免的阴暗、卑琐和险恶，深切感受到人生的无奈。

上面的这首《西江月》就是写于他被贬黄州后的第一个中秋夜，时间应该到了1080年。

第五章 中国文学史上最可敬可爱的巨匠：苏 轼

苏轼为人放达率真，反映到他的作品中，大多体现出豪迈奔放、潇洒磊落的风格。因此，即使宦海浮沉、人世飘零等不幸的际遇让他常产生人生如梦的思想，但他始终保持豁达自适的人生态度，在自然山水间，在古圣哲思中找到自我排遣的方法。

然而这首词作一反常态，尽显恶劣境遇后的凄凉忧伤以及对世路艰险、人生险恶的牢骚和愤慨。

这里，我们再也看不到他昔日的疏狂、达观，感受不到他天风海雨般的激情和乐观向上的力量。我们只看到一个饱受牢狱之灾如今又被贬谪荒野之地的老者，在回廊上孑然独立。

此时的他须发染霜，在瑟瑟秋风中，面对落叶的飘零，无奈地长吁短叹。虽是中秋之夜，但因乌台诗案牵连了很多无辜的老友，没有人再愿意涉险探望。何况天空时有乌云翻滚，遮住了原本清朗的月光。

这乌云不就是迷惑圣听排斥忠良的那些小人么？

于是，如梦境般荒谬的人生遭际，不以人意志为转移的世事沧桑，一下子压垮了原本坚强旷达的他。

于是，我们看到了一个举杯凄然北望的孤独、落寞和失意者的形象。

苏轼此时的心态完全可以理解。他不是神，而是一个有血有肉的凡人。他也会有脆弱的时候，何况他这次确实有愤懑不平的原因，有深沉喟叹的理由。

他曾有杀头之险，如今虎落平阳，龙陷沙丘。

从这首词作，我们还可以看到，苏轼并不只言豪放之语，他也能歌婉约之情，只是他的婉约之作，绝不是绣楼绮户里的哀怨呻吟，比如这首《西江月》，字里行间就带着血泪的人生呐喊和宣泄，读后照样使人荡气回肠。

玖

西江月

顷在黄州，春夜行蕲水中，过酒家饮。酒醉，乘月至一溪桥上，解鞍曲肱，醉卧少休。及觉已晓，乱山攒拥，流水锵然，疑非尘世也。书此语桥柱上。

照野弥弥浅浪，横空隐隐层霄。障泥未解玉骢骄，我欲醉眠芳草。

可惜一溪风月，莫教踏碎琼瑶。解鞍欹枕绿杨桥，杜宇一声春晓。

月光下，春水盈溢清澈，波光粼粼，寥廓的天空中隐约有淡淡的云层。因为未解下马鞯，马儿仍昂首站立，可不胜酒力的我，只想倒在芳草丛中美美地睡去。

好可爱的一溪风月，马儿你千万别踏碎了水中的月亮。我解下鞍鞯作枕头，斜卧在绿杨桥上入梦乡，直到杜鹃一声鸣叫，天已破晓。

这首词作，我以为最能代表苏轼淡泊闲适的襟怀。

在月明、水清、夜静的寥廓旷野中，词人进入了一个物我两忘、与自然浑为一体的境界。在寄情山水的同时，他融入了自己的感受，在诗情画意中尽情享受大自然的馈赠，努力忘却世俗的荣辱得失和纷扰喧嚣，读来令人神清气爽，回味无穷。

时间到了1082年，苏轼贬居黄州已近三年。

"乌台诗案"彻底粉碎了他曾经抱有的政治理想，让他看清了官场的黑暗、世态的炎凉。

但苏轼并没有被巨大的痛苦击倒。相反，他在亲自躬耕的体力劳动中舒缓精神的压力，在徜徉山水间获得人生新的体验，以此抚慰心灵曾经的创伤，也因此融汇成一种超人的旷达、一种不以世事萦怀的恬淡精神。这种精神自然而然地反映到他的创作中，其风格较之以前有了很大的变化，而且优秀作品层出不穷。

其实，我们大多数普通人都憧憬"我欲醉眠芳草"的那份逍遥，只是常常面对"杜宇一声春晓"时仍漠然处之，无动于衷。

美，无处不在，我们有时不只是缺少了一双善于发现美的眼睛，更因为我们缺少了一颗柔软善感的心灵。

突然想起去年的今日，即2018年的9月15日。那天凌晨，天未放亮，我、夫人以及儿子凯，三人就早早起身，驱车出发，目的地是千里之遥的河南洛阳正骨医院。临出发前，我还自拈一阕《西江月·早行》记录当时的所思所想，如下：

窗外蟋蟀低吟，露浓花瘦秋近。一轮清月林梢挂，远处一声鸡鸣。

世事本来艰磨，哪来一帆风顺？古都正骨传声名，我们一家远行。

字数勉强凑够，韵仄差强人意。关键是，意境格调与东坡先生的作品差之万里，本不该拿到这里丢人现眼，但或许是天意，一年后的今天，我居然刚好解析到苏轼的这阕词牌，所以就不自量力地附录于此了。

拾

卜算子

黄州定慧院寓居作

缺月挂疏桐，漏断人初静。谁见幽人独往来，缥缈孤鸿影。

惊起却回头，有恨无人省。拣尽寒枝不肯栖，寂寞沙洲冷。

一弯残月挂在稀疏的梧桐枝头，万籁俱寂，夜深人静。幽人在清冷的月光下独自徘徊，有如远处飞来的缥缈孤鸿的身影。

惊起之际却猛然回头，满腔幽怨，只是无人理解没有知音。拣遍高处寒冷的树枝也不肯栖息，宁愿待在沙洲忍受孤寂凄冷。

这应该是苏轼初贬黄州寓居定慧院时的作品，反映的内容与《西江月·世事一场大梦》一样，都是描写自身孤独落寞的心境。但苏轼巧妙地借用月夜孤鸿这一形象，托物寄怀，表现出他虽处逆境仍孤高自许，不愿与宵小之徒同流合污的疏狂个性。

这首词上片极写"幽人"之孤寂，人雁合一，曲尽其怨；下片则借孤鸿喻写凄惶处境，以此表达词人甘守寂寞孤独而不愿随波逐流的心态。整首词显得空灵飞动，含蓄蕴藉中生动传神，散发出很强的艺术魅力。

对于这部作品，黄庭坚评价甚高，说：“语意高妙，似非吃烟火食人语，非胸中有万卷书，笔下无一点尘俗气，孰能至此！"认为有高旷洒脱、绝去尘俗的境界。

对于这种说法，我有点不以为然。我倒觉得此刻的苏轼有点怨天尤人后的愤世嫉俗。苏轼也是血肉之人，也有脆弱无助的时候，不可能一直保持那种高标旷达的心境，一定会在某个节点长吁短叹几声。

事实上，苏轼这一生一直在出世和入世的矛盾中纠结着，只是他绝顶聪明，总能在山重水尽之时幡然醒悟，然后抖一抖衣袖，掸一掸身上的尘土，潇洒地迎接柳暗花明中那一抹温暖的霞光。

拾壹

定风波

　　常羡人间琢玉郎，天教分付点酥娘。自作清歌传皓齿，风起，雪飞炎海变清凉。
　　万里归来年愈少，微笑，笑时犹带岭梅香。试问岭南应不好？却道，此心安处是吾乡。

苏轼这首词有一题记"南海归赠王定国侍儿寓娘"，并附一段简短的小序：王定国歌儿曰柔奴，姓宇文氏，眉目娟丽，善应对，家世住京师。定国南迁归,余问柔:"广南风土,应是不好?"柔对曰:"此心安处,便是吾乡。"因为缀词云。

常常羡慕幸运的多情郎王定国,上天赐予他一位温柔美丽的好姑娘。都说她轻启皓齿,那美妙的歌声犹如风起雪飞,让炎炎的火海也变得清凉。

她从万里之遥的地方归来,看起来倒更年轻了,笑容依然,笑颜中好像还带着岭南梅花的清香。我试探着问她被贬之地的风物应该不会太好吧,她却坦然回答说:此心安处,便是故乡。

苏轼一生的朋友不少,但真正的挚友不多,甚至曾经的挚友也因政治立场以及功名利禄的羁绊,最后竟反目为仇,几欲置他于死地。譬如上了《奸臣传》的那个章惇。

"乌台诗案"发生时,许多人像躲避瘟神般远离苏轼,但章惇一直力挺他。当宰相王珪在神宗面前百般挑唆、鼓舌诽谤苏轼时,他义正辞严痛斥道:"之唾,亦可食乎!"其义薄云天的英雄壮举一度感动得东坡稀里哗啦。

然而随着新党得势,章惇开始与苏轼交恶,并在拜相后变本加厉地迫害昔日好友,在短短两年内,将苏轼一贬再贬,直至贬到天涯海角,一副赶尽杀绝的样子。

反观苏轼,当章惇不久倒霉也被贬谪到雷州时,他则表现出一贯的大度和善良,通过章惇之子章援送去对老友的殷切关怀。

苏轼有个终身密友,就是这首词题记中提及的王定国(名巩)。

因受"乌台诗案"牵连,王定国被贬到荒僻的岭南之地,苏轼为此十分痛心。他曾满怀歉疚地对王说:"为某所累尤深,流落荒服,

第五章 中国文学史上最可敬可爱的巨匠：苏 轼

亲爱隔阔。每念至此，觉心肺间便有汤火芒刺。"

可他没料到的是，好友的歌姬寓娘（柔奴）却毅然随行，表现出一个柔弱女子敢于和心上人共赴危难的坚强意志和美好品德。

而且，这个女子肤若凝脂，姿容秀美，才艺出众，她黄莺般婉转动听的歌声能让酷热的夏日世界也变得一片清凉。

更让苏轼没想到的是，当柔奴从遥远的贬谪之地回来的时候，没有一丝不悦，相反却显得青春依旧，平和温馨的笑容里甚至还带着岭南之地的梅香。

此时的苏轼还有一点隐隐的担忧，忐忑之余，像是自言自语似的进一步探问了句："岭南之地应该不太好吧？"

没想到柔奴竟然淡淡地答了句"此心安处是吾乡"。

于是，一个集外表与内心美于一身的柔奴出现在我们面前，一种身处逆境而又安之若素的可贵品格拨动了我们的心弦。

苏轼释然了，他不再为牵连了无辜的好友而内疚；他坦然了，因为前行的道路上他不再是一个踽踽的独行者。

写到这里，我不禁又回忆起东坡后来远贬惠州时发生在常州街头的一幕：那位重情重义的常州女子胡淑修（李之仪夫人），为了声援东坡先生，竟然主动加入挂牌示众的游行队伍中。

她对围观的路人激昂地说："我重苏子瞻其人，慕其义，心领其神已久，自愿同罪，使天下人知道，这世上尊敬苏公的并非只有男子！"

这是怎样的一种胆魄和豪气？什么叫义无反顾？什么是慷慨激昂？什么才是真正的"巾帼不让须眉"？

在古常州的街市间，那位头顶烈日主动加入挂牌示众队列的女子做到了。我还相信，胡淑修当时操着一口流利的吴侬软语——常州话，声音不高，但字正腔圆，饱蘸激情，足以可以让天地山河为之一震。这或许也是苏轼一再想终老常州的原因之一吧。

有这样肝胆相照的朋友，有这样不让须眉的巾帼知己，还有什么样的沟壑不能越过，还有什么样的困难不能克服呢？

此词虽然也写美人香软，但不同于"花间""婉约"那种肉麻的旖旎香艳，显得柔中有刚，空灵清丽，透出一种明丽雅致的清新情调。而柔奴的一句"此心安处是吾乡"，也正是作者面对逆境一贯以来的人生态度和处世哲学。

确实，东坡不只是一个名字，更是一种符号，一种象征着心灵喜悦和思想快乐的符号。

拾贰

临江仙

夜饮东坡醒复醉，归来仿佛三更。家童鼻息已雷鸣。敲门都不应，倚杖听江声。

长恨此身非我有，何时忘却营营？夜阑风静縠纹平。小舟从此逝，江海寄余生。

在东坡雪堂夜饮，醒了又醉，回来时好像到了三更时分。家童早已熟睡，鼾声大作，连敲门都没回应，我只好独自挂杖临江听水声。

第五章　中国文学史上最可敬可爱的巨匠：苏　轼

常常痛恨这个躯体不属于自己，什么时候才能真正抛却功利，不去奔逐钻营。夜已深，风已静，江面上波澜不惊。真该乘一叶扁舟从此消逝，到广阔的江湖河海中寄托余生。

此词作时间应该是苏轼被贬黄州的第三年。

那是一个深秋的夜晚，他与朋友在东坡雪堂开怀畅饮，直喝得天昏地暗，大醉酩酊。等他醉眼恍惚中回到临皋住所时，已是三更时分。家童早已鼾声如雷，他不得已只好挂着藜杖，在夜深人静的时候，独自倾听千百年来东流不息的江涛声。

于是，一个"幽人"又出现了。这是历经沧桑后遗世独立的幽人形象，比之前《卜算子》里的那位"缥缈孤鸿"多了份疏朗和自适，更浸润了一种独特的个性和真情。这时，只听这位年近天命的"幽人"，突然仰天长叹道："长恨此生非我有，何时忘却营营？"

这奇峰突起的深沉浩叹，既点明了一直以来纠缠困惑词人的名利之心，又反映出他在深刻的反思后努力要求解脱的强烈愿望，在些许的感伤中，营造出一种震撼人心的力量。

夜更深了，风已停歇，江面平静如镜，没有一丝波纹。面对这神秘幽静的自然界，苏轼此刻心如止水，神与物游，于是情不自禁地高唱起"小舟从此逝，江海寄余生"这般带有浪漫主义情怀的歌词。自此后，他要散发扁舟，任意东西，将自己有限的生命融化在无限的大自然中……

当然，我们都知道，苏轼一生并未最终游逸山林退隐湖海，甚至田园归居也成了遥不可及的梦想。身不由己的他，被看不见的命运之绳一直拖拽着，羁旅四处，天下流离。

然而，苏轼从不会呼天抢地幽咽哭泣，相反，他将苦难活成了诗意的人生。他的心海始终跳跃着快乐的音符，因此即使偶有愤懑不快甚至怒不可遏，他都能随聚随散，最后无一例外吐出豪迈洒脱的男儿气息。

纵观苏轼的一生，会发现他六十四岁的生命历程中充满了坎坷和不幸，但读他的诗词，又仿佛他的生活里尽是逍遥和发自肺腑的欢愉。元好问如是品评东坡的文字：自东坡一出，情性之外，不再有文字，真有"一洗万古凡马空"的气象。

诗人的心灵浩瀚如海，诗人的灵魂轻盈如鸿，所以他才能在高远的天空自由翱翔。不喜不悲，不怒不嗔，此心安处是吾乡。

据说，北宋末期叶梦得《避暑录话》有一段相关的逸闻记载，大约是这样描述的：

第二天哄传东坡醉作《临江仙》后，挂官服于江边，架舟长啸而去。郡太守徐君猷听闻后惊恐万分。朝廷重犯，在他管辖的地盘逃逸或失踪，脱去乌纱帽不说，甚至项上人头都有落地的危险。情急之下，他急忙带兵丁赶去临皋亭查看，谁料东坡先生正安卧榻上，鼻鼾如雷，睡得正香。

看到这里，我忍不住扑哧一笑，笑这位郡守的可怜和狼狈，也为东坡始终不渝的磊落坦荡、从容自得击节叫好。

拾叁

定风波

三月七日，沙湖道中遇雨。雨具先去，同行皆狼狈，余独不觉，已而遂晴，故作此词。

莫听穿林打叶声，何妨吟啸且徐行。竹杖芒鞋轻胜马，谁怕？一蓑烟雨任平生。

料峭春风吹酒醒，微冷，山头斜照却相迎。回首向来萧瑟处，归去，也无风雨也无晴。

不必在意那穿林打叶的雨声，不妨一边吟咏长啸，一边缓步徐行。竹杖草鞋轻快得胜过骑马，怕啥？披一身蓑衣，照样过我的一生。

料峭的春风将我的酒意吹醒，稍冷，山头放晴的斜阳却殷殷相迎。回头望一望刚才风雨肆虐的地方，没啥！我信步归去，不在乎风雨，也无所谓天晴。

这首词作于1082年的三月七日。那天，苏轼与几个朋友相约春游，在途经黄冈东南三十里之地沙湖（又名螺丝店）时，突遇风雨。同行的朋友深感狼狈，苏轼却毫不在乎，泰然处之。他一边吟咏自若，一边舒徐缓行，表现出面对自然、人生风雨时我行我素、不畏坎坷的超然情怀。

自然界阴晴不定，寒暑轮回，太过寻常。人生之路同样如此，风云变幻，荣辱得失，悲喜无常。相比之下，人生征途上的风雨更加险恶，更加猖狂。

因此，如何安然度过人生风雨，如何站稳脚跟不被击倒，如何让生命之舟成功抵达彼岸，是每个人必须面对的问题。而这个人生大课题，一千年前的苏轼用这首《定风波》，以他那旷达超脱的胸襟、安然若素的态度解决了。

正因如此，几乎每一个中国人读到这首词，都会耳目一新，精神一振。

是的，唯有东坡，才能在血雨腥风的逆境中从容自若，驰骋纵横；唯有他，才可以在险象环生的大海上顶风破浪，满怀豪情；也唯有他勘透了世事人生的真相，才可以将自己那颗真纯良善的心灵放逐于天地之间。

贪欲之心，谁都会有；向往名利，无可厚非。只是不要被贪欲的烈焰吞噬了理智。

辉煌固然值得称道，然而平淡才是人生永恒的主旋律，因为说到底，我们都是凡人，普通人。

可惜放眼四周，甘于平淡的人寥寥无几，可又有几人能经得起狂风暴雨的洗礼？

因此，我只想对他们也对自己说：且行且珍惜。

第五章 中国文学史上最可敬可爱的巨匠：苏 轼

拾肆

浣溪沙

游蕲水清泉寺，寺临兰溪，溪水西流。

山下兰芽短浸溪，松间沙路净无泥，潇潇暮雨子规啼。
谁道人生无再少？门前流水尚能西，休将白发唱黄鸡。

山下小溪潺缓，溪畔浸生着短短的兰芽；通往寺庙的松间沙路一尘不染，洁净无泥；暮雨潇潇中传来几声杜鹃的鸣啼。

谁说青春一去不复返？门前的溪水尚能流向西！千万不要空自怨叹黄鸡催晓、光阴易逝。

苏轼被贬黄州后，托人在黄冈东南大约三十里之处的沙湖买了些农田，一来亲自躬耕自食其力，二来以此打发消遣寂寞的时光。一次，他相田回来后，不慎得了臂肿病。经人介绍，他去了麻桥庞安常的诊所。庞安常是个聋人，但医道高明，一次就治愈了苏轼的病。苏轼一高兴，拉了庞，一起游览了位于蕲（qí）水县（今湖北浠水县）的清泉寺。

时值仲春，清泉寺风光幽雅怡人。

溪水潺潺，兰芽新生；松林沙路，经过潇潇暮雨冲刷，异常洁净；偶有几声子规啼叫，却也不似本来的凄厉，反而清清亮亮，婉转动听。

好一幅充满诗意的水墨画。

它爽人耳目，沁人心脾，自然引发词人热爱自然、执着生命的积极向上的浪漫主义情怀。而溪水西流这一难得一见的现象更让46岁的"老夫"勃发出冲天豪气，继而歌吟出"谁道人生无再少？""休将白发唱黄鸡"这般向往青春活力、老而有为以及志在千里、壮心不已的生命赞歌。

这赞歌，八百年前的曹孟德唱过，现在，苏轼接过了这股气脉，因此也接通了绵延千年、浸入中国人骨髓的浩荡正气。

一般的情况是，人到了中老年，尤其经历了人生的酸甜苦辣后，总会嗟叹青春不再、岁月易老、生命迟暮，所以古人有"花无重开日，人无再少时"之说。然而苏轼毕竟是一个"奋厉有当世志"的杰出人物。

老又如何？依然可以左牵黄右擎苍，努力进取。只要心不老，青春就永远不会褪色，因为老去的只是岁月本身。

在这里，苏轼虽然化用白居易的《醉歌》诗作，但一扫白诗忧伤凄楚的低沉调子，体现了他虽身处逆境，仍力求振作的精神。

这首词，上片写景，景色清新明丽；下片即景咏志，志向高远，催人奋进，是一首真正体现苏轼作品风格和情怀的佳作，所以自古以来好评如潮。

海明威在《老人与海》中曾这样说过："一个人并不是生来就要给打败的，你尽可以消灭他，却不能打败他。"苏轼无疑就是这样一个人，一个永不言败也永远不会被打败的人。

第五章　中国文学史上最可敬可爱的巨匠：苏 轼

拾伍

念奴娇·赤壁怀古

大江东去，浪淘尽、千古风流人物。故垒西边，人道是、三国周郎赤壁。乱石穿空，惊涛拍岸，卷起千堆雪。江山如画，一时多少豪杰！

遥想公瑾当年，小乔初嫁了，雄姿英发。羽扇纶巾，谈笑间，樯橹灰飞烟灭。故国神游，多情应笑我，早生华发。人生如梦，一尊还酹江月。

长江浩荡东流，千百年来无数英雄人物都被冲刷湮没在滚滚的巨浪里。西边的旧营垒，据说是三国时周郎大败曹兵的赤壁。那儿，陡峭的石壁直插云天，如雷的波涛拍打着江岸，激起的层层浪花仿佛卷起的千堆白雪。雄奇的江山壮美如画，一时涌现多少英雄豪杰。

遥想当年的公瑾周瑜，小乔刚成为他的娇妻，他英姿勃发、春风得意。手摇羽毛扇、头戴青丝巾，谈笑之间，强敌的战船就被烧得灰飞烟灭。神游当年的古战场，只怪我多愁善感，过早地霜雪染鬓。人生犹如一场大梦，还是洒一杯酒祭奠滔滔江水、朗朗明月。

我想，稍稍了解中国文学史或者对宋词感兴趣的人，即使记不住苏轼的其他作品，这首《念奴娇·赤壁怀古》也大多不会忘记。我特意把它放在最后一首来解析，就是想跟大家在告别苏轼前，再一次感受他的人格魅力，再一次领略他激昂排宕、天风海涛式的豪迈词风。

此词写于黄州，苏轼47岁时。

历经人身迫害和政治坎坷，此时的苏轼壮志消磨，英雄气尽。但他绝不是那种悲戚、寒酸的文人。

落魄使他失意也让他有些无奈，可他对生活始终未失去信心。他一方面从儒释道的哲理中汲取精华，勘破人生的真相，另一方面从壮阔的山水和古圣先贤等众多伟大灵魂那儿寻找慰藉，获取生存的力量，领悟人生的真谛。

那天，苏轼乘着月色来到黄州城外的赤壁矶。面对风起云涌、乱石拍岸的奇瑰风景以及万古长流的滚滚江涛，他一时思接古今，脑海里自然浮现出三国时群雄逐鹿、金戈铁马的画面，而赤壁古战场正是见证魏、蜀、吴三国鼎立，值得怀古凭吊的地方。

想当年，曹操横槊赋诗，孙权骑马射虎，孔明隆中定策，更有那周郎公瑾年轻风流、英姿焕发。正所谓风云际会，英雄辈出，连山河都为之变色。

事实上，罗贯中《三国演义》为了维护汉家正统，有刻意美化诸葛亮丑化周瑜之嫌。

真正的周瑜，不但胆略过人、气概豪迈，而且胸襟广阔，知人善任，是苏轼心中十分仰慕的大英雄。正因如此，他才着力刻画这位年轻英武的将军。

一句"小乔初嫁了"，便衬托出郎才女貌的千古佳话：一个是英姿勃发、风流倜傥的少年英雄；一个是闭月羞花、沉鱼落雁的绝色美人。然后，在接下来决定东吴命运甚至他俩自身命运的赤壁大战中，周瑜"羽扇纶巾",风度翩翩,从容指挥,说笑之间就将不可一世的曹操大军打得大败,曹军战船也在漫天的大火中烧成灰烬。

可以想象,如果没有周瑜,或许赤壁之战的结局将重新书写,甚至中国历史也将被重新书写,也很可能出现"铜雀春深锁二乔"的一幕了。当然,世上没有如果,历史也不能改写。事实是,周瑜24岁抱得了美人,34岁赢得了赤壁大战的胜利。

此时的东坡先生呢?他不过是黄州团练副使,相当于民兵副队长一般的闲职,而且年近天命了。于是,他有点郁愤不平,但更多的是惶恐不安,老脸上觉得有点烫,面子显然挂不住了。

这本是激荡着英雄气息的古战场,我,一个满头白发的老人,是不是有点矫情,过于多愁善感了?

也许吧。不过,英雄又如何?

随着时间的流逝,那么多的豪杰之士不都消失得无踪无影了吗,不都被眼前的滔滔江水冲刷得干干净净了吗?但春夏秋冬依然,见证过伟大、平庸的江河日月仍在。那么,在历史的长河里,在无垠的宇宙中,如尘粒般渺小的人算什么?功名利禄算什么?人生如梦,什么都只是浮云。

这样一想,我们旷达洒脱的苏轼又回来了。

只见他斟满了一杯酒,随即洒向大地,嘴里默念道:来,来,来,还是向长江、明月献杯酒,咱们共饮吧。

懦夫只会消极悲观逃避现实,唯有英雄才会哼唱超脱飞扬的生命壮歌。

黄州几年的贬谪生涯是苏轼不断走向成熟和睿智的时期。正是他超越常人的智慧和淡定从容的气质，守护滋养着他那颗纯粹的赤子之心，让他渡过人生难关。

这首词虽说通过对古迹的凭吊以及对风流人物的追忆，表达词人怀才不遇、壮志难酬的郁愤失意，显得有些沉郁悲壮，但由于境界阔大，声音铿锵，格调雄浑，素有"铁琴铜琶"之称，因此，自然成为以豪壮之情书写胸中块垒的典范之作，也成为苏轼豪放风格的奠基之作。

苏轼诗词不仅独步当世，甚至后无来者。我这里介绍的仅仅是他浩瀚文字中的九牛一毛、太仓一粟。不过，我相信我们在欣赏他一首首隽永优美的词作时，已然能感悟他那个独特的灵魂。

追求快乐是人类永恒的主旋律，但幸福的钥匙，永远在于保有一颗澄澈、明静、诚挚的心灵。

苏轼曾对弟弟子由说过："我上可以陪玉皇大帝，下可以陪卑田院乞儿，在我眼中天下没有一个不是好人。"心地如此真纯良善，还有什么苦难逆境不能越过，还有什么能阻滞快乐的来临？

是的，即使在常州临终时，东坡依然表现出一贯的洒脱自然之风。

来自杭州的好友之一维琳方丈在他耳边说："现在，要想来生。"东坡轻声说："西天也许有；空想前往，又有何用？"站在一旁的常州好友钱世雄大声对他说："现在，你最好还是要作如是想。"

我们可亲可爱可敬的东坡老人留给世间最后的一句话则是："勉强想就错了。"

在人生的长河中，在生命的起落间，要永远保持快乐无忧的心境何其艰难，那需要有一种超越了尘世山峦和江湖河海的胸怀，而苏东坡正是中国历史上极少数具有这种胸怀的伟人。

所以，作为华夏子孙，都该说声谢谢你，东坡先生；作为常州的后人，我更得说声谢谢你。

谢谢你和常州的情缘。

你和常州同年签下"鸡黍之约"的豪情，你在宜兴置下田产的坚定，你几次上表请求终老常州的热忱，你十多次光临常州的真诚，都深深感动着千年来的常州百姓。因此，当你不幸蒙冤贬黜时，才有那么多的常州士子为了你不惧披枷带锁，在夏日炎炎的青石板上昂首前行；才有你从蛮荒的琼崖回归时，常州古运河边老百姓的"夹道欢迎"；才有你逝世后"吴越之民相哭于市"的悲恸场景。

正因为你，常州原本儒雅秀逸的气韵里多了份豪迈和坚强，尽管离从容和豁达还有不少距离。

但可以告慰你的是，常州人，一直在不懈努力，从来没有放弃。

此时，我总算可以跟您道别了，尽管只是暂时。

第六章 老而弥坚：黄庭坚

壹

1045年6月，洪州分宁（今江西省九江市）降生了一位神童。

这位字鲁直，号山谷道人，晚号涪翁的神童，不但自小聪颖，而且小小年纪就能看清名利得失，洞察世事人心，表现出非一般的悟性。他6岁所作的牧童诗"骑牛远远过前村，吹笛风斜隔陇闻，多少长安名利客，机关用尽不如君"就是明证。

难怪后来苏轼曾极力举荐他代替自己，赞誉说"瑰伟之文，妙绝当世；孝友之行，追配古人"之句，可见推举之重。

他是谁？

他就是日后成为北宋著名文学家、书法家、江西诗派开山之祖，与苏轼齐名、并称"苏黄"的黄庭坚。

黄庭坚生性正直倔强，为人坦荡磊落，虽一生历经宦海波澜，屡遭厄境，仍不忘初心，砥砺前行，在积极抨击黑暗时政的同时，在蒙冤受屈的贬谪生涯中展现出少有的高风亮节。

黄庭坚是难得的全才，诗词书画都造诣了得，对中国的文学艺术史产生过巨大的影响，尤其对江西诗派的形成和发展，他更是宗师级的领袖，功不可没。他和陈师道、陈与义三人奉杜甫为师，构建并提出了"点铁成金"和"夺胎换骨"等诗学理论，主张用字精确锤炼，重视句法，讲究章法，追求自然平淡，无斧齿凿痕的说理效果和艺术特色。

甚至，一些学者认为，他对宋诗的影响超过了苏轼。

接下来我们还是分析他的词作。

贰

念奴娇

八月十七日,同诸生步自永安城楼,过张宽夫园待月。偶有名酒,因以金荷酌众客。客有孙彦立,善吹笛。援笔作乐府长短句,文不加点。

> 断虹霁雨,净秋空,山染修眉新绿。桂影扶疏,谁便道,今夕清辉不足?万里青天,姮娥何处,驾此一轮玉。寒光零乱,为谁偏照醽醁?
>
> 年少从我追游,晚凉幽径,绕张园森木。共倒金荷,家万里,难得尊前相属。老子平生,江南江北,最爱临风笛。孙郎微笑,坐来声喷霜竹。

雨后初晴,秋空明净如洗,山峰碧绿如染,更有一截彩虹隐约挂在天边。谁说桂影繁密婆娑就影响了今晚的月色清辉?青天万里,嫦娥何在?她正驾驶一轮月盘,在夜空驰骋。月光清寒、斑驳,却难掩醽醁酒的晶莹澄澈,怎不让人贪恋垂涎?

此刻有些薄凉,我却愉悦地和一群少年在张家林木繁密的小园幽径上徜徉游冶。离家万里,难得今宵适意,让我们斟满酒杯一起开怀畅饮。老夫这一生,天南海北,最喜欢的是临风听笛。孙郎听后,微微一笑，随即吹起了一段悠扬动听的笛音。

得益于文彦博、苏轼等人的提携举荐，黄庭坚入仕之初较为顺利，30岁出头就做了校书郎，负责《神宗实录》的编撰工作，后还到宣城做了几年知州。

但由于朝廷奸邪污谗，他于1094年被贬涪州别驾黔州安置，那些攻击他的人以为那是好地方，继续想方设法罗织罪名，最终以所谓的亲属之嫌，将他重新发配到了地处西南的戎州（今四川宜宾）。

然而，黄庭坚好像事不关己一般，对贬谪一事毫不介意，表现出一如既往的从容和洒脱，这让当地的文人士子叹服之余仰慕不已，都视与他结交为幸事。

这首《念奴娇》，就是他带着亲属夜访张宽夫，在张家林园，就着一片月色、一阵笛声，对酒当歌的抒怀作品。

这首词，笔墨酣畅，气象壮阔，格调雄浑，展示出词人面对厄境时那种旷达、倔强的个性胸怀，体现了他处变不惊、不为荣辱沉浮挂碍的人生态度，字里行间洋溢着豪迈乐观的情绪。尤其"老子平生，江南江北，最爱临风笛！"三句更显得激越铿锵，将词人的无畏无惧之态、傲岸不羁之气凸显得淋漓尽致。

难怪他不无得意地自诩"或以为可继东坡赤壁之歌"了。

我则以为差足继武，勉强可与之一比而已。毕竟俩人不是一个等级。不过，身处磨难仍能傲啸如此豪情壮语，古往今来能有几人？

就凭这点，黄山谷已然是超凡绝尘、卓然独立的人中精英。

叁

水调歌头

瑶草一何碧,春入武陵溪。溪上桃花无数,枝上有黄鹂。我欲穿花寻路,直入白云深处,浩气展虹霓。只恐花深里,红露湿人衣。

坐玉石,倚玉枕,拂金徽。谪仙何处?无人伴我白螺杯。我为灵芝仙草,不为朱唇丹脸,长啸亦何为?醉舞下山去,明月逐人归。

春天来到武陵溪,只见仙草丛生,青翠欲滴。一条清澈的小溪旁开满了桃花,树枝上几只黄鹂正在婉转鸣啼。我想穿过桃林寻找,寻找通向白云深处的踪迹,然后敞开胸怀,一展如彩虹般的浩然正气。却也顾虑,花海深深,花露会打湿了我的薄衣。

我何尝不想坐玉石,倚玉枕,抚瑶琴?只是谪仙早已远去,再没有知音陪我笑谈人生、饮酒赋诗!我本灵芝仙草,不会媚世趋俗,何必长啸叹息?那就伴着月色,在醉意朦胧间,舞蹈着下山去。

此词为春行游记,词人刻意借用"桃花源"仙境来描绘幻想中美丽的理想世界,含蓄地表达了他对社会现实的不满以及不愿与世同流合污的高洁品德。

从黄庭坚跌宕浮沉的一生来看,我认为他的世界观并非一成不变的。

青壮年时，他豪放旷达，疏狂不羁，从不计较名利的得失，不在乎奸人的迫害打击，始终保持一种乐观豁达、豪迈沉着的个性气质。但是贬谪时间久了，他的思想开始波动，抑郁、愤懑的情绪逐渐扩散，他也常常陷于出世、入世的矛盾纠葛中。

什么地方才能真正施展自己的才能，什么时候才能碰到真正的知音？

他的答案是，只能在子虚乌有的理想国度——桃花源般的世界里；在业已远离尘世的古人中去寻觅。

他真想出世吗？不。

他是因这纷乱的人世而产生的厌倦心理，是一种消极避世的无奈选择。事实上，他还是不甘心离开这乌七八糟的现世人生。

那怎么办？如何做到内心的平衡？

答案就是结尾的几句。

管它呢，我就是我，决不会媚世求荣自甘堕落，那么，一味顾此失彼、长吁短叹有何用？如今，明月朗照，我正好带着醉意，与月共舞，潇洒依旧。

很显然，经过一番激烈的思想斗争，词人最后还是找到了人生的定位和前行的方向，归结为一句话，就是：走自己的路，让人家说去吧。

于是，我们看到了一个饱经风霜后大彻大悟的老者形象：他，高澹超逸，仙风道骨；他，我行我素，不落尘俗；他，挥洒自如，俯仰自得。他为自己构建了一个美好的精神家园，自己陶醉留恋其间，并以此与充满尔虞我诈的黑暗现实相抗争,忘却尘世的纷扰,安抚内心的苦痛。

肆

清平乐

> 春归何处?寂寞无行路。若有人知春去处,唤取归来同住。
> 春无踪迹谁知?除非问取黄鹂。百啭无人能解,因风飞过蔷薇。

春天回到了哪里?寂寞的我找不到她来去的踪迹。如果有人知道她的去处,一定唤她回来与我同住。

四处打探不到春的消息,看来只有问一问黄鹂。可它低回高转说了很多,没人能明白它的意思。一阵风吹来,莺儿乘风飞进了蔷薇花丛里。

这是一首惜春、恋春的佳作,表现了词人对美好春光的怀恋和珍惜之情。

词人通过拟人化的手法,以清新淡雅的笔触和巧妙新奇的构思,采用回环往复的递进方式,用曲笔渲染惜春的程度,成功地营造了一个让人怅然若失的凄美意境,并借此注入了多重情感。

如果拓展下思路,我们是否可以认为,这美好的"春色"就是大宋王朝曾经的政治清明、百业繁荣以及人民安居乐业的一片大好形势?

然而，时间才过去一百多年，却早已面目全非了。

皇帝昏庸荒淫，朝廷宵小当政，官僚鱼肉百姓，结果是边境狼烟四起，内部义军风起云涌，宋室大厦飘摇，江山社稷时刻面临崩塌的危险。

而且，这种没落注定是挽回不了了。就如蔷薇花开，预示着春尽夏至，即使黄鹂拼命啼转，春天终究一去不复返了。

面对悄然逝去的春色，面对日益衰败的国运，他无比痛惜却又无可奈何。念及于此，黄庭坚的内心充满了忧伤和悲哀。

他终究是老了，何况又远贬在偏远一隅，他现在唯一能做的是：一声叹息。

想起王观的《卜算子》，最后的两句是"若到江南赶上春，千万和春住"，多么生动风趣，甚至还带份俏皮，就如小夜曲一般轻快温馨。反观黄山谷的这首《清平乐》，除了寂寞，给人留下的是沉重和压抑，以及无可奈何花落去的萧瑟心情。

莫非我们熟悉的那个倔强狂放的山谷先生就此沉沦了吗？我不相信。

第六章 老而弥坚：黄庭坚

伍

鹧鸪天

座中有眉山隐客史应之和前韵，即席答之。

黄菊枝头生晓寒。人生莫放酒杯干。风前横笛斜吹雨，醉里簪花倒著冠。

身健在，且加餐。舞裙歌板尽清欢。黄花白发相牵挽，付与时人冷眼看。

深秋的早晨，黄菊枝头顿生寒意。人生短暂，自当酒杯不离。顶风冒雨吹奏横笛，酒酣时插花于头，反戴着帽子。

趁着身体健康努力加饭加餐，在佳人歌舞的陪伴下尽情欢娱。黄花白发相互映衬，不管世人的冷眼非议。

这是词人与"眉山隐客"史应之的唱和之作，抒写了作者久抑于胸的牢骚、郁闷，表现了他对黑暗、污浊社会现实的无言反抗。

时值秋末，天气寒凉，百花凋败，唯有散落枝头的黄菊御霜斗寒、傲然独立。自来赏菊饮酒联系在一起，何况又有甘居山野的超脱之士作陪，作者自然生发出"人生莫放酒杯干"的潇洒之言。

成又如何，败亦如何？无论世事纷扰繁杂，还是"莫思身外无限事，且尽生前一杯酒"，先干了再说。

古诗云：生年不满百，常怀千岁忧。说明个体的生命是有限的，欢乐是短暂的，唯有烦恼如影相随，总是无限的。

为什么不对生命来一次自我放逐？

"老子平生，江南江北，最爱临风笛"，山谷几年前就气冲云霄地直抒过胸臆。如今除了临着风，还要迎着雨，更要在风雨中横笛斜吹，要趁着醉态插花于头倒戴着帽子。

标新立异？放浪形骸？老不正经？

既然世风日下、是非颠倒、乾坤不分，到了无可挽回的田地，那么唯愿身体常健，多吃一口是一口，在歌舞弦乐中浪漫风流，纵情恣意。

咋的，满头白发就不能佩戴黄花？

这才是本人老而弥坚的黄花晚节！

很明显，黄庭坚没有沉沦，那个酒中狂客又出现了，那个生命中的斗士又回来了。而且，他这次发泄心中愤懑与不平的方式更为激进，在看似自娱自乐的调侃中，用近似狂狷放浪的形式，顽强地与世俗社会进行无畏的抗争。

写到这里，我又想起了与黄庭坚亦师亦友的东坡先生。两人当时都是文坛泰斗，都遭受过政治迫害，甚至，东坡的境遇比山谷更为恶劣险峻，但东坡面对苦难的勇气和超越自身的悟性显然要大大超过黄庭坚。

因此，虽然只是一只缥缈孤鸿，东坡却"拣尽寒枝不肯栖"，在寂寞沙洲上小憩了会，便振翅高飞，向海天风雨翱翔而去，一会就神行无迹。黄庭坚则不然，当桃花风息、清歌散尽之后，他仍兀傲站立在那，坚定的眼神丝毫没有躲闪，毫不介意地直视着麻木的世界、冷漠的人群。

就这样，他站在那里，任凭狂风暴雨的侵凌，也岿然不动，直到 1105 年 9 月的一天，在广西宜州城头破败不堪的戍楼里，才轰然倒地。

走吧，山谷先生，否则 22 年后发生的故事更会让你痛不欲生……

走吧，山谷先生，请安息。

第七章 忧郁的情歌王子：秦观

壹

几年前去无锡和大学同学小聚。席间,同学一位友人是高邮人,听闻我正在写有关宋词解析,非常激动,直言秦观是他的同宗上祖,脸上尽显自豪荣耀之色。

怪不得他对秦观的生平如数家珍,跟我们介绍说世称淮海先生的少游是宋神宗元丰八年(1085年)进士,官至太学博士,国史院编修。由于遭元祐党争牵累,晚年屡遭贬谪,最后奉赦北还途经广西滕州时不幸离世。当然,有关秦观的一些逸闻趣事,他也说了不少,无形中给我提供了部分素材。

秦观是北宋文学史上的重要作家,或者说是一位真正有词人相的词人。他以婉约词著称,有婉约派一代词宗之誉,位列"苏门四学士"之一。其词多写恋情和身世之慨,风格含蓄委婉,俊逸精妙,凄婉动人。

毫不夸张地说,他是我最喜欢的词作家之一。

下面介绍他的作品。

贰

浣溪沙

漠漠轻寒上小楼,晓阴无赖似穷秋。淡烟流水画屏幽。
自在飞花轻似梦,无边丝雨细如愁。宝帘闲挂小银钩。

第七章 忧郁的情歌王子：秦 观

薄薄春寒弥漫进小楼，挥散不去的晨阴让人恍如处在清冷的残秋。画屏上烟笼流水，意境深幽。

楼前的花儿，悄无声息地飘落，轻盈得如梦似幻；蒙蒙细雨无边无垠，绵密不断一如心中的忧愁。

轻轻卷起珠帘，慵懒地挂上小银钩。

这是一首抒发春愁的词作。主人公可以是一位待字闺中的少女，一个嫁为人妻的思妇，或者一名男性，当然，很可能就是作者本人，都无不可。

事实上，每个人的一生总会出现这样的境遇，不知何时，一种说不清道不明、似有若无、轻似飞花又密如丝雨的闲愁会从你的内心深处突然升起。

或许是一个落叶飘零的秋日傍晚，又或者在雪花飞舞的漫漫冬夜，甚至就那么普通平常的一个下雨天。不是暴雨，只是阴沉天际里淅淅沥沥的小雨。那刻，就会有一种无端的寂寞包裹着你，一种莫名的失落吞噬着你，可能还有一份遥远的思念、一丝朦胧的情愫折磨着你，让你拂舍不开，无从逃避。

常人如此，何况文人？

所以才有冯延巳"每到春来，惆怅还依旧"的年年新愁，有李璟"手卷珠帘上玉钩，依前春恨上重楼"的怅惘悠悠。

只是，最能捕捉这种幽微细腻的情感并能流诸笔端的当属秦少游。

秦观出身下层，仕途趔趄跟跄，屡遭流贬之苦，加上生性敏感脆弱，所以往往借助清幽冷寂的自然物象，来抒发自身的愤懑和无奈，营造出萧瑟凄厉的"有我之境"。正因如此，秦观的作品展示出与众不同的审美境界，他的感伤婉约词作也成了词史上别具一格的抒情范式，受到历代词作家普遍的推崇。

我常把李商隐称作大唐的情歌王子，在我眼里，秦观就是宋朝的李商隐，不过，应该加一个前缀，叫作"忧郁的情歌王子"。

两人的作品都直指内心，情致浓郁、意蕴深厚又朦胧空灵。区别在于，李商隐用的是气声唱法，音质珠圆玉润，气息犹如幽兰吐芳，声调软糯柔和，旋律一起，便能摄人魂魄、融化人心；秦观的唱腔更像摇滚，暗哑的音色中自有一种苍凉的磁性。音调起伏不定，节奏时快时慢，从而表达他或悲痛激愤或细腻缠绵的思想感情，可谓字字滴血，声声含悲，极易把听者（读者）带入无尽的沧桑和无奈中。

李商隐是轻声细语地诉说他的小心事，秦观则是如诉如泣地倾吐着他的人悲伤。李商隐说的故事中蕴含着希望，秦观的悲戚中尽是人生的虚无和渺茫。这也是为什么他面对万点飞红时感觉到的是如大海般深不可测的忧愁，也是我金坛老乡的冯煦说他是"古之伤心人"的理由吧。

当然，晏几道也算作古之伤心人，不过，他的悲剧性感受似乎与官场仕途无关，他的伤感或浮沉起落从来只取决于他奉若神明般的歌女的一颦一笑一悲一喜中。因此，晏几道的悲伤，源于赤子般的"心太软"，而秦观的忧郁，则游走于骨髓，伤及了灵魂。

想来这阕词作于早期，秦观对世道人心的艰险尚未有足够的认识，因此也就没有痛苦的呐喊，没有深情的倾诉，没有沉湎往事的不堪。有的只是，在暮春的一个薄凉清晨，面对无边丝雨，一颗敏感心灵的寂寞空虚，或者一些欲说还休的小小心事……

满庭芳

> 山抹微云，天连衰草，画角声断谯门。暂停征棹，聊共引离尊。多少蓬莱旧事，空回首，烟霭纷纷。斜阳外，寒鸦万点，流水绕孤村。
>
> 销魂，当此际，香囊暗解，罗带轻分。谩赢得，青楼薄幸名存。此去何时见也，襟袖上，空惹啼痕。伤情处，高城望断，灯火已黄昏。

云遮山巅，深秋大地上的漫漫枯草绵延无际，与天相连；自谯楼吹出黄昏报时的画角声，刚停。

远行的客船，请稍等，且容我举杯话别心上人。

多少欢乐情事已成过往，回头一看，都成了暮霭般的纷纷烟云。

眼前夕阳西沉，寒鸦归巢，一弯流水环绕着孤村。此情此景不由得让人黯然销魂。

我悄悄解下香囊，你轻轻撩开了丝带，那一刻，只想把最缱绻的爱意留存。千般依恋，万般不舍，但我深知终究还是落下了薄情寡义的名声。

从此一别，不知何时才能相见？只见衣襟、袖口上早已沾满了泪痕。

仍在伤心悲怀，船却渐行渐远，城郭淡出了视野，万家灯火在黄昏中忽现忽隐。

据宋人严有翼《艺苑雌黄》记载，秦观年轻时游历湖州，在会稽太守程公辟举办的一次家宴上认识一位才貌双绝的歌姬，继而双双陷入情网。遗憾的是，像多少曾经的脚本一样，才子佳人式的邂逅乃至一见钟情到头来总归只是昙花一现，结局注定各奔东西。

更何况一个是天涯游子，一个是风尘歌姬？

我们应该不会忘记，二百多年前风流俊爽的杜牧因为经过了"蜡烛有心还惜别，替人垂泪到天明"的黯然作别，幡然醒悟到自己招致的只是"十年一觉扬州梦，赢得青楼薄幸名"的放浪名声；柳永与心爱的人"执手相看泪眼"后，消失在暮霭沉沉的楚天夜色，最后在晓风残月里默默舔舐受伤的心灵；最近的是毛滂，在与琼芳经历了"空相觑"的依依相别后，万千情思只能祈望钱塘潮水捎带回去。

如今，轮到了秦观。

我早已厌倦了送别。

特别是衰草连天，画角呜咽的薄暮时分。

夕阳里的万点寒鸦，正急飞归巢，一弯绕村的寒水一如既往地流淌，寂寂无声，可岸边的舟子正在催促主人公上船远行。

不是她不温柔，也不是他无情，可他还得为了梦想继续他的行程。

留点什么吧，算个念想，于是他们各自解下贴身之物珍重交到对方手里，作为最后的临别纪念。

此时，泪水早已模糊了他的双眼，有几滴滚落至衣襟，他反身用衣袖擦了下通红的眼睛，再也没回头，大踏步朝河边走去，夜幕下空留她孤单而落寞的身影……

船愈行愈远，城楼不见，远处只剩下一片灯火黄昏。

至情至性、敏感多疑是秦观的为人，字法高超、用词曲隐是秦观的为文，含蓄凝练、凄迷朦胧则是秦观词作的意境。如此为人、为文，怎不让千年来的读者在他设造的精致幽美的氛围里与之同悲同喜？

据说此词很快流传，东坡一看，大为称道，取其首句，自此直呼秦观为"山抹微云君"。

肆

江城子

西城杨柳弄春柔，动离忧，泪难收。犹记多情曾为系归舟。碧野朱桥当日事，人不见，水空流。

韶华不为少年留。恨悠悠，几时休？飞絮落花时候一登楼。便作春江都是泪，流不尽，许多愁。

轻柔婀娜的西城杨柳牵动了我的离愁，我潸然落泪，情不自禁地回忆起多情柳丝曾将我的归舟缠绕挽留。

想当年，你我相候朱桥，漫步绿野，而今伊人不见，唯有江水在那兀自空流。

美好的青春不会为少年驻足停留，离别苦恨，什么时候才是个头？

等到柳絮飘飞、落花满地时我登楼怅望，不由叹息：纵使眼前的一江春水都化作眼泪，也流不尽我心中无限的苦愁。

此词开篇写柳，以"弄春柔"一语，笔法新颖又妥帖自然，采用拟人化手法，化无情之柳为多情之物，继而写愁，却是引而不发，含蓄委婉，最终过渡到由景而发的一个比喻，即清泪、流水和离恨融汇成一股长流不尽的情感洪流，愁绪滔滔，绵延不息。

陈廷焯《词则》评价该词说"飞絮九字凄咽。以下尽情发泄，却终未道破"，我认为分析得中肯精辟。

这是秦观在蔡州（今河南省汝南县）任教授时写的一首词作，时间大约是1088年。

根据方勺《泊宅编》记载，秦观在蔡州曾与一位名叫陶心的歌姬发生过一段短暂的恋情，并作浣溪沙相赠，其中两句为："缺月向人舒窈窕，三星当户照绸缪。"按汉字的构造，三星缺月，恰好是一个"心"字，真所谓"一勾残月带三星"。

可惜，露水式的情分终不久长，没有多久，少游的心又游荡到别处去了。

正因如此，正人君子都不屑与他为伍，斥责他行为放浪，为人轻浮。

据说那位道学家，就是前不久评价过晏几道"梦魂惯得无拘检，又踏杨花过谢桥"为"鬼语"的程颐，一次偶遇秦观，他寒暄道："'天还知道，和天也瘦'，是你的杰作吗？"秦观有点小激动，以为对方意在激赏，立即拱手致谢，未料前者当即正色道："上穹尊严，安得易而侮之！"

秦观猝不及防，一脸尴尬地杵在那，半天没回过神来。

第七章 忧郁的情歌王子：秦 观

于是，连可爱的钱钟书先生也认为秦观作品里充斥着"公然走私的爱情"。

我们这里不讨论爱情观，单就作品本身而言，他的每一首词都感情真挚，纤柔婉转又意味深长，让所有人尤其是那些佳人读后无不感同身受，情思无涯。

伍

鹊桥仙

> 纤云弄巧，飞星传恨，银汉迢迢暗度。金风玉露一相逢，便胜却人间无数。
> 柔情似水，佳期如梦，忍顾鹊桥归路。两情若是久长时，又岂在朝朝暮暮。

乞巧节：七夕又称乞巧节。那天晚上，古代的妇女望月穿针，或捉来小蜘蛛放进盒内，翌日探看，若网圆正，谓之得巧。书香人家的女子还会将针线箱放在牛郎织女的牌位前，并书写：某乞巧。男子则放笔墨纸砚，书写：某乞聪明。

轻盈的云彩幻化出美不胜收的图案，飞逝的流星传递着牵牛、织女的相思愁怨。好在多情的乌鹊在遥远无垠的银河间架起长桥，那秋风白露中的一次欢聚哟，就胜过人世间千万遍的相会之欢。

柔情似水，短暂的相会如梦似幻，这成就团圆的鹊桥转眼间便要成为我们的归途哟，让人怎忍回看！只要两人至死不渝真诚相爱，又何必贪求形影不离、卿卿我我的朝夕相伴！

此词情景交融，夹议夹叙，赋予牛郎、织女这对仙侣浓郁的人情味，其目的在于讴歌人间真挚、纯洁和坚贞的爱情。

大概是获得"山抹微云君"称号不久，秦观又认识了一位名叫巧云的歌姬。两人相恋日久，巧云便想讨个名分，这让早有家室的秦观十分为难。

那年月，男人有点风花雪月的浪漫情事本也正常，但倘若纳一个风尘女子为妾，则是为世人所不齿的。秦观当时虽为一小官，但毕竟是官员，所以只能忍痛割爱，屈服于强大的社会舆论压力之下。

为了安慰巧云，秦观带着几分愧意，写下了这首传诵千古的《鹊桥仙》。

牛郎织女的故事，早在汉代就已流传。传说他俩受天帝限制，分居银河两侧，每年只能在阴历的七月七日（七夕）晚上才得相会，乌鹊为之搭桥引渡。

借用此题材来表现人间悲欢离合的作品很多，譬如曹丕的《燕歌行》，李商隐的《辛未七夕》等。宋代的欧阳修、柳永、苏轼等人也曾吟咏这一题材，虽然遣辞造句各异，却都因袭了"欢娱苦短"的传统主题，格调哀婉、凄楚。相形之下，秦观此词堪称自出机杼，立意高远。

起拍的"巧"与"恨"字，看上去简单，实则蕴藉无限。"巧"既是歌姬的名字，又暗指人间"乞巧"的主题，还包含对织女心灵手巧的赞誉；一个"恨"字道尽了"牛郎织女"故事的悲剧性特征。

<u>丝丝</u>彩云变幻成各种图案，那是织女巧手织成的云锦；那闪亮的

第七章 忧郁的情歌王子：秦观

流星穿越银河，替牛郎、织女传递着离愁别恨。

等啊等，终于等来七夕，他俩怀揣相思之苦，御风而行，千里迢迢来赶赴一年一次的相会。

在金风玉露之夜，在银河碧落之畔，这对恋人重逢了。

那一刻的缠绵缱绻，那一刻的春宵欢娱，可抵得上人间的长相厮守。那一刻，瞬时超越了永久。

绵绵温情，似水般柔美；一夕佳期，亦真亦假、如梦似幻。这不，才见面又要分离，怎不令人心碎感伤？

好个秦观，这时的他非但没有陷入惯常的凄楚哀怨中，反而语调一转，爆发出看似潇洒高亢的音响："两情若是久长时，又岂在朝朝暮暮！"

一般言家大多评析这两句词揭示了爱情的真谛，即只要真心相爱，那么距离、空间不是问题，无论相隔多么遥远，即使终年天各一方，也比那些表面上形影不离、耳鬓厮磨的男女（夫妻）关系要高尚可贵。

正因如此，这两句警言自然成为爱情颂歌中的千古绝唱，而这首词也就具有了划时代、跨时空的审美价值和艺术品位。

但我不以为然。

我更倾向于它是秦观对无奈别离的一种自我解嘲式的安慰。

我坚信，被煎熬折磨了上万年的牛郎织女，绝不会贪恋那金风玉露式的瞬间欢娱，哪怕再曼妙再热烈。他们只想守着彼此，粗衣素服，在凡尘俗世里，淡看人间的一草一木，仰望天上的日月星辰，过着平凡而简单的日子。

几乎可以说，从古到今，无论是热恋中的情人，还是举案齐眉的伉俪，抑或是共同抚育孩子搭伙过日子的夫妻，朝朝暮暮的平凡生活更加真实，厮守终身才是一生的希冀。

因此，我不止一次从舞台、小说看到或听到女主人翁对情人的幽怨："别老是用'两情若是久长时，又岂在朝朝暮暮'来搪塞，我要的就是实实在在的朝夕相伴，相偎相依！"

从这个意义上说，莫非秦观的这首《鹊桥仙》是在为自己的逃避、敷衍寻找美丽的借口？莫非钱钟书老爷子的话一语中的？这点，我实在无从得知了。

每个人都憧憬轰轰烈烈的爱情，但生活不只有纯粹的爱情，浪漫唯美只能是其中的一段小插曲。真正的爱情，庄严甚至沉重，它一定是经过流年烟火的熏染、平庸日常的消磨甚至严酷风雪的考验后仍不褪色的那种感情。

真正的爱情一定藏在心灵的最深处。它是灵魂与灵魂相遇碰撞而产生的极其圣洁高尚的一种情感，且需要岁月之河来浇灌，方能花开不败，永葆活力。

陆

行香子

树绕村庄，水满陂塘。倚东风、豪兴徜徉。小园几许，收尽春光。有桃花红，李花白，菜花黄。

远远围墙，隐隐茅堂。飏青旗、流水桥旁。偶然乘兴，

第七章　忧郁的情歌王子：秦　观

步过东冈。正莺儿啼，燕儿舞，蝶儿忙。

绿树环绕着村庄，河水涨满了池塘。沐浴着东风，我信步而行，兴致高昂。小园虽小，却也春色无限：桃花正红，李花雪白，菜花金黄。

远处的一道围墙边，隐约可见几间茅屋草房。那儿有小桥流水，一面青色的酒旗在空中飞扬。

乘着游兴，走过东边的小山冈。只见莺歌燕舞，蝶儿匆忙，当真一派大好春光。

此词围绕词人游春足迹逐步展开，在不疾不徐中为我们提供和展现了农家田园的勃郁春色，读后无不令人心生向往之情。

全词语言生动朴素，格调清新自然，下笔轻灵，意兴盎然，自始至终洋溢着一种由衷的快意和舒畅。

很显然，这种轻松愉悦的风格情调在秦观作品中是不多见的。以此推断，此词应该是他的早期之作。

彼时，他还未入仕，涉世不深，还属于少年不识愁滋味的年纪，对未来充满了幻想，相信凭自己的一身才学，一定能大展宏图实现自己的理想。谁知理想很丰满，现实却骨感，几次科考他都榜上无名，名落孙山。直到36岁他才高中进士，正式进入官宦队伍。

昔日崔郊说过"侯门一入深似海，从此萧郎是路人"，反映的是封建社会中由于门第悬殊所造成的爱情悲剧，我认为这一句也非常适用一切进入宦海仕途的文人才子。就如秦观，为官几年就因文风"不检"受到迫害打击，更不用说后来七年的贬谪之苦了。

这当然是后话。

此时的秦观，美髯飘飘，年轻风流，意气风发，正豪兴徜徉、留恋在湖州、杭州、镇江等地，饱览山水名胜，结交同道知己，悠然自得地享受着大自然的馈赠以及友情的滋润。所以，他才能歌吟出上述别开天地的《行香子》。

八六子

> 倚危亭，恨如芳草，萋萋刬尽还生。念柳外青骢别后，水边红袂分时，怆然暗惊。
> 无端天与娉婷，夜月一帘幽梦，春风十里柔情。怎奈向、欢娱渐随流水，素弦声断，翠绡香减，那堪片片飞花弄晚，蒙蒙残雨笼晴。正销凝，黄鹂又啼数声。

独倚高亭远远望去，离恨，就像那萋萋芳草，除之又发，层出不尽。

遥想柳外骏马启程、河边执手话别，不由得我心头一紧，黯然销魂。你怎会如此美丽？当真天生丽质，玉立婷婷！

难忘月夜下我俩相依相偎陶醉在一帘幽梦中的美好，知道吗？即使走遍十里扬州路，都难见到你那样的似水柔情。

无奈欢娱渐渐随流水而去，你清越的琴音不复闻，你赠给我的翠绿丝绢香消色陨。

更让人不堪的是这暮春时节,片片残红在夜色中飞舞,蒙蒙细雨淅沥不停。正暗自伤神,竟又传来数声黄鹂的哀鸣。

如果说《鹊桥仙·纤云弄巧》是秦观作品中流传最广、影响最深远的一首词,相信大家并无异议。但于我而言,上面的这首《八六子》才是我的最爱。我认为这首词最能体现秦观凄迷、朦胧以及情韵兼胜的风格特点。

元丰三年(1080年),少游尚未登第,更无一官半职,身无羁绊的他在游历扬州时邂逅了一名绝色而多情的青楼女子。可惜好景不长,热恋不久,他俩便无奈分手了。这首词写的就是对这位女子的离别相思之情。

全词由情切入,融写景状物与叙事抒情于一体,或回溯别前之欢,或追忆离后之苦,或喟叹现实之悲,写得柔婉含蓄,缠绵悱恻,将心中的愁恨刻画得淋漓尽致,也把那段刻骨铭心的恋情演绎得风情摇荡,幽美凄清。

李煜《清平乐》中有"离恨恰如春草,更行更远还生"之句,此刻,秦观站在高亭放眼一望,远处蔓延无际的芳草,不就如他内心挥拂不去的怅恨么?

怎能忘得了当时离别的场景:河畔杨柳依依,他牵着青马,她一袭红衣,俩人执手相看,依依惜别。此情此景,如今想来仍让人怆然伤神,黯然心惊。

"怆然暗惊"这四字,句短情长,其中隐含了多少别前的欢爱、别时的忧伤和别后的思念。接着,词人又想,老天爷为何偏偏让她长得如此美丽多姿,让自己神魂颠倒不能自已。

啊，那晚，月色朦胧，咱俩相依入梦，你的万般柔情随着春风，袅袅娜娜，一直飘散到了十里扬州路。可惜春宵苦短，佳期如梦，这片片点点的欢娱，瞬间消逝，随着流水一去不复返了。

绿纱巾上的香味逐渐淡去，再也听不到你悦耳的琴声。如今又是暮春，空中落花阵阵，淫雨连绵，怎不叫人愁肠百结黯然怅恨！

谁知，这时，黄鹂却不知趣地啼鸣了几声。

《草堂诗余正集》评注此词时说："恨如刬草还生，愁如春絮相接：言愁，愁不可断，言恨，恨不可已。"

事实上，我们每人都有这样的经历，一旦登高望远，便会无端生出万千感慨：或因俯瞰而意气飞扬，或因远眺而胸怀阔达，当然也可能因置身于山水天地间顿悟自己渺小平常。但这时，往往就会滋生一种别样的美感。

这种美，来自高度产生的陌生和距离。美，不只是幸福和快乐的标签，其实更该是忧伤悲壮的产物。这或许也是哭的感染力常常胜过笑的原因。

古人，尤其不得意的文人才子，他们登高时的心境显然与我们这些现代的凡夫俗子有质的区别。是的，即使那些极其洒脱豁达的人，登高望远之时，也大都会留下千古幽叹的调子，何况秦观？

似乎秦观的内心世界永远找不见快乐的影子，有的只是无止尽的忧愁和伤恨。这种愁、恨几乎贯穿了他的一生。

他总是用一双忧郁的眼睛打量着周遭的一切，以一颗脆弱敏感的心默默承受着一切，等到实在无法承受之时，他便如杜鹃泣血似的发出几声凄厉的哀鸣。

之后，一切又归于平静，他仍用他清新、自然的语言，通过凄清、朦胧的意境，继续传达自己的感伤，抒发如江水般悠悠不息的愁绪。

捌

望海潮

梅英疏淡，冰澌溶泄，东风暗换年华。金谷俊游，铜驼巷陌，新晴细履平沙。长记误随车。正絮翻蝶舞，芳思交加。柳下桃蹊，乱分春色到人家。

西园夜饮鸣笳。有华灯碍月，飞盖妨花。兰苑未空，行人渐老，重来是事堪嗟！烟暝酒旗斜。但倚楼极目，时见栖鸦。无奈归心，暗随流水到天涯。

梅花稀疏淡雅，冰块消融流动，东风一吹便暗暗换了年华。

想当年，畅游金谷园景，欣赏铜驼路繁华，趁着新晴漫步在雨后的细软平沙。

总记得曾误追了人家的香车宝马，那时正絮飞蝶舞，最易让人春情萌发。

瞧那柳荫下的桃花小径，愣是将勃郁的春色送进了万户千家。

忘不了西园欢聚夜饮：华灯璀璨，连月亮也失去了银辉；飞驰华舆，碰损了园中的繁花。

如今兰苑依旧，游子却日渐衰老，故地重游，怎不令人感慨嗟讶。

昏暗的暮色里，一帘酒旗斜矗；倚楼极目远眺，时不时看见几点归巢晚鸦。于是，一腔归思，早已漫随流水，奔流到了海角天涯。

秦观 1085 年中进士，经苏轼、范纯仁等引荐提携，从蔡州教授慢慢做到了秘书省正字的官，但仅仅过了六年，就因"洛党"（反对王安石新法的朝臣三党之一）主要成员贾易诋毁其"不检"而罢去正字，身心受到极大打击。直到 1092 年，苏轼自扬州召还，做了端明殿学士和吏部尚书后，秦观和黄庭坚、张耒、晁补之四人才得以重新提拔，同时供职于史馆，过了两三年相对安逸轻松的日子。

1094 年，"新党"卷土重来，"旧党"再度罢黜，苏轼、秦观等人一同遭贬，而秦观这一次的流贬生涯竟然长达七年之久。

秦观被贬的第一站是杭州，职位是杭州通盘。临行前，他重游西园，抚今追昔，感慨万千，因此写下了上述词作《望海潮》。

此刻的秦观或许更没料到的是，不久后的杭州之旅，竟然让他彻底告别了汴京！

玖

踏莎行

雾失楼台，月迷津渡，桃源望断无寻处。可堪孤馆闭春寒，杜鹃声里斜阳暮。

驿寄梅花，鱼传尺素，砌成此恨无重数。郴江幸自绕

第七章 忧郁的情歌王子：秦 观

郴山，为谁流下潇湘去？

暮霭沉沉，楼台消失在浓雾里；月色朦胧，渡口隐匿不见了身影。望断天涯，理想的桃花源无处可寻。

怎能忍受在这料峭春寒的时节，幽闭孤馆，又怎忍听夕阳西沉时的杜鹃声声！

远方亲朋的书信和礼物，反而在我心中垒砌了重重的离愁别恨。

郴江，你原本好好地绕着郴山而流，何苦偏偏向着遥远的湘江而行？

自 1094 年被贬杭州通判，秦观的仕途蹉跌还只是刚刚开始。不久，他被贬为处州（今浙江丽水）一个小小的监酒官，随即又因为书写佛书再度获罪，于 1097 年被贬往湖南郴州，并被削去了所有官职和俸禄。接连的贬谪和政治打击，令秦观内心充满了仕途失意的憾恨与理想破灭的悲凉。

这首《踏莎行》大概作于初抵郴州之时，表达了他苦闷迷惘、寂寞孤独的情怀，流露出对黑暗现实的强烈愤懑和不满。当然，也不排除是他在屈辱的流贬岁月中对亦师亦友的苏轼所作的一种曲折的表白。

据说，1091 年，贾易最先弹劾的是苏轼，秦观得知自己亦被牵连其间，就去有关御史台官员那说情疏通，不承想，他的这种失态行为反而使苏轼兄弟的政治操行遭受更大的攻讦，一时让苏轼与秦观的关系发生了微妙的变化。

1097 年，秦观 48 岁，正当壮年，但接二连三的政治迫害和流徙之苦彻底消磨了他曾经的斗志。残酷的现实，使他这个天生不懂权谋、缺乏心机的单纯文人陷入痛苦而无望的挣扎；不幸的遭遇，又使本就情感细腻、敏感多疑的他参透了生命的悲剧意义而强歌无欢。

于是，这位忧郁的"情歌王子"常常只得以悲凉凄切的心态去回忆曾经美好的过往，追逐乌托邦似的虚幻梦想。

然而，回忆徒增伤感，梦想迷茫无望，即便远方亲朋好友真挚的关心和安慰，此刻也反而砌成了层层叠叠严密无缝又沉重厚实的一道愁恨高墙！尤其外面春寒料峭，残阳日暮，间隔杜鹃凄厉的哀鸣，怎不令独居偏僻幽舍的沦落之人忧愤交加、痛断肝肠？

秦观的心开始滴血，泪水溢满了眼眶，面对好端端环绕郴山流淌不息的那条郴江，他再也无法压抑心中的郁闷和愤怒，进而发出了椎心泣血般的天问式呼喊："郴江幸自绕郴山，为谁流下潇湘去？"

写到这里，我已然泪眼婆娑，情不能堪。

我认为读懂了秦观，理解了他看似无理的诘问。

父亲早逝，虽说家道中落，本应安守自贫闲适度日，何必苦苦追求功名？已入宦海，一介微末小官，又如何能卷进你死我活的朋党之争？身受谗毁，又为什么跑去御史台游说、疏通多此一举？此举，非但没有洗白自身，反而牵累了师友，使苏轼兄弟陷入更恶劣的境遇。

于是，自责、悔恨、忧愤这几种情感交织在一起，汇聚成一道气流，从刚开始些许凄厉的幽怨低鸣一变而为沉痛高亢的悲歌，最终从喉腔喷涌而出这两句哀痛欲绝、千载犹堪断肠的绝唱。

对于这样的绝唱，对于这般以血泪写成的文字，一切技术层面的解析显得那么苍白多余，所谓的结构和艺术特点也失去了意义。

自古以来，所有有识之士莫不以"达则兼济天下，穷则独善其身"作为自己一生的理想。没有一个人能生活在真空中，没有人不向往高远和浩大。

涓涓溪流之所以令人感动，并不在于它的清澈婉约，而在于它有坚定的方向，那即是一路蜿蜒，一路低吟，在避高趋低后始终向东流淌，最后执着地汇入江湖，继而幻化为大海中的一朵晶莹夺目的浪花。说它身不由己也好，说它自作自受也罢，然而，它显然更愿意接受大海的洗礼，在博大、广阔而深邃的天地里完成自己的宿命，成就自己的梦想。

而你，秦观，就是少了份溪流的灵动和韧性，又担心江河大海的惊涛骇浪，太过执着于眼前风浪不起的一弯小池塘。于是，一旦有风吹草动，你自己脆弱的神经变得异常敏感，最终陷入日复一日的焦虑悲苦中不能自拔。

想着你此刻无助忧郁的眼神，看着你苍老疲惫的背影，我在想，你前方的路途或许依然崎岖坎坷，充满了荆棘，可我还是真诚希望，希望你在悬崖峭壁的缝隙处仍能见到那一抹温暖而灿烂的阳光。

拾

千秋岁

水边沙外，城郭春寒退。花影乱，莺声碎。飘零疏酒盏，离别宽衣带。人不见，碧云暮合空相对。

忆昔西池会，鹓鹭同飞盖。携手处，今谁在？日边清

梦断，镜里朱颜改。春去也，飞红万点愁如海。

绿水边，沙洲畔，城内城外寒气尽退，已然一片春光明媚：到处花儿弄影，莺声轻快细碎。但我只身飘零，久不沾酒，难得欢欣，一次次的别离更让我衣带渐宽，身心憔悴。故友何在？往往只能独自一人，与逐渐合拢的暮云凝望相对。

忆往昔，与同僚乘车俊游，几度在金明池欢聚相会。可当年握手言欢处，今日还有谁在？回京无望，好梦破灭，镜中的容颜早已老衰。春色将尽，落红万点，心中的苦愁犹如大海般绵延深邃。

这首词借春景春情，将今昔之变的悲喜忧欢和政治上的不幸失意融为一体，集中抒发了词人的贬谪之痛和飘零之苦。

这首词写于处州（今浙江丽水）。其实，从排序上看，应该排在《踏莎行》之前。我之所以将它放置于末篇来介绍，仅仅只为词中的那句"春去也，飞红万点愁如海"。

原因是，当时的处州太守孔毅甫看到他的这句话时大惊失色，就此断定秦少游将不久于人世了。

他认为："岂有愁如海而可存乎！"

显然，这位孔太守低估了秦观的生命力。只是这时的秦观早已身心俱疲，对未来完全失去了信念。所以，他才会接连苦吟出"见梅吐旧英，柳摇新绿，恼人春色，还上枝头，寸心乱，北随云黯黯""郴江幸自绕郴山，为谁流下潇湘去"，以及"人人尽道断肠初，那堪肠已无"等哀婉凄切的词章。

1098年春，也就是写完《踏莎行》不久，秦观又被贬到广西横州。这时的他自知来日不多，自悔为官误事，遂自作挽词怆然叹惋道："奇祸一朝作，飘零至于斯。亦无挽歌者，空有挽歌辞。"

1099年，他再度被贬至雷州。

此时东坡在琼州，两人隔海相望，遥寄音信，互诉衷肠。

1100年，宋哲宗驾崩，宋徽宗即位，大赦天下。

苏轼六月份北还途经广西看望秦观，两位须发皆白的老者一见，恍如隔世，百感交集，涕泪俱下。

等到苏轼行将踏上征程，秦观还执手依依，即兴吟诵临别寄语："南来飞燕北归鸿，偶相逢，惨愁容。绿鬓朱颜重见两衰翁。别后悠悠君莫问，无限事，不言中。小槽春酒滴珠红，莫匆匆，满金钟。饮散落花流水各西东。后会不知何处是，烟浪远，暮云重。"

这或许就是秦观临终前的最后一首词作，也是他的绝唱。

时隔一月，也就是七月，宋徽宗终于下了赦免令，封秦观为七品宣德郎，放还衡州。

八月十二日，行到广西滕州光化亭时，秦观不幸中暑，口渴难熬索要饮水，家人端来水时，秦观笑着看了看，竟然一语不发，"视之而卒"，年仅51岁。

苏轼听闻噩耗，大哭不已，两日水米不进，仰天长叹"少游已矣，虽万人何赎"！随后将秦观的那两句"郴江幸自绕郴山，为谁流下潇湘去"自题于扇面，以志不忘。

我们再来看一下时间表：

1101年，秦观死后第一年，七月苏轼卒于常州。1102年，秦观死后第二年，《元祐奸党碑》诏立，苏轼、秦观等人被列名为"奸党"。1103年,秦观死后第三年,诏令焚毁苏轼、秦观等文集。1105年,党禁解除,秦观儿子秦湛才得以将父亲的棺柩归葬。同年,黄庭坚死于离滕州300公里外的广西宜州。

直到少游离世16年后,即政和六年(1116年),时任常州通判的秦湛才将父亲迁葬于无锡惠山的二茅峰,墓前的石碑上书有"秦龙图墓"四字。

短短的几年之内,代表北宋文学最高成就的几位巨星相继陨落,一度左右或者说能影响政坛的文化魅力开始黯然失色,而北宋王朝不久也覆亡于金兵的铁骑之下。

少游走了,竟然面含微笑地走了。

几百年来,世人对蒙娜丽莎的微笑有很多猜测和解读,但无论结果如何,都觉得她散发出来的是一种迷人朦胧的味道。而少游的笑,给我带来的则是心痛欲裂的凄凉。

他的笑凝固在那,却让华夏子孙疼痛了一千年。

少游走了。

他在绝壁的缝隙处看到了那缕阳光,只是那抹光亮太过微弱,终究没有足够的温度温暖他的心房,他带走了风流,给人间留下了无尽的寂寥。

不知道是应景还是不适时宜,落笔时,好友在微信里发来一个链接,是杰圭琳·杜普蕾演奏的大提琴曲《殇》。

据说匈牙利大提琴家史塔克在广播里听到这首琴曲时说"像这样演奏,她肯定活不长"。

结果,与孔毅甫对秦少游的判断一样,都一语成谶,杜普蕾仅仅活了 42 岁就告别了这个令她无限眷恋的世界。

此刻，那低沉而舒缓的琴声在办公室缠绵得如诉如泣……

——如果我死去，你会不会思念我？不会，我会陪你一起死。我站在世界的尽头，遥望这片紫色的花海，海风静静地呼啸而过。在我的耳畔，你正浅吟低唱，细诉你我写不出的结局。树荫下星光点点，映在胸间，化为今生的遗憾。你的声音像落叶般寂寞，贝壳里传来海的哭泣。是谁守望着谁？失去了这么久才明白，原来一直未曾拥有。那么，任落叶凋零飘散，溢出这一片心海。如果我死去……

忧伤的旋律在回旋，我眼前突然翻飞起了万点落红，耳际隐约传来大海的哭泣。我的灵魂开始颤栗，心在滴血，第一次体悟到了欲哭无泪的境况。

第八章 很丑但很温柔：

贺铸

壹

或许因为我自己其貌不扬的缘故，一直以来我对男人的丑相当包容。但我也有自己独特的审丑标准，那就是要丑就得丑出个性，丑出特点，丑出韵味。有些男人长得俊俏，但看久了，觉得没什么男人的味道，就如这些年流行的"娘炮"。而有些男人长得虽丑，但时间久了，就如陈年老酒，越品越有味道，越看越耐看。

当然，丑只是外表，心地必须温柔善良。这些人往往将孤独隐藏，却将所有的辛酸化作诗意美好的喜悦呈现在大众面前。

与黄庭坚、秦观等同时代的贺铸，无疑就是这样的一个男人。这位生在河南辉县的丑男，字方回，自号庆湖遗老，又名贺三愁、贺梅子，原是宋太祖赵匡胤贺皇后族孙。

他，长相奇丑，身高七尺，面色青黑如铁，眉目耸拔，人称"贺鬼头"。他，生性豪侠，不附权贵，疾恶如仇，以致终身屈居下僚，过着贫穷拮据的日子。

词风兼具豪放、婉约二派之长，集英雄气和儿女情于一体，刚柔并济，富有强烈的节奏感和音乐美。他精于炼字遣词，并善于化用前人成句，曾自诩李商隐、温庭筠都只是他笔下所趋之人，显得狂放骄傲。

当然，这绝不是贺铸个性的全部。

下面就让我们从他的作品中感受他独特的词风，见证他不一般的心路历程。

第八章　很丑但很温柔：贺 铸

贰

半死桐

重过阊门万事非，同来何事不同归？梧桐半死清霜后，头白鸳鸯失伴飞。

原上草，露初晞。旧栖新垅两依依。空床卧听南窗雨，谁复挑灯夜补衣！

重来苏州，万事皆非。我俩携手同来缘何不能一起还回？我好似霜打的梧桐，半死苟活，又如同失伴的白头鸳鸯，孤独倦飞。

原野芳草上的露水刚被晒干。我流连昔日的旧居，又徘徊在你的新坟茔。躺在空床上，聆听着敲打南窗的滴答雨声，心想，谁还能再为我挑灯缝补，引线穿针！

这是贺铸为亡妻赵氏写的一首悼亡词。

全词触景生情，出语沉痛，抒发了词人对爱妻深挚的追怀之情，读来动人肺腑，令人感慨唏嘘。艺术上则以情思绵邈、深婉密丽见长。

词人善于把捉摸不定的情感具象化，将情和景和谐地融为一体。作者用"半死梧桐""头白鸳鸯"等形象化的语言来表达亡妻之痛，又用草间霜露寓意人生的短促，将生命不测的哀伤和无奈之情演绎得悲切凄绝。最后两句更是将抒情推向高潮，在宣泄眼前凄凉孤寂心绪的同时，也把对亡妻的那份爱意和怀念推向了极致。

贺铸一生，官微位低，且经常外放辗转各地，与妻子赵氏常常天各一方，聚少离多，但这并没有影响他俩的深厚情感。这可从贺铸很多描写夫妻生活的作品中找到佐证。

譬如他的那阕《小重山》，就非常深情地描写了夫妻分别前夜的欢愉和感伤，以及分别后贺铸的愁怨与思念。"花院深疑无路通。碧纱窗影下，玉芙蓉。当时偏恨五更钟。分携处，斜月小帘栊。楚梦冷沉踪。一双金缕枕，半床空。画桥临水凤城东。楼前柳，憔悴几秋风。"

据说，贺铸四十多岁时在江夏（武汉）一带任钱官，家眷却仍滞留在东京汴梁，一把年纪仍两地分居，这就不得不让他发出"鸳鸯俱是白头时，江南渭北三千里"的喟叹了。

那么，赵氏究竟是怎样的一个女子，能让长相奇丑的"贺鬼头"如此挚爱和牵挂呢？可惜正史记载的仅"宗女"二字，她长相如何，才艺怎样，均未提及。好在贺铸的作品为我们提供了广阔的想象空间，其中有一点更是毋庸置疑，那就是：赵氏一定是位贤良淑德、温柔勤劳以及体贴节俭的女子。

对此，贺铸29岁时曾写过一首《问内》的小诗，说赵氏在酷热的夏天就翻出贺铸的"百结裘"打补丁了。"百结裘"就是打上了很多补丁的皮衣。贺铸纳闷之余问妻子为何如此着急？赵氏微笑着说："古时有人临到女儿出嫁才急忙请大夫赶来治疗女儿脖子上的肿瘤。冬天要穿的时候再去缝补，不是和那位古人一样痴傻吗？"

因此，我们可以断定，虽说贺铸一生穷困潦倒，但他们的夫妻关系是恩爱和谐的，赵氏是贺铸的精神支柱，家是他心灵栖息的港湾。他们就这样荣辱与共彼此搀扶着走了过来，直到1100年。

第八章　很丑但很温柔：贺　铸

当时，贺铸因母丧丁忧闲居苏州，特意把妻子从开封接来小住，享受难得的团圆之乐，谁知天不假年，赵氏不幸染病身亡，死后就葬于苏州郊外。贺铸同年返回京城述职后再度来到苏州，看到妻子的新坟时，不仅悲从心来，随即写下了这首凄婉哀艳的《半死桐》。

在贺铸之前，西晋的潘岳、中唐的元稹以及离世不久的苏轼分别写过相同题材的《悼亡诗三首》《遣悲怀三首》以及《江城子·乙卯正月二十日夜记梦》，都显得语深辞美，情深意切。

如果一定要做个排序，那么《遣悲怀三首》只能排在最末，尽管"曾经沧海难为水，除却巫山不是云"历代可能被传诵甚至演绎得最多。我却认为，那不过是表达忠贞不渝的情感宣誓，而最好的誓言无疑来自自己的心灵深处。

元稹的心，终究只是一颗花心而已。

《悼亡诗三首》是一首叙事抒情诗，可排在第三。给我的感觉如同三国时孔明哭周瑜一样，往事历历不堪回首，以致声情并茂，如诉如泣，有强烈的听觉冲击力。

《江城子·乙卯正月二十日夜记梦》屈居第二，因为苏轼设造的梦境过于凄幽，给人更多的是一种凄凉落寞的感受，那份沉重的压抑感可能稍稍抵消和盖过了那份原本深切的哀思。

而《半死桐》表现得更纯真、朴素，它不事雕琢，不加铺张渲染，却于平凡处见真情，在无声中有哀鸣。真所谓此时无声胜有声！

"空床卧听南窗雨，谁复挑灯夜补衣"，可说是一切鳏夫独居时的内心告白和仰天怅问，是那些失去伴侣的老男人的滴血似的深沉呐喊，其间夹杂了多少世事沧桑，隐含了无数患难与共的伉俪情深！正因如此,这首词作也就成了所有丧偶男人的共同话语,并具有普遍的审美意义。

这也是我将它排在第一位的原因。

叁

六州歌头

少年侠气,交结五都雄。肝胆洞,毛发耸。立谈中,死生同,一诺千金重。推翘勇,矜豪纵。轻盖拥,联飞鞚,斗城东。轰饮酒垆,春色浮寒瓮,吸海垂虹。闲呼鹰嗾犬,白羽摘雕弓,狡穴俄空。乐匆匆!

似黄粱梦。辞丹凤,明月共,漾孤篷。官冗从怀倥偬,落尘笼。簿书丛,鹖弁如云众,供粗用,忽奇功。笳鼓动,渔阳弄,思悲翁。不请长缨,系取天骄种,剑吼西风。恨登山临水,手寄七弦桐,目送归鸿。

少年侠义,爱好结交八方豪杰英雄。朋友间一诺千金,真诚相待,肝胆相照。每遇不平之事,都怒发冲冠跃然而起,慷慨陈词,生死与共。

我们或在京城之东竞争骁勇,矜夸豪纵,并马飞驰,轻车相从;或在酒肆谈笑自若,鲸吸虹饮,迷醉在诱人的酒色中;又或者呼鹰使犬,搭箭弯弓,将狡兽巢穴一捣而空。

第八章 很丑但很温柔：贺 铸

可惜快乐总是太匆匆！好似卢生那黄粱一梦。

离开京城后，唯有一轮明月伴我孤舟瓢泊。如今身居散职，整日为尘事俗务牵绊，陷入繁杂的文书堆中。芸芸武将，大材小用，不能杀敌疆场，立业建功。

眼见得烽火燃起，战鼓咚咚，可叹我无路请缨，无法上阵御敌活捉胡族元凶。这不，连身上的佩剑也为主人发出愤愤不平的怒吼。

无奈之下，我满怀惆怅登临山水，目睹归去的鸿雁，只好抚琴一曲，遥寄心中的怨愁。

全词笔力雄健遒劲，跌宕有致，神采飞扬，而且节奏缜密紧凑，格律严谨，风格苍凉悲壮，充分发挥了《六州歌头》那种激昂慷慨的旋律特点，翻开了继苏轼之后豪放词派的新篇章。

贺铸虽贵为贺皇后族孙，算作外戚，但他并未沾得高贵门第的一点光。祖上皆任武官，他自小任侠喜武，17岁时便到东京谋了个看管军器库的差事。由于宋太祖定下了尚文轻武的文官制度，宋朝武将的晋升异常艰难，何况贺铸生性耿直，不会乞怜阿奉他人，因此直到三十六七岁时还只是混了安徽和县不起眼的一个小小巡检官（具体负责治安巡逻，训练兵甲，捕捉盗贼等的武官）。当时西夏履犯边境，朝堂昏庸无能，软弱媚外，一味采取委曲求全的方式，致使西夏得寸进尺，骚扰日益升级。

于是，近20年不得志的郁闷，边塞面临强敌入侵威胁而无路请缨的忧愤，一股脑儿地喷涌而出，化作一句句或豪纵奔放或悲壮激越的词行。它们犹如空旷幽谷中的声声长啸，尖厉而高亢的啸音中透出几许孤寂、几多不甘以及昔日的少年豪放。

啸声渐渐隐没在山风暮霭中，无奈无助的贺铸只能手抚瑶琴，将心中的一片忧国忧民之思、报国无门之怨尽情宣泄在悲婉的琴声里。翔飞于天的鸿雁，先为啸声所惊，后为琴声所动，竟然不忍再听，扑扇着翅膀，翩然飞向了远方……

或许，贺铸不知道，正是他的这几声长啸，打通了苏轼豪迈的气脉，进一步改变了词的软媚秾丽的情调，继而大大拓展了词的壮美意境。

不止如此，这首词在抒发自身失意的悲愤时，也同样隐含了对国家民族命运的忧虑，因而某种意义上，也就开启了南宋词人面向社会现实、表现民族忧患的先河。

肆

芳心苦

杨柳回塘，鸳鸯别浦，绿萍涨断莲舟路。断无蜂蝶慕幽香，红衣脱尽芳心苦。

返照迎潮，行云带雨，依依似与骚人语。当年不肯嫁春风，无端却被秋风误。

杨柳依依，鸳鸯戏水，只是幽僻的池塘中长满了浮萍，阻断了摘莲人的前行。甚至连寻花闻香的蜂蝶也没了踪影，寂寞的荷花慢慢褪尽花瓣，只剩下苦涩的莲心。

夕照晚潮，水波轻涌，天边的一抹流云飘过，洒落几滴丝雨。那

第八章 很丑但很温柔：贺　铸

随波摇曳的枯残荷花仿佛在向我诉说它不幸的遭际：当年没随春风之便展露芳姿，到头来想要绽放却暗惊秋风已至。

贺铸之前一直做武官，直到年近不惑才由苏轼、李清臣推荐改了文职。因其口无遮拦、喜好抨击时弊而常常得罪权贵，加上狂放不羁，终身仕途失意蹭蹬。昔日的豪情壮志，报国济世的美好愿望，随着时间的流逝渐渐消弭殆尽，取而代之的是日复一日的怨嗟和忧郁，以及偶尔的悔恨。

这首词，咏写荷花，实则借物言情，以荷花自况，在表达自己高洁自守的同时，更多的则是追悔昔日矜持自夸、盛年虚度的不理智行为，而幼稚的代价则是今日的无名、无利、无势。

细细体味贺铸的文字，走进他的内心，我们发现，这个孤芳自赏的奇男人的心里一直蕴含着寂寞的渴望，而结拍"当年不肯嫁春风，无端却被秋风误"正是他内心挣扎的历历呈现。

因此，说到底，贺铸本质上是一个极其多愁善感的文人。

他貌似外向实则内敛，看似粗犷实则纤细。

他的一生一直在矛盾中纠结着，极度自尊的背后隐匿着超过常人的自卑。这种骨子里的自卑，或许来自他曾经显赫却早已没落了的家世，也可能是丑陋的相貌加剧了他的桀骜不驯，激发了他经常"喜面刺人过，遇贵势，不肯为从谀"的好斗反叛精神。这两种性格互不买账，动辄互搏，经常纠缠一起，搅得贺铸内心涟漪不断，波澜四起。

总之，他看上去跟别人格格不入，在任何地方都显得那样异类。结果，自然陷进孤独的大网，即使左右奔突，都无法摆脱挣开。

可以想象，当年开封乃至外地的街头酒肆，总会出现这样一个人的身影：他纵酒行乐，侠肝义胆，无畏不惧；他睥睨一切，忘乎所以，我行我素。

他在市井间朗笑，在朋友中高歌，在强悍骄傲的表象下掩饰他那脆弱敏感的神经，以及几乎与生俱来的那份自卑，然后回到自己的家或客舍再默默哭泣，再舔舐久不痊愈的伤口裂缝处渗出的点点血痕。

或许，你还能听到划破寂静夜空的几声长啸，凄厉的啸声中满是中年男人的孤独、不甘、无奈和怅恨。

其实，不止贺铸，我们每个人都曾经错过什么。或者一次晋升的机会，一次令人心动的邂逅，又或者那次漫长的等候。

人生短暂，往往来不及细想，已经失去太多，而且随着岁月的流逝，必将失去更多：健康、亲人以及最后的自我。

孤独是所有人的归宿，这是人生的规律，无须自怨更不用悲鸣。

在孤独中坚守，在孤独中正视内在的自我，终有一天，你会幡然醒悟：孤独原本是上天赐予你的最后一份礼物！

或许正是那份难耐的寂寞和浸入骨髓的孤独，才让贺铸在晚年接连写出了千古流传的惊世名作。

伍

石州引

  薄雨收寒,斜照弄晴,春意空阔。长亭柳色才黄,远客一枝先折。烟横水际,映带几点归鸦,东风销尽龙沙雪。还记出关来,恰而今时节。

  将发。画楼芳酒,红泪清歌,顿成轻别。回首经年,杳杳音尘都绝。欲知方寸,共有几许清愁?芭蕉不展丁香结。枉望断天涯,两厌厌风月。

  雨住寒收,夕阳晚晴,春色无边。长亭旁的柳色刚刚嫩黄,就有远行客采摘送别。远处烟波浩渺的天际中,有几只归鸥翱翔;春风送暖,融化尽了塞外的漠漠大雪。

  还记得当年出塞时,恰好也是如今这个时节。临行前,她在画楼为我设酒饯行,为这轻易的别离含泪一曲。谁知年复一年,她的音信全然断绝。

  几许新愁笼在心头,就如芭蕉不展,又似丁香凝结般难以排解。这天涯两端,即使共对春风明月,也同是憔悴、郁闷,两心"是事可可"而已。

  据宋吴曾《能改斋漫录》记载:方回眷一妹,别久,妹寄诗云:独倚危栏泪满襟,小园春色懒追寻。深恩纵似丁香结,难展芭蕉一寸心。贺铸得信后有感对方真挚的情意，遂赋此词。

全词抒写相思别离之情，虽无新意，但炼字精工，语言清婉秀雅，写得深挚沉痛，不愧言情诗里的佳作。

有人说贺铸人丑，字丑，但填词填得撩人心魄，让人遐思无限。

丑怎么啦？

雨果笔下的卡西莫多鬼魅般的丑陋，却有颗金子般纯正善良的心，他照样有权利去爱慕天使般美丽的爱斯梅拉达；西晋左思其貌不扬，口齿笨拙，诗文辞采却壮美华丽，他所作的《三都赋》名噪一时，致使大家争相抄阅，造成"洛阳纸贵"的局面；还有温飞卿，名字起得温婉，有玉树临风之雅致，可是他的那副尊容，据说连鬼怪都能被吓跑，因而得了个"温钟馗"的绰号，但他的笔端流泻出的却是秾丽旖旎的柔情媚调，香艳温润，终成"花间"鼻祖。

贺铸，名字阳刚硬气，身材魁梧，外在做派粗犷豪迈，恣意率性，但他却有一颗十分细腻敏感的心灵。

他在梦想和现实的冲突间纠葛了一生，在自尊和自卑的两端闪越腾挪了大半辈子，最后才发现，自己仍只是被人呼来唤去的一枚无用的棋子。

既然如此，还贪图什么仕途名声，还跟那些道貌岸然的伪君子同流合污么？

不，不如辞官归去，做回真正的自我。好在有诗酒相伴，有伊人懂我，原本躁动狂热的心也就有了寄托。

正因贺铸身世坎坷，情感独特，所以他的作品大多"满心而发，肆口而成"，自然流丽之外尽显脉脉温情。尤其让人意外的是，豪侠之气、悲壮情怀与细腻秾丽、哀婉凄艳这截然对立的两面竟能在他的个性和词风中得到和谐的统一，这让人惊讶的同时不得不佩服他超乎常人的意志力。

以此似乎可以断定，贺铸远远不是我想象的那般脆弱、不堪一击，否则，他也不会活到七十有余。

所以，古往今来，人心最难推测，一切自以为是的品评、解析往往只是自己的想象和杜撰，与真正的事实大相径庭。

或许真相是，贺铸孤独漂泊了一生，腾过了云，淋过了雨，看惯了世事兴废人间冷暖，什么都经历过了，所有的一切，原来只不过是浮云。

于是，他才有了较为平和的晚年。

陆

青玉案

　　凌波不过横塘路，但目送、芳尘去。锦瑟华年谁与度？月桥花院，琐窗朱户，只有春知处。

　　飞云冉冉蘅皋暮，彩笔新题断肠句。试问闲情都几许？一川烟草，满城风絮，梅子黄时雨。

轻盈的脚步不曾越过横塘路，只好目送你像芳尘般翩然远去。这美好的青春年华和谁一起共度？

是在布置着月台和小桥流水的花园里，还是生活在花窗朱门大户？只有春风才知道你的确切住处。

飞云冉冉飘过，暮色已然苍茫，我挥笔写下惆怅的词句。若问闲愁有几许：就像那一望无际的烟草，如满城翻飞的柳絮，如绸缪浓密、挥散不去的绵绵黄梅雨。

很多评注认为这是贺铸以"美人""香草"自比高洁孤寂，以此抒发其怀才不遇、悒悒不得志的感慨。我却倾向于这是贺铸晚年的一阕普通情歌，抒写的是对美好情感的追求和可望而不可即的怅惘。

全词意境朦胧，风格深婉幽怨，历来受到文人墨客的青睐。

贺铸大概58岁时从六品的散官上致仕，退休后卜居在苏州盘门外十余里处的横塘。

此时的他早已饱经风霜，荣辱不惊。其间虽说又曾一度升迁为朝奉郎，享受五品官衔，但他的内心彻底告别了官场，只与家中藏书为伴并亲自校注，继续编著《庆湖遗老后集》。

但这并不妨碍词人欣赏美、追求美的步履，他内心明白还未老到只能捧着回忆度日的地步。所以暮春的一个傍晚，他抖落满身的书卷气，来到户外。

夕阳正好，晚霞美得让人心慌。

突然就有这么一个女子，翩若惊鸿，款款而来，轻盈的风姿，让贺铸不自禁地想起了洛神。

也是这样的黄昏，宓妃凌波微步，御风而行，如轻云蔽月，如流风回雪，与曹子建在落水之畔相遇，可惜只是子建的南柯一梦。

第八章　很丑但很温柔：贺　铸

现在，莫非也是虚幻的梦境？

贺铸定了定神，用指甲掐了掐青黑的老脸，有生痛的感觉，他知道这不是在做梦。正当他一愣神的工夫，那位仙女已飘然远去。

不曾留下一个笑脸，更没有惊艳的回眸，留给贺铸的只是一个风姿绰约的背影。

他有点悔恨，恨自己没有早点上去追问，错失了人家的芳踪。但转而一想那样过于唐突，早已不符自己的年龄和身份。他内心清楚，只有琐窗、朱户才配得上她的雍容华贵，只有月桥、花园的濡染才让她出落得如此灵秀娉婷。所以，即使得知了人家的芳踪又能如何？她是否有心仪的男子共度，与我何干？

话虽这样说，可贺铸总觉得有点遗憾，一丝"多情总被无情恼"的情愫在翻腾涌动。

他就这样伫立在邂逅之地，迟迟不肯离开，直到暮色苍茫黄昏降临。

暮色中，春草弥望无际，柳絮铺天彻地，还有漫天的梅雨，淅淅沥沥。而烟草、风絮、梅雨这些凄美的意象不就是贺铸内心排遣不开的缕缕闲愁么？这看似没来由不相干的闲愁和失落，正是词人多愁善感的天性中携带的独特气质。

这种气质，或许有点病态，不合时宜，却造就了独一无二的"贺梅子"。

这首《青玉案》无疑代表了贺铸词作的最高水平，这就难怪黄庭坚不吝赞美道："少游醉卧古藤下，谁与愁眉唱一杯？解作江南断肠句，只今唯有贺方回。"

据说贺铸的最后岁月是在常州度过的。他死于常州北门外王陵浦一处僧舍中，最后与妻子赵氏归葬宜兴清泉乡东条岭，结束了他豪气而又多情的一生。

一个苏轼，已然让常州的文脉偾张，再加上一个贺铸，常州文化的内涵和层级有了进一步的拓展和提升。

于是，常州人的个性气质里不只独有江南古韵的含蓄、文雅和精致，还兼具了高远豁达、潇洒浪漫的情怀，他们的血液里甚至还揉进了些许豪放硬朗以及粗犷的因子。

因此，我常以为常州是少数几个能够融汇南北文化、学贯古今，集豪迈刚毅与婉约温柔于一体的城市之一。而贺铸无疑在这方面作出了他应有的贡献。

第九章 御用乐师：周邦彦

壹

普通大众不一定知晓周邦彦，但这位生于浙江杭州、字美成、号清真居士的钱塘人，可说是词这种形式的集大成者，有"词家之冠"或"词中老杜"的美誉。

周邦彦家境优渥殷实，藏书万卷，他自小便博览群书，后因一篇赞扬新法的《汴都赋》为神宗青睐赏识，被提拔为太学正。之后历任庐州（今安徽合肥）教授、溧水县令等。徽宗赵佶时，被任命为大晟府（最高音乐机关）长官，专门负责谱制词曲，供奉朝廷。

其作品多写闺情、羁旅，也有咏物之作，但内容较为单薄，格调低沉。其词格律谨严，辞藻华美，语言曲丽精雅，长调尤善铺叙，具有浑厚、典丽、缜密的艺术特色，对南宋史达祖、姜夔、张炎等作者影响巨大，是宋词发展史上结北开南式的人物。有词集《清真集》，已佚，今存《片玉集》。

贰

苏幕遮

燎沉香，消溽暑。鸟雀呼晴，侵晓窥檐语。叶上初阳乾宿雨，水面清圆，一一风荷举。

故乡遥，何日去？家住吴门，久作长安旅。五月渔郎

第九章 御用乐师：周邦彦

相忆否？小楫轻舟，梦入芙蓉浦。

夏日拂晓，燃起沉香一支，来驱散闷热潮湿的暑气。屋檐上的鸟雀叽喳聒噪，似在传达雨后新晴的喜悦。清晨的阳光映照着荷叶，将残留的夜雨悄悄蒸干。清澈的水面上，粉红的荷花在风中摇曳颤动，香气四溢。

可遥远的故乡，我何时才能回去？家在江南吴越，却久居长安为客。不知儿时的玩伴是否还记得5月同游西湖的情景？而此刻的我，早已心神摇荡，荡舟划桨到了久违的家乡莲塘。

周邦彦的词一向以法度精研，工巧典丽著称，但上面的这首《苏幕遮》却语淡情深，清新自然，一派"清水出芙蓉，天然去雕饰"的风姿。最为推崇周邦彦的清代词学家陈廷焯在《云韶集》中评价这首词道："不必以词胜，而词自胜。风致绝佳，亦见先生胸襟恬淡。"

周邦彦虽说一辈子并未取得多大的官位，但一生仕途还算平顺。加上他仪表堂堂，又是年轻才俊，所以他初为京官踌躇满志，从容潇洒。当然，在京城待了几年，难免不思念故乡的亲人和风物，于是，词人便以最能代表思乡情怀的荷花作为载体，来表达他对故土的眷恋之情。

但如果我们稍加领会，就不难发现他的这种思乡情结是含蓄雅淡的，没有过多的情感宣泄，没有相同题材作品的悲苦色彩。也就是说，当一般词人都在借自己的作品自然而然抒发情感之时，周邦彦一如既往地保持着他的优雅和严谨，完全按照"词"的本身规范创作出格律和谐、音节悦耳、对仗工整的高雅文学。

然而,我以为,无论高雅还是通俗,唯有真正打动人感染人的作品才是好作品。一味讲究技巧章法,过多追崇语言韵律,频繁熔铸前人诗句,看上去唯美精致,很可能缺少活泼的动人气息,显得流于形式,风骨软绵而意趣不足了。

叁

少年游

> 并刀如水,吴盐胜雪,纤手破新橙。锦幄初温,兽烟不断,相对坐调笙。
> 低声问:向谁行宿?城上已三更。马滑霜浓,不如休去,直是少人行。

并刀光洁如水,吴盐晶莹胜雪,只见一双纤纤玉手在剥解着一只新橙。织锦的帷幔刚刚暖好,兽形香炉飘散的青烟袅袅缕缕;透过香烟,一对男女相对而坐,正调弄着笙管,听音校准。

轻声低问:还上哪儿住去?城头已敲三更。外面霜重雾浓,马儿容易打滑,不如不要走了吧,路上一定杳无人影。

这是一首描写恋情的词作,也是周邦彦诸多作品中让我最心仪的一阕情歌。

与以往千篇一律的男女情事描写相比,这阕《少年游》仿佛万紫千红中的一点绿,显得清新雅致又妙趣横生。

全词构思新颖，摒弃了传统题材中别离相思或久别重逢的场景，只借助简练的白描、简单的动作以及人物对话，惟妙惟肖地刻画出人物幽深微妙的内心活动，一扫浓粉腻脂的恶俗气味，恰到好处地表现出了主人翁的那种风流旖旎以及情人间温柔体贴的恋情。

真所谓"著粉则太白，施朱则太赤"，从中可以看出，周邦彦确实语工意新，是驾驭语言的大师。

我们不得不承认周邦彦高超的铺叙手法以及说话技巧。他就像一位得心应手的话剧导演，将舞台的布景、灯光、音响、摄影、对白等戏剧元素和谐地融汇一起，对剧情的把控更是炉火纯青，最终塑造出他内心所需要的人物形象。

清代沈谦《填词杂说》对"马滑霜浓"几句这样评价道："言马，言他人，而缠绵依偎之情自见，若稍涉牵裾，鄙矣。"

香艳而不粗鄙，风流却不淫靡，纯净闲雅、恬静温婉是这首词也是周邦彦一贯的创作风格。

肆

夜游宫

叶下斜阳照水，卷轻浪、沉沉千里。桥上酸风射眸子。立多时，看黄昏，灯火市。

古屋寒窗底，听几片、井桐飞坠。不恋单衾再三起。有谁知，为萧娘，书一纸。

一抹斜阳透过斑驳的树叶照在水面，只见波浪轻涌，寒水千里。伫立在凄风刺眼的小桥上，直到暮色渐浓，街市显出灯火点点。

回到陋室，空卧寒窗之下，静听窗外井栏边的梧桐落叶坠地。单薄的被子太冷，我频频披衣而起。有谁知，我如此辗转难眠，只是因为她的一封书信！

还是白描式的勾勒，随着镜头的切换，通过一连串动作，将词人的一片相思之情层层递进展开，使作品跌宕有致，波澜起伏。

应该是深秋一天的薄暮时分。

夕阳穿过树叶斜照着轻漾的细浪，江水迤逦东流，地久天长。

词人站立桥头迎着凄紧的秋风，翘首遥望暮色苍茫的远处，对她的思念犹如眼下不绝的江水那般悠然漫长。直到眼眸被刺得一片生痛，直到万家灯火初上，他才告别黄昏回到了驿馆陋舍。

夜已深沉，独卧空床，四周静寂得能听清梧桐落叶的声响。被子有些单薄，让人觉得寒凉难耐，只得频频披衣起床。

可真是因为天气的寒冷么？

不，不，这是因为心爱的她寄来的一封书信所致啊。

信里什么内容，让词人如此凝神沉思、激动不安，读者不知，但从他的行为举止，我们清晰地感受到了主人翁对心上人的那种牵挂和淡淡的忧伤。

这就是周邦彦式的文字，这就是他的抒情方法。没有刻意的渲染，不加过多的着色，拒绝市井气息，却自带一种雍容的华贵和内敛的气质，不疾不徐，以他一贯擅长的优雅旋律演绎着阳春白雪的浪漫主题。

只是，我总感觉他的作品缺少一种震撼人心的力量，情感没有张力，宫廷式的学究气较浓，一味追求炼字、章法和裁剪，以致严谨、典雅有余，而胸怀、意境不足。

从这个意义上，我很赞同王国维先生对周邦彦的两句评价，即"但恨创调之才多，创意之才少耳"。

至于南宋陈郁所著《藏一话腴》提及的"二百年以来乐府独步，贵人学士衣儇妓女，皆美成词为可爱"就未免有失偏颇了。

伍

玉楼春

桃溪不作从容住，秋藕绝来无续处。当时相候赤阑桥，今日独寻黄叶路。

烟中列岫青无数，雁背夕阳红欲暮。人如风后入江云，情似雨馀粘地絮。

这首词是周邦彦1089年自庐州府（今合肥）教授离任时所作，内容是追忆怀念曾经的美好邂逅以及最后无奈分离的怅惘之情。

全词对偶工整，排句精巧，凝重又不失流丽，显得情深意长。

那时，周邦彦正当青壮年，人才风流，儒雅俊逸，前程似锦，有刘、阮式的天台奇遇不足为怪。只是人在宦海身不由己，他最后不得不与心仪的女子告别，回到现实社会中继续他的尘世生活。如今即将离开安徽赴任江苏溧水，临别之际，词人不自禁地故地重游。

见证他俩欢娱温馨的朱漆小桥依然矗立在溪边，但早已人去桥空了。人说藕断丝连，其实秋藕断了，怎可能再接？就如那次的执手话别，彼此的关系就此断绝。

念及于此，一丝惋惜悔恨之意涌上心头。

再看眼前铺满黄叶的小路，那份萧瑟静寂更让人有一种悲凉凄清的感觉。天色向晚，远处暮霭中的山峦重重叠叠；晚霞流光的西天，孤飞的大雁留下了一抹残红的背影。

面对此情此景，饱受寂寞折磨的词人再也无法忍受心底深处的那份思念，随即脱口歌吟出结拍的"人如风后入江云，情似雨馀粘地絮"。

全词并未着一字描摹女子的姿容相貌，但我们现在想象得出她一定是位身姿曼妙、轻盈的女子，就如入江的云彩般飘忽不定、倏然而逝，也就是说她美如天仙，可望而不可即。何况自己当时还没悉心珍重，全加留恋，以致造成雨后黏地柳絮般的纷乱情愫，胶着固执、欲罢不能。

对于这最后两句，《白雨斋词话》的评价"上言人不能留，下言情不能已。呆作两譬，别饶姿态，却不病其板，不病其纤，此中消息难言"。我认为说得切中肯綮。

第九章 御用乐师：周邦彦

陆

西河·金陵

> 佳丽地，南朝盛事谁记？山围故国绕清江，髻鬟对起；怒涛寂寞打孤城，风樯遥度天际。
>
> 断崖树，犹倒倚；莫愁艇子曾系。空余旧迹郁苍苍，雾沈半垒。夜深月过女墙来，伤心东望淮水。
>
> 酒旗戏鼓甚处市？想依稀、王谢邻里。燕子不知何世；入寻常巷陌人家，相对如说兴亡，斜阳里。

美丽多姿的金陵，有谁还能记起你历经的南朝繁华和旖旎盛事？青山环抱，江水绕城，两岸峰峦宛如佳人髻鬟，隔江对峙。滔滔巨浪，长年累月拍打着寂寞的孤城；鼓风船帆，隐约点缀在遥远的天际。

江畔断崖垂下的老树犹在，当年莫愁姑娘曾系舟于此。可惜时过境迁，物是人非，烟雾迷茫中空留下断垣残壁。夜半更深，月儿越过城头矮墙，伤心凝望着秦淮河，后者汩汩，东流不息。

那儿是什么集市，为何酒旗招展、戏鼓喧天？想必是王导、谢安等豪门贵族的聚居故里。曾经的奢华烟消云散，唯有昔日的燕子不知沧桑变迁。它们仍旧翔飞在早已变作寻常的普通巷陌中，在夕阳里呢喃，轻声细语着朝代的兴衰和更迭。

这是周邦彦著名的一首怀古咏史词，大概作于1093—1096年。

当时，词人从庐州离任赶赴江苏溧水，途径金陵时，面对曾经繁华佳丽而今荒芜冷落的六朝古都，不由触景生情，在追忆古昔中融入了寄慨当今的思想感情。

金陵，自古以来山川形胜，钟灵毓秀，人杰地灵。

自三国东吴孙权定都开始，经过东晋司马王朝近100年的经营，到了南朝，金陵更是成了华夏大地上最为富庶繁华之地。

但随着陈叔宝投降隋军，六朝的最后一个王朝——陈朝随之寿终正寝了。

虽说秦淮河上空仍不时飘来柔靡缠绵的《后庭花》遗曲，乌衣巷口的斜阳中还有燕子盘旋，甚至那弯清冷的夜月依然爬过墙头，但六朝旧事早已尽付流水，成了渔樵闲话、寒烟衰草了。

如今，只有汹涌的江涛一如既往地拍打着这座千年古城，而即将消失于天际的几点模糊的帆影更显出古城的落寞荒寂。

如果说历史尚有一丝温度，能让我们在纷繁浩瀚的人物事件中择取所爱并知冷知热，那么时间，永远摆出的是一幅严峻无情的面孔。它默然无语，年复一日地冷眼旁观着岁月变迁、世事沧桑和人间的荣辱浮沉。

周邦彦是化用前人成句、引用古典的高手。

在他的笔下，刘禹锡的《石头城》和《乌衣巷》成了金陵兴亡的背景。

事实上，自宋以来，王安石、苏轼都以金陵怀古为题材，分别写下名篇《桂枝香》和《念奴娇》。前者立意高远，笔力遒劲，气格苍郁，在千古凭吊中抒发深沉的盛衰之感；后者有如"铁琴铜琶"，激越铿锵，气势恢宏，豪迈奔放，通过对三国风流人物的追忆，表达词人怀才不遇、壮志难酬和年华易逝的郁愤悲凉。

反观周邦彦的这首《西河·金陵》，通篇写景，没有议论，不触及任何重大历史事件，在平铺直叙中娓娓道来，将一切情语熔铸在景语里，寓悲壮情怀于寥廓莽苍的境界中，却依旧给人沧海桑田式的时空转换以及物是人非的无限慨叹。

因此，相较词人其他怀古之作，这部作品无疑别具一格，有一种浑然天成的壮美意境。

蝶恋花

> 月皎惊乌栖不定，更漏将残，辘轳牵金井。唤起两眸清炯炯，泪花落枕红绵冷。
> 执手霜风吹鬓影。去意徊徨，别语愁难听。楼上阑干横斗柄，露寒人远鸡相应。

月光皎洁明亮，以致乌鹊聒噪惊飞不定；更漏将断，屋外传来辘轳转动汲水的声音。起身时泪花还在闪烁，双眸清清亮亮，只是红绵枕头早已湿透冰冷。

执手相看，瑟瑟秋风吹散了她的秀发；去意彷徨，难舍难分，可她的殷殷叮咛不忍再听。伫立楼头遥望，只见夜空北斗横斜，只闻夹霜带露的晨风中有鸡鸣声声，却独独不见了远行者的身影。

此词写离情别意，特点是借助不同画面、音响、动作和表情来描摹演绎情人间难舍难分的离别情绪。

夜已深沉，万籁俱静，一轮皎洁的明月将夜空照得如同白昼，以致栖息枝头的乌鹊扑簌惊飞。更漏将残，井栏边辘轳转动，吊桶撞击着井壁，已经有人起早汲水。恋恋不舍地从被窝中坐起，晶莹的泪花闪烁着清辉。拾掇床铺时，才发现红绵枕头早已为泪水濡湿。离别在即，执手依依，晨风吹散了她的鬓发；犹豫再三，终在她的万千嘱咐中背身离去。

天上北斗横斜，远处鸡声四起，古道上他的踪影全无，剩下她一人，独立闺楼，感受风露的寒冷。

温庭筠《商山早行》中有"鸡声茅店月，人迹板桥霜"，可谓意象具足，写尽了羁旅之人早行的所见所闻，也将离乡背井的客愁寄寓在有些冷清寥落的鸡鸣、孤月和人迹晨霜中。

周邦彦的这首《蝶恋花》以男女离别为主题，通过时间的推移、场景的变换、人物的表情与动作的贯穿，恰如其分地刻画出主人翁分别前恋恋不舍的内心矛盾，使读者有身临其境的感觉。

尤其歇拍两句，营造的画面十分凄美，让人倍感孤独之外，滋生一丝落寞悲凉的寒意。这也是周氏"以景结情"最成功的范例之一。

然而，我总觉得他的作品还欠缺了点什么。

应该是少了点激情、力度以及让人荡气回肠的东西。

从这个意义上说，上阕《蝶恋花》甚至还不如毛滂那首《惜分飞》，更不用提柳永的《雨霖铃》、秦观的《满庭芳》了。

周邦彦的作品，格律严谨，用词工巧，显得极为文雅精致，最能反映雅词的风格特点。但对于真正的杰作，显然还远远不够。

艺术的最高境界，有人认为是张扬和高调，有人说是无我之境。要我说，只有主客观的和谐统一，外部世界与内在灵魂的相互交融，也就是自我心灵与自然宇宙合而为一，才能创造出独一无二的稀世珍品。

真正的杰作，并不排斥缺陷，但它一定个性分明，无可替代并动人心弦。

周氏作品，技术层面无可挑剔，几乎篇篇可入教科书行列，只是过于循规蹈矩，犹如施展不开的小脚女人，因为血脉不畅，经络萎缩而致气色苍白，筋骨不健，经不起一点风浪的冲击。

总的说来，周邦彦的词除了气格弱小，境界不高，还看不见人生的感怀，缺乏真情的流动。

那儿，有一副精心垒筑的骨架，堆砌的典故、雕琢的文字以及千篇一律的和声，唯独少了血肉，少了直抒胸臆、振聋发聩的气骨风韵。

这或许也是周邦彦虽贵为一代词宗，身后师法者众多，却至多只能排在三流词人之列的缘故吧。

捌

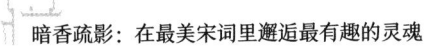

瑞龙吟

　　章台路,还见褪粉梅梢,试花桃树。愔愔坊陌人家,定巢燕子,归来旧处。

　　黯凝伫。因念个人痴小,乍窥门户。侵晨浅约宫黄,障风映袖,盈盈笑语。

　　前度刘郎重到,访邻寻里,同时歌舞。唯有旧家秋娘,声价如故。吟笺赋笔,犹记燕台句。知谁伴、名园露饮,东城闲步?事与孤鸿去。探春尽是,伤离意绪。官柳低金缕。归骑晚,纤纤池塘飞雨。断肠院落,一帘风絮。

梅花将残,桃花新发,我来到烟花巷陌寻访熟悉的院落。那儿寂静无声,只有重新回到旧处的燕子,在忙着筑巢定居。

黯然伫立,不禁想起初见时她娇小玲珑的可人模样。

那是一次清晨的偶遇。

我路过这里,她恰好倚门而立:额头上抹着淡淡的宫黄,眉眼间笑意盈盈,还有抬袖遮风的妩媚风姿。

如今故地重游,访邻寻里,才知道与她同时歌舞的女子,只有她一人维持着往日的身价。

忘不了曾经为她倾心写下的诗词歌赋,可如今的她,又陪伴着

第九章 御用乐师：周邦彦

谁，在花园欢饮，在东城漫步潇洒？

昨日旧情早已随孤鸿远飞，了无痕迹；追忆往事，尽是满腔的离愁别绪，连官道边的柳枝全低垂着，仿佛也在为我深深叹息。

天色向晚，我策马而归时，小雨纤纤，滴落路边的池塘，漾起圈圈涟漪。再看令人心碎的院落，满地狼藉，门帘上也黏附着随风飘来的团团柳絮。

这是一首访旧感怀之作。

周邦彦曾经是王安石变法的支持者，神宗时颇得赏识。神宗驾崩，高太后掌政，复用旧党，周邦彦被外放庐州，羁旅荆江，游宦溧水，直至哲宗亲政，他才得以还都。此时，虽说新党得势，但完全背离了之前变法图强的宗旨，一味勾心斗角，做着攻讦他人的勾当。上述作品，据说就是写他回京后访问旧友时的复杂心情。

当然，我更倾向于这是一首怀忆昔日恋人的普通情歌。

乍看这首词，就让人联想起崔护那首《题都城南庄》："去年今日此门中，人面桃花相映红。人面不知何处去，桃花依旧笑春风。"接下来又出现个"刘郎"，一些评注认为是敢作敢为的斗士、唐代顺宗时的革新派人物刘禹锡，理由之一是他在《再游玄都观绝句》里写过"种桃道士归何处，前途刘郎今又来"之句。

在我看来，全词抒写的只是抚今追昔、物是人非的感叹，如周济所说的"不过人面桃花，旧曲翻新耳"。

这部作品最能代表周邦彦的词风，一向被认为是周词的压卷之作。

词文在层层铺叙中依次展开，融抒情、写景、怀人于一体，含蓄婉转，妙笔生花，令人目眩神迷，应接不暇。

对,应接不暇!

此刻,我的眼前恍惚出现了一个老者的身影:他长须飘飘,身着长衫,戴着一副宽边的老花眼镜,拖着长长的尾音,抑扬顿挫地吐着字正腔圆的词句。在貌似儒雅的严肃刻板中,他努力卖弄着他说话的技巧、行文的修辞以及学富五车的博学……

时间一长,给听众的感觉,自然了无新意、索然无味。说到底,这都取决于老夫子的心胸格局。

人的境界决定了作品的境界。

"今宵酒醒何处?杨柳岸,晓风残月。"柳三变那种如浮萍飘蓬般的浪子生涯,周没经历过;"郴江幸自绕郴山,为谁流下潇湘去?"秦观椎心泣血似的天问呐喊,他无法体会;"一川烟草,满城风絮,梅子黄时雨。"贺铸邂逅凌波微步的女子后产生的那份莫名的闲愁,他何曾领略?

更不用说苏轼"大江东去,浪淘尽"的那份豪迈,欧阳修"月上柳梢头,人约黄昏后"的那种浪漫以及王雱"丁香枝上,豆蔻梢头"的那丝相思深情!

因此,无论文字多么优美典雅,章法多么缜密严谨,典故层层叠叠,音律和谐无比,但血肉不丰满,激情不丰沛,势必刻画不出鲜活生动的形象,作品自然就苍白无力了。

但周邦彦作为一介御用文人、乐师,我又何必过于吹毛求疵?

第十章 千古词后：李清照

壹

李清照（1084—约1155年），号易安居士，历城（今山东济南人），著名学者李格非之女。宋代婉约词派代表，有"千古第一才女"之称，其词作独步一时，被誉为"词家一大宗"。

李清照生于书香门第，家境优裕，加上家中藏书甚丰，她自小打下了扎实的文字基础。出嫁后与丈夫赵明诚又共同致力于金石学研究，所以她是宋朝乃至中国历史上难得一见的才女。除了通晓书画、金石，她最擅长的还是诗词。

她的作品以金兵入主中原分为两个阶段。前期多描写闺情相思和闲适生活，也有歌咏自然风景的佳作，词风活泼俊秀，明白如话；后期则更多描写国破家亡的离乱生活，抒发伤时念旧和去国怀乡的浓重哀愁，词风沉郁，情调伤感。后人有《漱玉词》辑本传世。

对女性，中国几千年的封建社会一直恪守女子无才便是德的审美标准，然而社会压制和舆论非议，终究掩盖不住少数女性的璀璨光芒。她们不仅智慧过人，才华横溢，而且往往表现出不让须眉的勇气和胆量。

如果单论才情和文章，李清照无疑是千古以来的No.1。

或许她没有卓文君浪漫夜奔和当垆卖酒般的潇洒，缺少蔡文姬《胡笳十八拍》那种"可令惊蓬坐振，沙砾自飞"的音乐造诣，也可能不具备班昭续写《汉书》、编撰《七戒》的严谨恭良，但她却以冠绝古今的诗词才情，力压群芳，不输男儿，成为中国历史上最伟大的女词人,甚至最伟大的文学家之一。

我脑海中无数次勾勒过李清照的形象:

纤瘦的身形;薄敷脂粉的脸上,五官端正,轮廓分明;一双并不大的眼睛随着岁月的流逝,相继闪发出活泼、睿智、多情和忧郁的神色。她应该算不得美人,更谈不上妩媚,但举手投足间自有一种雍容的气质,清丽娟秀中孕育着别样的风情。腹有诗书气自华,用在她身上太合适了。

还有她的名字,看似平凡普通,却掷地有声,铮铮作响。怪不得她不只会柔软地相思,娇嗔地埋怨,她还有一般女性不具备的坚韧和豪放。

她的很多作品被现代女子演绎传唱,大多表现得哀怨低回凄恻忧伤,独独少了些清照式相思的闲愁,少了她隐藏在骨子里的反叛、勇敢和坚强。

事实上,她们大多读错了她。接下来,让我们通过一阕阕隽永优美的作品,与词人展开一次心灵对话。

贰

如梦令

常记溪亭日暮,沉醉不知归路。兴尽晚回舟,误入藕花深处。争渡,争渡,惊起一滩鸥鹭。

常常记得泛舟清溪荷塘的那次。

当时夕阳西下，我在溪亭独自小酌，酒酣兴尽驾舟返回时，恍惚间不辨归途，不知不觉误入了藕花深处。归心渐切，我努力划呀划，谁知惊起了一群栖息在沙滩上的鸥鹭。

小令写得清新明快简练生动，传神地再现了词人少女时代活泼俏皮的一幕，体现出作者昔日无忧无虑、天真无邪的少女情怀，让人回味之余油然而生荡舟藕丛、沉醉不归的冲动。

可以想见，李清照的童年和少年时光是幸福无忧的。过人的天赋、家学的滋养，以及血液里天生流淌的抗争因子使她从小就有别于普通的女孩。

在我心中，她既有大家闺秀的优雅高贵，又有小家碧玉的温婉娇羞，更重要的是，她还兼有机灵大胆的性格。否则，她不会独自一人踏春郊游、荡舟荷丛，在溪亭独酌至日暮，才匆忙"争渡"返回。

叁

点绛唇

蹴罢秋千，起来慵整纤纤手。露浓花瘦，薄汗轻衣透。
见客入来，袜刬金钗溜。和羞走。倚门回首，却把青梅嗅。

荡完秋千，她慵懒地舒缓一下纤细的小手。身旁，疏落清瘦的花

第十章　千古词后：李清照

枝上挂着晶莹的露珠；身上，单薄的罗衣被渗出的香汗沾透。

突然有客人前来，她惊羞之下慌得顾不上穿鞋抽身就走，金钗也在急走中滑落。走到门口，忍不住回眸偷觑，却顺手摘下一颗青梅，故作姿态地边看边嗅。

全词语言质朴无华，风格活泼秀丽，节奏轻松明快，短短四十一个字，就给我们展示了一个天真无邪、调皮可爱又略带矜持的少女形象，可谓妙笔生花，当真出手不凡。

如果说《如梦令》是李清照忆昔怀旧之作，那么这阕《点绛唇》应该是她与那位陌生来客不期而遇后的即兴抒怀，也就是说她正处妙龄豆蔻，属于情窦初开芳心怀春的美好年华。大概十五六岁吧，却能写出如此雄奇瑰丽之文，底蕴之厚，下限之高，可见一斑了。

早春的一个清晨，零星的花朵上缀满了滚圆剔透的露珠。只见小院深处罗衣轻飏，有位妙龄少女正如燕子般上下飞舞。稍倾，她从葱郁的花木深处走出，娇柔无力地揉搓着一双小手，而身上的薄衣被微微沁出的汗珠湿透了。小令没有少女荡秋千的笔墨描写，但一句"蹴罢秋千"已然对"罗衣轻飏、上下飞舞"作了最好注释。

上片以静衬动，以花喻人，含蓄地烘托出人物的娇美风貌，生动形象地刻画出少女荡完秋千后的姿态神色。就在少女累得不愿动弹之时，突然一个不速之客闯进了她的世界。惊羞万分的她，来不及穿鞋，顾不得金钗落地，低着头，在慌乱中夺路而逃。走近门口，一种强烈的好奇心促使她回过头来，想看看这位年青的后生是否俊美。

怎么办？只能返身佯装折梅，在附身嗅梅的同时，用眼角偷觑着，一回，两回。

下片写片刻之间曲折多变的动作，寥寥数语，却把少女那种惊慌、羞怯、好奇甚至些许爱恋的心理活动描绘得栩栩如生。

我想，或许正是这一次的花园邂逅，让李清照纯真欢乐的少女时代戛然而止，曾经无拘无束的日子一去不复返了。她那一刹那的回眸，勾住了那位年青后生的眼，也将自己一世的情深深陷了进去。

他就是赵明诚，一个让她独抱浓愁夜剪灯花，日思夜想却又半路把她抛下的男人。

肆

如梦令

昨夜雨疏风骤，浓睡不消残酒。试问卷帘人，却道海棠依旧。知否，知否？应是绿肥红瘦。

昨夜雨点稀疏，晚风急猛，我虽说睡了一夜，宿醉仍未消尽。小心翼翼地询问侍女：院中境况如何？她只说海棠花依然如故。是吗？是吗？我想一定是绿叶繁茂，红花凋零。

这是李清照的成名作之一，写于早期。小令语言生动鲜明，词意隽永，声调优美，短短六句三十三字，曲折委婉，几度转承，构成一个完整的情景短剧，人物、场景、对白和谐地组合一起，将惜花伤春之情演绎得摇曳生姿。

何止是惜花伤春？清照其实是在感叹惋惜不经意间消逝的青春年

第十章 千古词后：李清照

华啊。

还记得不久前花园的那次邂逅吗？

就那么匆匆的一瞥，那个风流倜傥的英俊少年就牢牢地占据了她的心房。多少次荡桨荷塘之时，看着池中并蒂的莲花以及沙岸上栖息的鸳鸯，她都心摇神驰，不能自已，对美好的爱情充满了无限的遐想。甚至，下雨天，她还傻傻地跑出厢房去荡秋千，耳朵却一直在聆听着大门的动静。

结果，除了风声雨声以及满园落红，自是一次又一次的失望。

哪个少女不怀春，哪个少年不钟情？其实，清照上次倚门回首后的惊鸿一瞥早就勾走了那位少年的魂魄，让他从此也陷入了情网。

好在，没过多少日子，明诚父亲就来提亲，使有情人终成眷属，成全了这对青年男女的梦想。

有资料说，赵明诚与李清照是一次元宵节赏花灯时相识的，可我宁愿他俩邂逅于清照"蹴罢秋千"后那个令人心悸的早上。

不管如何，自此以后，又一对情投意合举案齐眉的神仙眷侣出现了，他俩坚信彼此就是那个缘定三生的人。

"士为知己者死，女为悦己者容"，为了心爱的丈夫，清照极尽所能展现着自己的美丽与风情。我们顺便看她写的那首《减字花木兰》：

卖花担上，买得一枝春欲放。泪染轻匀，犹带彤霞晓露痕。

怕郎猜到，奴面不如花面好。云鬓斜簪，徒要教郎比并看。

稍显矜持，实则好胜俏皮之态呼之欲出，尽显一个初为人妇的小女子为讨新郎欢爱的娇媚风姿，且写得平易而情真意切。

可想而知，他们夫妇新婚燕尔之际是那般浓情蜜意。

只是，好男儿志在四方，为了前程功名，也为了痴迷挚爱的事业，赵明诚不得不经常远游，数度离开。

莲荷枯了可以再开，海棠瘦了亦能再红，唯有人生的花期过了，很难再放。

于是，我们看到了清照相思成疾的诸多词章，看到人比黄花瘦的那份清冷和寥落。

伍

醉花阴

> 薄雾浓云愁永昼，瑞脑消金兽。佳节又重阳，玉枕纱厨，半夜凉初透。
>
> 东篱把酒黄昏后，有暗香盈袖。莫道不消魂，帘卷西风，人比黄花瘦。

薄雾蒙蒙，浓云密布，这阴沉的天气让人愁闷难捱。点燃兽形铜炉中的瑞脑香，看丝丝缕缕的香烟在屋内弥漫。又到重阳佳节，独自闺中夜半不眠，只觉得玉枕纱帐渐渐透出一股凉寒。

也曾在东篱把酒消愁直到黄昏日暮，归来时空惹菊香满袖，却意兴阑珊。别说这一切不让人魂销神伤，当西风卷起珠帘的时候，帘内的人儿比菊花还要清瘦几番。

这阕词是词人婚后所作，内容是思亲，写得情深意浓，自然真

第十章 千古词后：李清照

挚，最为可贵的是含蓄婉曲。全词意在相思，却不露痕迹，不着一字，单单通过铺叙的手法，就将十分细腻沉重的别离之苦、相思之情表达得淋漓尽致。

1101年，18岁的李清照成了太学生、学者赵明诚的新娘。

婚后的日子甜蜜幸福，夫妻俩雅好词章书画，夫唱妇随，琴瑟和鸣，情笃意深。但赵明诚自幼便爱好前人拓片碑文题字之类的金石刻词，婚后对金石学的兴趣更是有增无减，达到了痴迷的程度，声称有"尽天下古文奇字之志"。为此，他常常游历在外，到处搜集文物古籍，在"文化苦旅"中自得其乐。这可苦了新婚不久却孤居独处的李清照。

大概是1103年秋的一天。

那天天色阴沉，浓云堆积，初为人妻的李易安百无聊赖，内心的愁绪如天色般忧郁漫长。偏偏这天还是重阳！

晚上气温骤降，睡至半夜，寒意径自透进帐中枕上。佳节良辰，本是亲友家人团聚，或携酒登高或赏菊赋诗的美好时光，可如今自己玉枕孤眠，帐内独卧，心上人却在远方。念及于此，清照内心滋生无尽的凄凉。也曾想过打发时间，排遣对他的相思之情。这不，黄昏时，她把酒东篱，本想宽慰愁怀，谁知却是空染满身花香，徒增"馨香盈怀袖，路远莫致之"的遗憾。

是啊，如此暗香浮动，只一个人独享，有什么意趣？不如回去吧。

回到闺房，飒爽的西风正掀动着珠帘，发出单调木然的声响。看着这萧瑟的情景，联想到不久前把酒相对的菊花，只觉自己憔悴得比那菊瓣菊枝还要清瘦纤长。

　　他还好吗？他是不是像她想他那样想着她？他会不会因为寂寞孤独另寻新欢，把香车系在了谢娘家？唉，不管了，谁让他是她前世的冤家！清照想到这里，磨砚援笔，将一腔思念以及少妇的情怀全部倾泻进了这52个字中。随后，差人寄给了丈夫。

　　据说赵明诚看到清照的这阕《醉花阴》后赞赏不已，自叹不如，但男人的自尊心使他产生了欲与爱妻一争高下的念头。于是，他杜门谢客，废寝忘食三日三夜，填了50首词。他将《醉花阴》夹杂放在这些词中，找来好友陆德夫加以品评。后者玩赏再三，说："只三句绝佳。"明诚问哪三句，答曰："莫道不消魂，帘卷西风，人比黄花瘦。"

　　我没有看过赵明诚的50首词，我知道的是，即使没有陆德夫的品评，这三句也完全抵消得了明诚词数量上的优势。因为，它在营造凄清寂寥氛围的同时，也把清秋怀人的那份意境渲染到了极致。甚至，这三句也成了李清照的标签之一。

　　从此，不只有柔情娇羞、风情万种，一个高标脱俗如菊花般傲霜凌寒的女子形象开始植根于我们的心间。

第十章 千古词后：李清照

陆

一剪梅

红藕香残玉簟秋。轻解罗裳，独上兰舟。云中谁寄锦书来？雁字回时，月满西楼。

花自飘零水自流。一种相思，两处闲愁。此情无计可消除，才下眉头，却上心头。

荷花香消、竹席渐凉时分，我轻解罗衣，独自登上一叶小舟。抬头望天，那白云舒卷处，有大雁成"人"字形飞翔南归。雁儿带来了他的消息？可不久就是圆月遍洒西楼的时候。

花儿径自凋落飘零，流水从来一去不回头。一种离别的相思，牵动的是两处闲愁。这无法排除的相思、离愁，刚从眉间消散，却又隐隐泛起在了心头。

这是一首倾诉相思别愁的词，讲述了赵明诚负笈远游后李清照孤独寂寞的生活，表达出她急切盼望丈夫归来的心情，寄寓了对他深切悠长的思念。与其他相思别离题材词作相比，这阕词没有惯常的哭诉呻吟和痛苦幽怨，相反，却在善解人意的宽容中反映出清照沉溺于情海之中的纯洁心灵。

小词格调清新，意象蕴藉，十分真挚且不落俗套地将少妇那种至情幽怀描摹了出来。

陈廷焯对起手七字"红藕香残玉簟秋"尤为推崇，赞誉说"精秀特绝，真不食人间烟火者"，我却更欣赏下片的几句。看似平易浅直，却言淡情深，精妙传神，真所谓"看似寻常最奇崛，成如容易却艰辛"。这也是李清照作品，或者"易安体"的特色之一。

婚后不久，赵明诚在朝廷谋得一小官，但仕途并不顺畅。

随着父亲赵挺之去世，失去庇护的他为蔡京诬陷，被追夺赠官，夫妇俩和其他亲属从此都在青州定居下来。

从显贵变成平头百姓，对于他们反倒是因祸得福，他们因此有更多的时间精力放到金石、字画和古玩上。每得一本奇书，两人便共同勘校整理，对一些罕见的珍本秘籍、书画器物，更是爱不释手，仔细把玩后还互相给予评价。他俩另外的爱好，是在闲暇时烹茶品茗赌书泼茶，并常常乐此不疲，欢快的笑声时时回荡在"归来堂"上。

可以说，青州十多年的屏居生涯，虽然清贫，但安静和谐，高雅有趣，是李清照一生中最为幸福美妙的时光。

只是赵家藏品虽丰，仍远远满足不了明诚的胃口。

为了获取更有价值的碑文刻石等资料，赵明诚风尘仆仆，不辞辛劳辗转各地，曾四游仰天山，三访灵岩寺，一登泰山顶，用脚丈量着山川大地，用心感悟着祖国悠久灿烂的文化历史。

只是李清照一介女子，不便随夫远行，于是，他不在的日子里，相思成了永恒的主题，尤其到了西风萧瑟的秋季。

秋天的相思，凄美之外，有一种洗尽铅华后的素朴和清凉。

面对满池残荷，眼看大雁南翔，独自泛舟的清照心头掠过一丝淡淡的忧伤，闲愁也在月满西楼的想象中弥漫开来。

流年转换、时光荏苒,落花流水依然。

好在她坚信,两人虽天各一方,心中却盛满了对彼此的爱,而且不久后他一定会星夜兼程地赶着归来。想到这里,清照紧蹙的眉宇稍稍舒展,可究竟还有多少这样的日子需要等待?

顷刻间,那份相思闲愁又爬上了她的心头,开始泛滥……

蝶恋花·离情

暖雨晴风初破冻,柳眼梅腮,已觉春心动。酒意诗情谁与共?泪融残粉花钿重。

乍试夹衫金缕缝。山枕斜欹,枕损钗头凤。独抱浓愁无好梦,夜阑犹剪灯花弄。

春风化雨,冰雪消融。嫩柳初绽,如媚眼微张;梅花怒放,似娇羞的香腮,这撩人的景致自然引发情思萌动。可如此良辰美景,谁和我诗酒相伴?想到这里,不禁清泪暗涌。那泪,如带雨梨花弄污了脸上的脂粉妆容,头上的花饰也突然觉得无比沉重。

也曾试穿金线缝制的夹衫聊以自慰,斜倚着枕头企望转移心思,谁知竟然折损了发髻上的钗头凤。孤单的愁绪太浓,连美梦也消失了影踪,只好在夜深人静之时傻傻地将灯花拨弄。

这首词感情真挚细腻,写得蕴藉而不绮靡,婉约而不纤巧,将思妇神不守舍而又虔诚痴迷的内心情感表现得丰满而富有韵味，不失为宋朝闺秀词中的经典之作。结拍两句尤为人称道，被清代词人贺裳誉为"入神之句"而备受大家青睐，流传久远。

又是相思别愁。

如果说秋天的相思尚带一丝凄美，那么春天的思念更易悲苦。

看来这次赵明诚在外的时间不短。

因为荷枯香残、雁字回时，他没有出现；帘卷西风、人比花瘦时，他依然寄身天涯。那么寒冬腊月大地冰封的岁末，他回来没，恐怕也未必。转眼间，浪漫的春风携着温柔的丝雨扑面而来。柳叶儿一片嫩黄，霜雪洗礼后的早梅开得正艳，时不时还飘来几声黄鸟婉转的啼唱。

可他，依然没有回家。

于是，似雪的梅、如丝的柳以及勃郁的春意更勾起了李清照无边的相思。这刻骨的相思，魂牵梦绕；这恼人的浓愁，排遣不开。真是行也思君，坐也思君，坐卧难安。更漏将断，深沉的夜色中一盏昏黄的灯火在明灭闪烁，除此之外，绵密的细雨仍下着，正淅沥作响。

这个晚上，一种名叫幽怨的情绪第一次袭扰了李清照的心房。

第十章 千古词后：李清照

捌

凤凰台上忆吹箫

香冷金猊，被翻红浪，起来慵自梳头。任宝奁尘满，日上帘钩。生怕离怀别苦，多少事，欲说还休。新来瘦，非干病酒，不是悲秋。

休休！这回去也，千万遍《阳关》，也则难留。念武陵人远，烟锁秦楼。惟有楼前流水，应念我、终日凝眸。凝眸处，从今又添，一段新愁。

香炉已冷，红色的锦被散乱床头，我起得床来却懒得打扮梳头。任凭精致的梳妆匣积满灰尘，不顾金色的霞光映照着帘钩。生怕离别痛苦，多少话想要倾诉，却不忍开口。近来日渐消瘦，不是因为多喝了酒，也不是悲秋的缘故。罢了，罢了。

这次，他执意远走，我纵然唱上一万遍《阳关》，也难以将他挽留。他这一走，只剩下我独守空楼。唯有楼前流水，才怜惜我整天注目凝眸。那痴痴的凝眸里，从今往后，自然平添一段相思新愁。

这首词写与赵明诚分别后的痛苦心情，可谓满篇至情之语，一片肺腑之言。

之前的思妇诗词大多是男性揣度观察女子心事神态后所作，才气虽高，笔力虽健，但往往显得不够自然纯诚，有时又过犹不及。究其原因，心思总不如女性来得细腻敏锐。何况作为千古第一才女的李清照，其情感世界比一般女性丰富充沛得多。

因此，她写心中的离愁别怨，就更加缠绵悱恻，真切感人了。而且，与柳永单纯的俗、周邦彦一味的雅相比，"易安体"创造了清新平易、自然率真为主要风格的文学语言。这些看似家常式用语，仿佛信口而出，但细加玩味，却蕴藉无限，十分精细，如这部作品中的"生怕离怀别苦，多少事，欲说还休""休休"等。

事实上，这些口语无不经过词人的匠心独运和熔炼加工，故而下笔精当雅隽，语工意新，毫无浅易平直之迹。难怪此词一出便不胫而走，为时人传唱不停。

再美好的生活、再融洽的感情也不可能一直和风细雨。

时间老人固然能酿造醇香的爱情美酒，岁月之手却无法抹去婚姻道路上滋生的荆棘和野草。不幸和痛苦永远是人生的主旋律，美满如李清照夫妇，也逃不过这魔咒。

应该说，他们青州前十年的生活充满了诗情画意，尽管赵明诚时常游历外出，但毕竟只是小别，没有真正影响他俩之间的恩爱和谐。

大概是1117年，赵明诚开始了新一轮的仕途奔波生涯，直至1121年做到了山东莱州知府。官位大了，俸禄涨了，应酬多了，随之而来的诱惑更多。

他身边开始频繁出现一些年轻貌美的女人，他回家省亲的次数少了，偶尔回来，逗留的时间更短了。

爱人的种种变化，李清照看在眼里，痛在心头。

第十章　千古词后：李清照

此时的她已近中年，不再是当初那个青春焕发热情洋溢的女子了，而熟稔的夫妻生活早已变得平淡无奇，加上自己没有生育，这一切都潜移默化地影响了赵明诚的心态，他慢慢冷落了李清照。

看来中年危机不只是现代人的说辞和体验。20年的挚爱，尤其近五年的守候和相思，此时更多地转化为猜忌和怀疑，于是，婚后累积的各种矛盾终于爆发了。

李清照敢恨敢爱、倔强自尊，而且是个有洁癖的女人。她在垄断赵明诚感情的同时，自己同样对他付出了全部的情感。她爱得太专一，太热烈，太无私了，以致容不得对方半点"心有旁骛"。

这一次，赵明诚仅仅住了一宿，第二天一早，不顾李清照一再阻拦、挽留就踏上了去莱州的路途。

我相信两人有过口角甚至争吵，否则李清照不会苦吟出"这回去也，千万遍阳关，也则难留"这样的词句。

相思，闲愁，离苦，已然属于过去，从今而后，笼罩李清照心头更多的恐怕是别怨了。

玖

渔家傲

天接云涛连晓雾，星河欲转千帆舞。仿佛梦魂归帝所。闻天语，殷勤问我归何处？

我报路长嗟日暮，学诗谩有惊人句。九万里风鹏正举。

风休住，蓬舟吹取三山去。

海天相接，云涛雾海，千叶白帆在翻转的银河中舞动飘移。这壮观的景象让我的梦魂仿佛抵达了天庭。果然天际传来清晰的声音，亲切地问我将去哪里。

我汇报说：求索之路曲折漫长，空有才华却生不逢时。请求天帝让那举鹏高飞的九万里长风来辅助，别停息，要将这一叶小舟带到理想的目的地。

这首词，与李清照前期作品明显不同。它将梦幻与生活、历史和现实融为一体，思路之阔，境界之大，想象之奇，令人惊叹，是李词乃至五代两宋以来难得的浪漫主义名篇。

李清照本是婉约一派的代表人物，写出如此豪放之作是有深层次原因的，最主要的一点是她本就思维活跃性格直爽，血液里流淌着抗争、反叛的因子，而国破家亡的客观因素以及恶劣现实的种种束缚和不堪更唤起了她想要摆脱困厄、追求自由的强烈渴望。

让我们再回过头来看看创作背景。任何艺术，离开了时代，脱离了生活，都不再鲜活，将变得苍白无力。

那次清照夫妇俩闹了点别扭不欢而散后，赵明诚策马回到莱州。照例是迎来送往公务应酬，自然有美人投怀，花天酒地。但夜深人静之时，浮现在脑海的竟然全是清照昔日妩媚的笑脸以及近阶段幽怨的眼神。他开始了反思。

扪心自问，清照才是真真正正对他好的女人，而他也一直对清照饱含深情。于是，他终于将她接到了任所，开始了另一段较为平静的

第十章 千古词后：李清照

夫妻生活。

可惜好景不长，1127年，金兵的铁蹄踏进了开封，继而势如破竹一路南下，青州危在旦夕。

此时的赵明诚几经调迁，正任江宁知府，无奈中，李清照只好独自一人整理携带了15车的古籍珍藏，匆忙加入了南逃流亡大军，余下的十多间书册均在金兵攻陷青州时为战火所焚。

逃难途中，别人是携家带口，箱笼包裹，一般均为生活必需，而清照，这个弱女子，不辱使命，时刻没忘了明诚的临别嘱托。

"……记得与明诚隔岸相别时，我在岸上大声问他，如果金兵杀来，我该怎么办？明诚遥应曰'从众。必不得已，先弃辎重，次衣被，次书册卷轴，次古器，独所谓宗器者，可自负抱，与身俱存亡，勿忘之'。"

清照后来在《金石录·后序》记录的这段话，说明了赵明诚对这些金石字画的百般珍惜，难怪他临终时都没有分香卖履，没为清照安排好下半生，只是牵挂着他们的这些宝贝。

李清照挑出十五车便于携带的金石子集，辗转踏上了坎坷的逃难之路，这其实也就是中国历史上第一次由一个弱女子所开启的文物保护的南迁之旅。

虽然最终这十五车文物也在南迁途中或遗失、或被偷盗了十之八九，清照对所谓岿然独存者，犹复爱惜，如护头目，因为，这是他们夫妻节衣缩食搜购的文物，也见证了他们夫妻赌书消得泼茶香的美好时光，更是他们夫妻二人穷毕生之力、荡尽家财也要努力搜购、研究、欣赏的无价之宝，是他们夫妻毕生孜孜以求的事业。

这已不是简单的文物，而是明诚和易安两颗灵魂爱的结晶。

遗憾的是，当清照一路颠簸赶到江宁与明诚会合时，丈夫却因城内叛乱处置不力被朝廷革职查问。

李清照是个刚毅、坚强、勇敢的女人，而赵明诚却是个明哲保身缺乏大义的一介书生。

被撤职后，他俩继续逃亡，但往日的鱼水和谐消失了。

当他们行至乌江——当年项羽兵败自刎之地，面对浩荡江水，清照再也无法抑制内心起伏的波澜，脱口而歌咏出那篇传世名作《夏日绝句》：

生当作人杰，死亦为鬼雄。至今思项羽，不肯过江东。

很显然，她不只是借此指责丈夫临阵脱逃的懦弱和无能，更多的是借助项羽的宁死不屈来讽刺控诉南宋王朝的委曲求全和丧权辱国，表达出强烈的爱国情怀，体现了她积极主张北伐收复中原的豪情壮志。

李清照之所以独一无二，正因为她的作品并非全是离愁别绪、儿女情长的伤春悲秋之作。譬如后来她六十七岁孀居浙东，当听到大臣韩肖胄自告奋勇冒险去金国议事时，满腹愁绪顿然化作希望与豪情，即兴作了一首长诗相赠：

"子孙南渡今几年，飘零遂与流人伍。欲将血泪寄山河，去洒东山一抔土。"

这就是拥有一腔热血的易安，清丽洒脱的易安，心怀家国独立的易安。

若只会写尽情愁，易安绝不会是这样的易安；而易安心间，自横

第十章 千古词后：李清照

亘一股英雄之气，有着一副铮铮傲骨！

天地英雄气，千秋尚凛然！这才是完整的李易安，令人景仰的李清照！

清照吟咏《夏日绝句》时，赵明诚就站在她身边，闻听之后羞愧难当，深深自责。从此，他便郁郁寡欢一蹶不振。不久，奉诏前往湖州任上路过南京时，他突发疟疾不幸身亡，年49岁，一段近30年的美满姻缘就此落幕。

那是1129年夏季的一天。

那天，她哭哑了喉咙，流干了泪水，哀叹此后阴阳相隔、人间天上。然而，斯人已逝，活着的人还得继续赶路。

向南，一直向南，人在旅途，心却在流浪。

一年后的一天早晨，清照身不由己，随着流亡的人群飘荡到了海边。

一幅海天一色的壮美图卷映入眼帘：汹涌的波涛、弥漫的云雾、船摇帆舞、星河欲转，这一切如梦似幻，让清照仿佛羽化成仙，直达天庭。失去亲人的悲伤，在天帝慈祥的问候中慢慢消解，但对恶浊现实的愤懑，对怀才不遇的苦闷，清照再不掩饰，直截了当。不仅如此，她还殷切希望乘万里长风，离开让人伤痛的凡尘，去往一个自由自在无忧无虑的美好世界。

可她真能忘了相濡以沫的挚爱吗？这世上真有那样的好地方吗？

拾

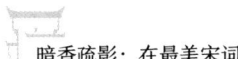

鹧鸪天

> 寒日萧萧上锁窗，梧桐应恨夜来霜。酒阑更喜团茶苦，梦断偏宜瑞脑香。
> 秋已尽，日犹长。仲宣怀远更凄凉。不如随分尊前醉，莫负东篱菊蕊黄。

深秋惨淡的阳光照着镂刻花纹的窗户，梧桐树叶怨恨夜晚侵袭的寒霜。酒后更喜欢团茶的苦味，梦醒时分最好嗅闻瑞脑沁人心脾的余香。

秋天快要结束，白昼依然非常漫长。遥想土粲登楼怀远、临风堕泪，只觉得如今的自己还要凄凉。罢了，不如端起美酒，随意痛饮，别辜负了盛开在东篱的菊花黄。

显然，这不是普通的伤秋词。因为除了伤时念旧的怀乡愁绪，隐约还有一种悼亡的情感寄寓其间。但与相同题材词作一味地凄苦哀痛相比，这首词没有一般的哭诉呻吟、扭捏作态，相反却有一丝倜傥悲慨之气，而这也正是李清照的性格特征之一，即柔与刚的完美统一。反映到作品上，自然立体感更加丰富明显，艺术魅力大大增强了。

赵明诚的离世对重情重义的李清照无疑是个巨大的打击。她曾经

第十章　千古词后：李清照

游离在虚幻缥缈的梦境，以此麻木神经、缓解苦痛，希望乘着鲲鹏、御风万里追寻仙山琼阁，结果终究只是徒劳。

这世上从来没有世外桃源，哪有什么救世主？最终，流血的伤口只能默默舔舐，孤独的日子全靠自己独撑。

又到了萧瑟清冷的深秋时节。

半死的梧桐，让她情不自禁地联想起失伴的鸳鸯；山河破碎，背井离乡，更使她深怀王粲登楼泣赋时的忧郁和惆怅。但清照毕竟是清照，她没有过多的哀怨，没有幽叹呼号，只是频频举杯，将满腔忧国之愤、追怀故人之情寄托到对菊一醉中了。

清照爱酒，少女时代就爱：曾在荷塘溪亭喝得沉醉迷途，因不忍看海棠花落而"浓睡不消残酒"。婚后，酒喝得更多了。不消说与明诚相伴与共的"酒意诗情"，即使独自一人，也多次在东篱菊丛把酒临风。

醉了，回家的路上，那轮满月将她清瘦的身影拉得很长。

那些年因为明诚在，守候虽然漫长但还有希望。如今人间地下，所有的念想都成了回忆，而回忆总是让人唏嘘感伤。

那么还是喝酒吧，除了酒，清照再也找不到自我慰藉的其他办法了。

拾壹

武陵春

风住尘香花已尽,日晚倦梳头。物是人非事事休,欲语泪先流。

闻说双溪春尚好,也拟泛轻舟。只恐双溪舴艋舟,载不动许多愁。

风停了,尘土中散发着零落满地的残花余香;日上三竿,我仍无心打扮梳头。风物依旧人不同,万事转头都成空。

不待张口,眼泪却止不住地往下流。听说双溪春色尚好,也曾想去泛舟散忧。怕的是,双溪那里的舴艋小舟,承载不了自己无尽的忧愁。

这首词采用比喻、夸张的修辞手法,借暮春之景,抒发了词人内心的苦闷忧愁,塑造出一个孤苦凄凉中流离无依的女子形象。全词格调深沉忧郁,意境浑成凄美,催人泪下。

赵明诚走后,李清照在南国一路流徙辗转,携带的金石文物遗失殆尽。孑然一身的她,在烽火连天的漂泊中历尽崎岖坎坷。孤独,像一张无形的大网紧紧将她包裹,不时摧残着她疲惫不堪的神经。

独处并不等同于孤独。习惯独处的人,能坦然面对那个内在自我,并在沉思中享受人生;而孤独者,很难直面自己灵魂的沉默,他们往往选择逃避它,希冀用表面的热烈和外部的喧闹来麻醉自己。于

第十章 千古词后：李清照

是，孤独往往走到最后，无一例外地陷进了脆弱。

现在的李清照，就处于人生中最孤独脆弱的时候。

这时，一个小丑出现了，他就是寡义廉耻、利欲熏心的张汝舟。在李清照寂寞无助的时候，他假意温存，嘘寒问暖。他的花言巧语使李清照失去了最后一道心理防线。她本就不是一个淡泊之人，天命之年的她仍然向往着温馨甜蜜的家庭生活。不久，她就嫁给了张汝舟。

然而，命运并没显出它的慈悲。

显然，这个贼子追求迎娶李清照，不是为了她的容貌，也不是倾慕她无与伦比的才华，他所有的目的只是她的收藏品。事实是，藏品远没有他想象的那么丰富，且李清照抵死不愿相让。

于是，哄骗、欺诈成了日常，发展到后来，他竟然恼羞成怒，对李清照拳脚相向，甚至想将她打死。关键时刻，清照就是清照，那个睿智、刚毅、倔强的女子又回来了。她认清了张的丑恶嘴脸，抛弃了幻想，她要自救。在得知张汝舟是以欺瞒手段获取官职的证据后，她毅然一纸诉状将他告到了法庭。

根据大宋律法，妻子控告丈夫，即使证据确凿，妻子也要入狱两年。为了彻底摆脱这个恶棍，李清照宁愿入狱，也不愿忍辱苟且。幸好，经过一众亲友大力斡旋，李清照在牢狱只待了九天就被放了出来。

她自由了。这段可笑的婚姻终于结束了。她发誓再也不受别人的蛊惑，再也不憧憬所谓的婚姻生活。因为，她心里很清楚，没有人能替代明诚，也没有人再能唤起她曾经的情愫。她决定从此一人终老，在金华那间小屋，走完余生。

年年春色如旧，然而睹物思人，却早已物是人非。

她累了，身心俱疲，任何事都提不起兴致。懒得早起，因为描眉梳妆失去了意义。传闻双溪风景如画，或许可以泛舟游览下？转念一想，那狭长细小的舴艋舟又如何载得动如许的深愁。

也罢，还是一人独坐陋室，在寂寞中打发流年，在孤单中默默发呆，默默承受老去伶仃的苦愁。

拾贰

声声慢

寻寻觅觅，冷冷清清，凄凄惨惨戚戚。乍暖还寒时候，最难将息。三杯两盏淡酒，怎敌他晚来风急？雁过也，正伤心，却是旧时相识。

满地黄花堆积，憔悴损，如今有谁堪摘？守着窗儿，独自怎生得黑！梧桐更兼细雨，到黄昏、点点滴滴。这次第，怎一个愁字了得！

我苦苦寻觅，周围一片冷清，怎不让人凄惨悲戚。这忽冷忽热的时节，最难调养休息。三两杯淡酒，怎能抵挡得了寒风的侵袭。似曾相识的大雁飞过，却勾起了我对伤心往事的回忆。

凋零的菊花飘满大地，憔悴不堪，无人采摘，更无人怜惜。守着窗户，独自一人如何挨到天黑。更有甚者，黄昏时分，滴答作响的

第十章 千古词后：李清照

秋雨正一声声拍打着梧桐树叶。此情此景，又哪是一个愁字概括得了的！

这首《声声慢》无疑是《漱玉词》里最能反映清照创作风格及艺术特色的作品。梳理一下，可以归纳为如下几点：一是感情真挚，字字、句句均发自肺腑，毫无矫饰做作之态；二是看似家常话，却耐人咀嚼，十分精炼；三是白描勾勒，人物形象丰满，意境动人，蕴藉无限；四是声情并茂，韵律和谐优美，千古卓绝。

尤其起拍连叠七字，仿佛公孙大娘妙手舞剑，又似珠落玉盘嘈切错杂，无不令人目眩神迷，拍案击节。难怪《鹤林玉露》作者罗大经有"以一妇人，乃能创意出奇如此"的感叹了。

人生注定是一段孤独的旅程，尤其走到终点，往往无人陪伴。

国亡家破，亲人离散，唯一的挚爱，也故去多年。当一些达官贵人继续在西湖边欢宴饮乐，在"直把杭州作汴州"的歌谣中醉生梦死的时候，李清照独自一人，在金华的陋室里，默默书写着《金石录·后续》，讲述《金石录》编纂经过以及夫妇俩收藏古玩书画的细节。

多少次，写着写着，泪水濡湿了纸页，也模糊了双眼。恍惚中，依稀显现的是明诚儒雅温暖的笑脸，以及两人品茗赌茶、喝酒划拳、琴瑟和鸣的温馨画面……

李清照搁下笔，开始寻觅，寻觅那个熟悉的身影，可除了冷清，哪儿有丈夫的一丝气息？

窗外，两三只似曾相识的雁儿掠过，却捎不来他任何消息。院中落满了凋零枯萎的菊瓣，西风飒爽中竟然飘起了雨滴。雨打梧桐叶，沙沙作响，却更衬出周围的静寂。

还是喝点酒吧。然而三两杯下肚，暖了身子，心却越来越冷。啊，这黄昏已然难挨，那孤独寂寞的漫漫长夜又如何熬得？

带我走吧，明诚，让我早点随你去往你的世界。

校勘整理完《金石录·后序》没几年，一代才女、千古词后李清照，带着对亲人的绵绵思念和对故土难归的无限失望，在极度孤苦、凄凉中悄然辞世，享年72岁。

清照，我想对你说，虽然你晚年不幸，但你书写的人生已然成了传奇，你的作品早已成为传统文化中的经典，千年来一直温暖滋润着华夏子孙的心田。

是的，你的词作绝不会因沧海流逝而褪色，不会随岁月磨灭而消失。

你曾经的快乐、苦难之魂一定会在中华文脉的传承中得到永恒的慰藉。

搁笔之时，外面梅雨如丝，夏风中隐约粽叶飘香，耳际传来一首低婉深沉的大提琴曲《离骚》。

或许这曲、这雨，都是为了纪念屈原而演绎、绵延，但此刻我心中同样感受到了天上人间对清照的那份深情祭奠。

原来，千年来，清照和屈原一样，从来就不曾孤寂。

第十一章 一曲《满江红》万里长空忠魂舞·岳飞

壹

1103年3月的一天，宋相州汤阴（即今河南安阳市汤阴县）永和乡孝悌里的一户普通农家外，一只如鲲鹏般的巨鸟扑闪着翅膀在蓝天划过一道道优美的弧线，继而在这户农家的上空盘旋、飞鸣不止。接着，惊雷似的一声啼哭响彻云霄，一个男孩降临人间。因此机缘，父母便给这个孩子取名为飞，表字鹏举，希望他长大后前程万里，远举高飞。

岳飞并没让父母失望。他自小忠厚诚恳，颇具气节；他阅读甚广，尤喜兵书。经过十多年的苦学勤练，岳飞骑射刀枪等十八般武艺样样精通。他的臂力更是惊人，不满20岁就能挽弓三百宋斤，开腰弩八石，当真少年英雄，武功盖世。

岳飞从20岁起，曾先后四次从军，参与指挥大小战斗数百次，战功赫赫，几无败绩，不但有力打击了金兵的嚣张气焰，甚至几度迫使金军狼狈逃窜至黄河以北。他麾下的岳家军英勇善战，所向披靡，"撼山易，撼岳家军难"就是明证。

然而，绍兴十年（1140年），正当岳飞挥师北伐，大败金军，逼近北宋故都开封时，十二道金牌接踵而至，硬生生地令他班师回朝。在愤然泣呼"十年之力，毁于一旦"后，圣命难违的他只能勒转马头，悻悻南回。不久他便被诬陷入狱。1142年1月，岳飞被冠以莫须有的罪名，与长子岳云和部将张宪同被杀害，年仅39岁。

一代将星就此陨落，一桩冤案因此酿成，自此，天南海北山河大地，多了个冤屈的灵魂。

第十一章 一曲《满江红》万里长空忠魂舞：岳 飞

直到20年后，岳飞冤案才被平反昭雪，他的尸骨棺冢才从钱塘门外荒凉的九曲丛祠迁移、改葬于西湖畔栖霞岭。宋室为表彰他抗金报国的巨大贡献，追谥武穆封号，后又追谥忠武，封鄂王。

抗金名将岳飞，气节崇高，忠孝双全，智勇超伦。他精忠报国的故事千年流传，他的血海冤情让后人泪奔断肠。

他是爱国主义的一面旗帜，是中华民族不畏强权不屈抗争的精神象征，简单地说，他就是我们的民族魂。

与这样伟大而优秀的灵魂对话，我内心忐忑，惶恐不止，生怕一不小心冒犯他的天尊，破坏了他的形象。

几天来，我迟迟不敢下笔，一是限于自己的才情，二是不敢直面他的悲情、不敢触碰他那颗冤屈的灵魂。可我知道终究无法躲闪，当然更不能轻易逃避。好在我的重点只是解析诗词，因此，不妨就从他的词章开始，让我们一起走进他的心灵，感悟他那颗高贵的英灵。

贰

满江红

怒发冲冠，凭栏处、潇潇雨歇。抬望眼，仰天长啸，壮怀激烈。三十功名尘与土，八千里路云和月。莫等闲、白了少年头，空悲切。

靖康耻，犹未雪。臣子恨，何时灭！驾长车、踏破贺兰山缺。壮志饥餐胡虏肉，笑谈渴饮匈奴血。待从头、收

拾旧山河，朝天阙。

很惭愧，刚默写这首词时，有几句竟然死活想不起来，于是我只好开始哼唱。

奇怪的事出现了，我几乎是一气呵成唱完了这首曲子，直唱得我热血沸腾，壮怀激烈。

由此我得知，原来词确实是一种感性的文体。它不同于诗体的对称和稳定，相反却是长短并存，错落有致，有一种流动式的别样美感。

词不宜默读，甚至都不能轻言细语，只能在吟唱和咏叹中才能最大程度展现它的魅力。如果说诗歌是阳春白雪，词就是通俗小曲。

不识字的人读不了诗看不懂书，却照样能欣赏戏曲听得来词。甚至我相信即使那帮满腹经纶的饱学之士，也不是因为文字，更可能是由声音进入词的意境。这就像我们听《义勇军进行曲》，只要节奏一起，几乎每一个中国人都会血脉偾张激情澎湃，情不自禁地随着铿锵雄伟的旋律大声歌唱。

《满江红》就是这样一部应该高声朗读或咏唱的作品。而且我认为任何形式的翻译都是画蛇添足多此一举，都可能影响韵律破坏意境。意境往往由心境决定，而心境则取决于时代背景以及生存状态。那么我们来看看究竟是怎样的一种心理状态让岳飞悲歌出如此气吞山河慷慨激昂的千古雄文？

就创作背景而言，目前大体流行三种说法。

第一种说法认为是创作于岳飞第一次北伐期间，时间约1131—1133年，那时他30岁左右。

第十一章 一曲《满江红》万里长空忠魂舞：岳 飞

据史料记载，这几年内，岳家军先后平定了几股游寇的叛乱，岳飞也因战功卓著获赵构亲笔御书"精忠岳飞"锦旗一面。1134年，岳飞运筹帷幄，三军将士用命，接连攻克和收复了襄阳六郡，使得襄汉地区终于治愈伪齐蹂躏和战争的创伤，成为南宋连结川陕，北图中原的战略要地。为此，高宗龙颜大喜，敕封岳飞为清远军节度使、湖北路荆、襄、潭州制置使，岳飞也因此成为有宋一代最年轻的封疆大吏。

从上可以看出，岳飞这几年一帆风顺、踌躇满志，加上君臣关系相当融洽，何来一腔悲愤以致"怒发冲冠"呢？他那段经历更应该是意气风发、诗意风光的岁月，否则也就不会有闲暇之余探幽寻芳的雅兴了。

还记得那首《池州翠微亭》吗？

经年尘土满征衣，特特寻芳上翠微。
好水好山看不足，马蹄催趁月明归。

因此，无论资历阅历还是心境，我认为这首词都不可能创作于这段时间。

第二种说法认为是1136年岳飞率军第二次北伐期间。

理由是，他请示渡过黄河收复河北的进军计划没被朝廷采纳，愤慨之余填下这首《满江红》，以此抒发壮志未酬的失落心绪。事实是，当时朝廷上下主和主战两派处于势均力敌的胶着状态，以秦桧为首的投降派尚未取得压倒性的优势，决策者的问题则是相对保守而已。何况当时江淮防线吃紧，加上岳飞部队粮草不济，如果孤军深入，岳家军自身危险不说，极有可能打乱南宋军队的整体部署。

所以某种意义上，岳飞退防和镇守鄂州更应该是战略上的考量。如果这样，他是不可能呐喊出如此悲愤交加、气势磅礴的词章的。

还有一些人认为是岳飞被迫班师回朝到入狱前一段时间内的作品。

根据是，岳飞在班师途中曾经撕心裂肺仰天长叹，说："所得诸郡，一朝全休！社稷江山，难以中兴！乾坤世界，无由再复！"回京后又被削去兵权，听命于屈辱可耻的和谈，加上部将张宪被诬告入狱，种种不幸和冤屈让他不由得冲天一喊，以平息胸中的积怨和愤怒之气。然而，如果这样的推测成立，后面那几句对朝廷表达的耿耿忠心和直捣黄龙的信心决心就显得不合时宜，最起码有矫情和多余的嫌疑了。

我想，遭遇如此不公正对待、蒙受天大冤情后的人，即便忠贞如岳飞，也是不太可能有如此胸襟和度量的。

第三种说法，也是最有可能的创作时间，我认为应该在1137年前后。

原因何在？八个字：君臣嫌隙，奸人排挤。

让我们来梳理一下这一年发生的事情。

是年二月，岳飞自鄂州奉诏入朝觐见高宗赵构。鉴于岳飞累立军功，赵构将他的官职升至荆湖北路、京西南路宣抚使兼营田大使，相当于两省军区司令的位置。而且由于之前刘光世（中兴四将之一，另三位即岳飞、张俊、韩世忠）在淮西战役的严重失职，朝廷决定削减刘光世兵权兵力，将其治下五万多兵马归并岳飞调遣。不仅如此，高宗还亲自在寝宫接见了岳飞，推心置腹地对他说"中兴之事，朕一以

第十一章 一曲《满江红》万里长空忠魂舞：岳 飞

委卿"，以示恩宠和信任。

受此隆遇，岳飞自然十分感动。眼看部队即将扩充，恢复中原有望，岳飞激动之余写了一道奏折《乞出师札子》，详陈用兵规划，并有意不提迎还"二圣"之事，以此避免高宗的猜疑。赵构看了奏疏非常高兴，亲赐御札嘉奖，都督府也将刘光世军情况通报岳飞。

一切都朝着好的方向发展，拨刘光世军与岳飞，似成定局，渡河北击收复山河的夙愿眼见得以实现。谁料宰相张浚和秦桧从中梗阻，昏庸的赵构竟然听从张浚之议，最终出尔反尔否决了既定方略，又下诏给岳飞搪塞说"淮西合军，颇有曲折"等。耿直的岳飞随即责问张浚，反遭张浚言语讥刺挖苦。

岳飞胸中积愤，一气之下上了一道乞罢军职的札子，不等批示，就回到庐山母墓旁守制去了。

我想，这才是这部作品的创作背景和动机。

我相信，岳飞在庐山的那几天一定百感交集思绪万千。正是主和派的百般阻拦、挑唆以及高宗听信谗言后的朝令夕改，让他匡复中原的宏伟设想落空流产。念及于此，怎不让这位英武伟岸赤胆忠心的名将义愤填膺、仰天长啸呢？

这天，一阵骤雨刚息，岳飞凭栏远眺，透过重重山峦，他似乎看见了中原大地的腥风血雨和生灵涂炭，想见了徽钦二帝在金人淫威下的苟延残喘，再次痛恨起朝堂上那些宵小之徒，一味媾和投降的无耻做派。凡此种种，不由得他心痛欲裂、怒火中烧，只觉有股沉重的气息在脏腑间翻涌，随即直冲喉头并脱口而出，幻化成几道强劲的啸声，飘洒在庐山的林野云天中。

这几道啸声，起始夹带着不平和怨愤，显得尖厉高亢，稍后变得浑厚低沉，甚至还流淌出丝丝缕缕的忧伤。经过短暂的低回顿挫后，啸音再度变得激越悲壮，直至最终汇聚成气势如虹、浩荡海风般的惊天怒号。

这几道啸声，是对黑暗势力的蔑视和愤慨，是因不被信任产生的幽怨和无奈。

这几道啸声，是对功名的不屑，是对十多年来披星戴月转战南北的不堪回首，是对自己乃至所有报国之士的诫勉鞭策之言。

这几道啸声，是对靖康之耻的无穷抱恨，是誓死战胜敌人的凌云壮志。

这几道啸声啊，情真意切，肝胆沥沥，凸显出岳飞对国家、对君王的赤胆忠心，也体现出他积极乐观的英雄主义气概和必胜的信念。

这几道啸声，随着山风，穿过丛林旷野，飞越山峦江河，飘飘扬扬，终于传到了京城，传进了高宗的耳朵。

他深为岳飞的碧血丹心和肺腑之情感动。他有点后悔当初的草率，再说朝廷正是用人之际，放眼天下，除了岳飞，谁还能拱卫宋室江山，谁能够增加南宋与金和议的砝码？因此，他随即派人上山敦请岳飞还军议事。

倔强的岳飞这次摆了点架子，谁没有点脾气呢？诸位官员苦劝了六天，岳飞才答应受召复命。

于是就有了后来（1140年）的第四次北伐，有了朱仙镇大胜，却也招致了催促班师的十二道金令。这自然是后话。

对于这首词的艺术特色，我不想再作分析。我只知道，它达到了

"诵之令人神往,歌之使人起舞"的境界。

它,丝毫不逊色于中国文学史上任何一部伟大的诗词作品。

叁

小重山

昨夜寒蛩不住鸣。惊回千里梦,已三更。起来独自绕阶行。人悄悄,帘外月胧明。

白首为功名。旧山松竹老,阻归程。欲将心事付瑶琴。知音少,弦断有谁听?

昨夜蟋蟀不停的鸣叫声将我从千里厮杀的梦中惊醒,那会正好三更时分。独自一人起来绕着台阶徘徊,万籁俱静中唯有一勾弯月朦胧微明。

可惜我浴血沙场建功立业,青丝染成了霜;遥想故乡的松竹已老,我却被朝堂的和议聒噪之声阻断了归程。想要把满腹心事寄托于琴声,可知音难觅,即使琴弦弹断又有谁听?

岳飞自庐山还回后继续镇守鄂州,坚持"戮力练兵""日夜训阅",时刻准备奔赴沙场,与金兵决一死战。可他哪知道,上次的撂挑子负气出走使他和赵构之间产生了龃龉和矛盾。

而且,当时的敌我形势发生了重大变化。完颜昌(挞懒)一派开始掌权,这位秦桧昔日被俘时的主子,此时专横跋扈,在金国朝廷权势熏天。他通过秦桧这个奸细，假意和谈，诱使宋朝向金称臣，昏聩软弱的赵构在秦桧的怂恿挑唆下竟然全盘接受金方的苛刻条件。

岳飞、韩世忠力谏无用，昏君置之不理。朝廷一些老成谋国的主战派人士如胡铨、赵鼎等也极力反对，结果却相继被罢官、贬谪。

宋金之间所谓第一次和议就这样在南宋答应取消国号、只作番属、每年纳贡的屈辱偷安中"圆满"达成了。

看着代表赵构的秦桧跪伏在金使脚下一脸谄媚的奴才模样，看着金使洋洋自得、趾高气扬的丑恶嘴脸，再想想徽钦二帝在北国城遭受的奇耻大辱以及惨遭胡虏荼毒杀害的成千上万大宋子民，岳飞等人心如刀绞、怒火冲天。

是可忍，孰不可忍！

然而，奸臣当道，君王无能，岳飞纵使有天大的本事，此时也无计可施，只能眼看着胜利者狂妄的背影渐渐走远消失。

于是岳飞愤然递交了辞职报告，尽管他未尝一日不忧国忧民，未敢一时忘了报仇雪恨。因为他是岳飞，因为母亲在他身上刺的"精忠报国"四个字早已深深烙在了心里。

这不，要不是蟋蟀不断地啼鸣，岳飞还沉浸在深沉的梦乡。

梦中他正在千里之外的沙场与敌寇浴血奋杀，那儿不只有宋室的大片江山，更有他难以忘怀的故土家乡。

既然再无睡意，他索性披衣下床，出了门。

他在台阶前徘徊良久，四周寂静无声，只有惨淡的月光映照着窗棂。

江南深秋的夜晚有些寒凉凄清，他不禁又紧了下衣领。

第十一章 一曲《满江红》万里长空忠魂舞：岳 飞

其实，他更清楚，是世态炎凉让他忧愤心冷。

青丝变成华发，功名不过尘土，故乡的松竹恐怕也已老去，可自己空有杀敌之心却报国无门！那么，还是弹琴一曲释忧解闷吧。

无奈，那些曾经的知己不是被罢黜就是被贬谪，所以，即使断弦破琴，还有谁来倾耳听？

于是，岳飞陷入了一种前所未有的孤寂甚至迷茫中。

岳飞不是神，他只是凡胎肉身，他终究也有脆弱的一面，有英雄气短的时候。或许正是他一瞬间的脆弱才让我们有幸欣赏到与《满江红》艺术风格迥异的这阕《小重山》。

此词沉郁蕴藉，以低沉的格调表达了壮志难酬的孤愤以及抗金报国的心志，同时也含蓄委婉地折射出岳飞为人掣肘、知音难觅的落寞心情，读来令人感伤，惆怅不已。

如果说《满江红》是一曲气壮山河催人奋进的战歌，那么《小重山》就是一首浑融抒情忧郁悲伤的小夜曲。

"一种壮怀能蕴藉，请君细读《小重山》。"我认为这两句话最能反映此词的风格特点，也最合乎我心意，那么不妨就以它作为诠释此词的最后注脚。

帷幕总会落下，英雄总要退场。

岳飞带着满腔悲愤和无限的冤屈含恨走了，但历史记住了他，人民记住了他。

他的灵魂不死，他的精神不朽，他的名字万古流芳。

中国是英雄辈出的国度。时代需要并塑造了英雄，英雄引领着时代前进的脚步，他们是民族的脊梁。

正是一个个英雄前赴后继、舍生忘死，正是华夏儿女团结一致、不屈不挠，才使得中华民族生生不息、愈挫愈勇，至今巍然屹立在世界的东方。

岳将军，如果你看到今日中华的神姿和强大，我想，你一定能坦然瞑目含笑九泉了吧？

第十二章 亘古男儿一放翁：

陆游

壹

题目选自梁启超《读陆放翁集》其中一首七绝的尾联。原诗如下：诗界千年靡靡风，兵魂销尽国魂空。集中十九从军乐，亘古男儿一放翁。

放翁，是陆游的名号，他出生于1125年11月13日，字务观，越州山阴（今绍兴）人，南宋著名的文学家、史学家和爱国诗人。陆游性格豪放，胸怀广阔，英雄侠义。

从鲜衣怒马的少年，到鹤发鸡皮的老翁，陆游没有一天不在忧国忧民。他一生主张抗金复国，却屡遭奸人污谗，宦海历经困厄浮沉。

他博学多才，诗词书画无一不精。当然，他的文学成就，自然以诗歌为最，无论数量还是质量。他曾自言"六十年间万首诗"，粗略一算，也就是差不多平均两天就有一首诗作问世，这是怎样的创作激情和才情？

收有四万九千多首诗歌的《全唐诗》是由康熙皇帝作的序，据说他孙子，也就是好大喜功的乾隆皇帝，一个人就写了四万多首。他对诗的执着痴迷，他的高产，今天想来仍让人瞠目结舌。主子好这一口，朝臣自然乐得奉承喝彩，独独有一位名叫李慎修的官员不适时宜地上了一道奏本，劝他收敛些。

乾隆一看倒也大气，却忍不住又即兴赋诗一首，道：

"慎修劝我莫为诗，我亦知诗不可为。但是几馀清宴际，却将何事遣闲事？"

对此，钱钟书不无调侃地感叹说，李慎修本意想拿点什么东西压一下乾隆写诗的欲焰，没想到非但没有压制住，反倒让那欲焰烧成了一把火。乾隆帝的诗才如何，大家可从上述绝句中得出结论，我就不再赘言了。继续说放翁。

陆游一生将主要精力放在诗歌创作上，对词作不大上心，但因为才气超然，偶尔为之，即成了"辛派词人"的中坚人物。

陆词内容大多书写爱国情怀，抒发报国无门、壮志未酬的忧愤，也有一些清丽细腻情致深婉的咏物词、爱情词。陆游词风格多样，有不少词写得沉郁缠绵，真挚动人，与婉约派比较接近，却杜绝藻绘，没有丝毫的脂粉气；有些词常常抒发深沉的人生感受，或寄寓落落襟怀，或寓意深刻，近于苏轼。

最能体现陆游身世经历和个性特色的，是那些慷慨悲壮、洋溢着爱国激情的词作，风格又与辛弃疾比较接近。总之，陆游虽说轻视词这种文学形式，他词作的成就也远逊色于他的诗作，但他仍不失为南宋的杰出词人之一。

下面让我们通过一首首优美隽永的作品，尝试走进放翁的心灵世界。

贰

钗头凤

红酥手，黄縢酒。满城春色宫墙柳。东风恶，欢情薄。一怀愁绪，几年离索。错，错，错。

> 春如旧，人空瘦。泪痕红浥鲛绡透。桃花落，闲池阁。山盟虽在，锦书难托。莫，莫，莫！

难忘你酥手侑酒，共我徜徉在宫墙边、柳荫下的情景。谁料一场无情的"春风"生生将我们的恩爱姻缘拆散吹走。分手几年，我愁绪满怀，日子过得寡淡萧索。错，错，错。

春色依旧，你却显得憔悴消瘦，胭脂泪水早已将那块薄绸的丝帕湿透。美丽的桃花已然飘落，知音不在，空闲下池塘边的亭台楼阁。海誓山盟犹在耳边，却再不能鸿雁一书将自己的情感和盘而托。罢了，罢了，罢了！

全词委婉哀怨，沉痛悱恻，如诉如泣又跌宕起伏。三个"错"字叠用，蕴含了无限的愁怨和悔恨，三个"莫"字将有情人难成眷属的难以言说的无奈刻画得入木三分。正因如此，后人把这首词归为清丽缠绵、情致深婉词中的"典学"。

相信大多数人都是通过这首《钗头凤》（包括唐婉随之相和的那阕）才知道陆游和原配唐婉的爱情悲剧。

陆游和唐婉本青梅竹马，情投意合，后以凤钗为媒，有深情作聘，顺理成章地喜结连理。婚后夫妻俩更是琴瑟欢谐，伉俪情深，日子过得十分美满幸福。谁料因为唐婉三年中没有生育，加上陆游那年考试再次名落孙山，陆母便将所有的罪责归咎到唐婉身上。

她开始厌恶这个才情横溢、风姿绰约的儿媳，认为是她蛊惑了自己的儿子，使他整日耽溺于温柔乡而不思进取，功名不成。于是，陆母先是冷眼恶语，直至最后逼迫陆游休妻。

第十二章 亘古男儿一放翁：陆 游

陆游自然极力辩解、据理力争，仍无济于事。母命难违，陆游只好顺从母意休了心爱的女人。

然而，他一开始还偷偷地在外面弄了一处宅院安置唐婉，以便两人时时来此私会，侥幸地想或许下次金榜题名之时，一定能说服母亲迎还自己的女人。

没想到还是走漏了风声。

陆母这下气急败坏，再次祭出"棒打鸳鸯"大招，甚至以死相逼。不仅如此，陆母立即帮儿子张罗了另外一门婚事，并很快让他们成了亲，杜绝了陆游的念想。

眼看复合无望，伤心欲绝的唐婉随后嫁给了"同郡宗子"赵士程，彼此之间也就音讯全无了。

自此，他俩就如失伴的鸳鸯、失群的孤雁，在身不由己的南北东西中奔赴各自的宿命，在无法预料的流年光阴中辗转飘零。

人生一世，渺小若尘，有些缘分一旦错过，结果自然是沧海桑田。是啊，要几度岁月的轮回，才可能换取一次擦肩，换得一段共度，换来一世同行？所以，在这次沈园重逢之前，他俩谁也没想到会再次相见，而且是那样的猝不及防。

其实，她的后夫自身条件不错，待她也好，但自古女子本多情，她如何忘得了那段刻骨铭心的爱情？

仿佛上帝也垂怜这对曾经情义弥深的夫妻。

1155年，31岁的陆游在家乡山阴（今浙江绍兴）城南禹迹寺附近的沈园，与偕夫同游的唐婉竟然邂逅。唐氏安排酒肴，以此聊表对陆游的抚慰之意。陆游见人感事，明知再也不能互通情愫，积郁已久的怨恨愁苦由此彻底爆发。

于是他趁着夫妇俩遣人送酒的片刻，满怀感伤悲愤之情，挥毫在沈园的墙壁上题下了这首仅 60 个字的千古名篇。篇幅虽短，却写尽夫妻昔日恩爱、家母相逼以致劳燕分飞以及沈园重逢的前事今生，将一份难以言状的凄楚之情表达得淋漓尽致。

唐婉本可以选择遗忘，和丈夫度过虽乏味却也相敬如宾的余生。但陆游的再次出现，无疑在她心海激起了千尺巨浪。多年拼命封存的感情再难自抑，一瞬间喷涌而出。

没过多久，她再次回到沈园，在陆词旁含泪和了一首《钗头凤》：

世情薄，人情恶，雨送黄昏花易落。晓风干，泪痕残。欲笺心事，独倚阑干。难，难，难！

人成各，今非昨，病魂常似秋千索。角声寒，夜阑珊。怕人寻问，咽泪装欢。瞒，瞒，瞒！

她再也无法回归昔日的平静。她将所有的思念、悲伤、无奈以及所有的血泪倾注到这首词里，以此祭奠她的爱情，哀悼她不幸的人生。

写完这首词后，唐婉沉溺过往，终至抑郁成疾，不久竟病逝了，年仅 28 岁。

如果征战沙场、北伐复国是陆游终身的梦想，那么与唐婉这段爱而不能的眷恋则成了他一生难以消解的伤痛和遗憾。

事实上，唐婉亡故后，陆游曾数次前往沈园追忆凭吊两人的凄美爱情，并即兴写了很多悼亡名篇，其中《沈园两首》尤为世人推崇，如下：

其一

  城上斜阳画角哀,沈园非复旧池台。
  伤心桥下春波绿,曾是惊鸿照影来。

其二

  梦断香消四十年,沈园柳老不吹绵。
  此身行作稽山土,犹吊遗踪一泫然。

写这两首诗时,陆游已经 75 岁高龄,但可以看出,他思念追忆之情丝毫未减,反倒随着岁月之增而加深了。

我想,若唐婉泉下有知,亦当安息瞑目了。

叁

秋波媚

七月十六日晚登高兴亭望长安南山

  秋到边城角声哀,烽火照高台。悲歌击筑,凭高酹酒,此兴悠哉!
  多情谁似南山月,特地暮云开。灞桥烟柳,曲江池馆,应待人来。

秋意浸染了边城，耳际传来悲壮的号角声声；眼见平安烽火燃起，我们快步登上了高兴亭。大家击筑悲歌，凭高酹酒，豪兴四溢，对收复山河充满了必胜的信心。

瞧，多情的南山月正洒下一片银辉，为只为将重重暮云驱散分开。（啊，看到了！）那儿的灞桥烟柳、曲江池馆以及长安的一切风物，都在深情盼望王师的到来。

陆游一生怀抱"上马击狂胡，下马草军书"的报国之志，但直到48岁年近天命之际，他才终于如愿以偿。

1171年，王炎任宣抚师，经略川、陕等地，驻军南郑，特召陆游前往襄助参议军前事宜。陆游得书后欣喜万分，于二月初只身前往抗金前线的南郑任职。

王炎对陆信任有加，委托他草拟驱逐金人、收复中原的具体计划。陆游遂作《平戎策》，提出"收复中原必须先取长安，取长安必须先取陇右；积蓄粮食、训练士兵，有力量就进攻，没力量就固守"等战略构想，王炎对此十分认同。

将帅同心合力，宾主意气相投，兵士斗志高昂，以及较为有利的军事形势，无不激发起陆游收复长安的强烈愿望。

一天傍晚，他和同僚登上高兴亭远眺长安南山，联想到一片清辉朗照下的灞桥烟柳、曲江池馆等诸多名胜风景正在急切盼望王师胜利归来的愿景时，他再也遏制不住激荡奔腾的豪情，即兴吟诵出这首洋溢着乐观主义精神、具有浪漫主义情调的佳作名篇。

陆游写过无数有关这段岁月的诗文，但大多只是追忆之作，只此词为南郑即兴抒怀而发。

第十二章 亘古男儿一放翁：陆 游

遗憾的是，十月，朝廷就否决了陆游的《平戎策》，调王炎回京，出师北伐的计划也因此毁于一旦。

南郑、大散关一带的军旅生活，是陆游一生中唯一的一次亲临抗金前线、力图实现爱国之志的军事实践。这段生活虽只有八个月，却壮怀激烈，意气风发，给他留下了难以磨灭的印记。顺便看一下他的《书愤·其一》：

早岁那知世事艰，中原北望气如山。

楼船夜雪瓜洲渡，铁马秋风大散关。

塞上长城空自许，镜中衰鬓已先斑。

出师一表真名世，千载谁堪伯仲间！

此诗写于1186年春，陆游时年61岁，正罢官蛰居家乡山阴。想起山河破碎，中原未收而英雄年暮，再无用武之地，陆游心如泣血，郁愤之火喷薄而出，悲怆之情倾泻无余。

这首七律前半段叙述早年决定收复中原、扬威边地的浩然正气和壮志雄心，后半段则叹惋时不再来、报国无门的悲郁心绪。所谓书愤，亦即抒发内心的郁愤之情。于是我们看到，字里行间仿佛全都落在了愤字上。

然而与大多数失意文人顾影自怜、伤时悲己不同的是，陆游是个顶天立地的真男子，他可以不满，可以悲愤，但他从没有因此陷入颓废伤感的消极情绪中不能自拔。相反，他更想追慕先贤业绩，渴望像诸葛孔明那样鞠躬尽瘁，率领三军荡平胡虏北定中原。

这首诗感情沉郁，气韵浑厚，其中颔联"楼船夜雪瓜洲渡，铁马秋风大散关"尤为雄放豪迈，故一直以来被广泛传诵。

陆游爱国之志始终不渝,即使屡遭投降派攻讦身陷困境,却从未对未来失去信心。譬如 20 年前,他就因积极支持抗金北伐遭致朝廷罢黜。虽说当时不无苦闷激愤,但他并未心灰意冷,深信总有一天会否极泰来。那首《游山西村》中的两句"山重水复疑无路,柳暗花明又一村"就是明证。

能在日常生活和自然山水中领悟人生的真谛,这是宋诗特有的理趣所在,但能写得圆融自然不着斧痕,只有陆游、苏轼等少数几个大家才能做到。

其实,人生一世,难免困厄逆境,区别在于:有些人,即使身处绚烂多姿的春色中,也对百花的芬芳无动于衷;而有些人,却能为石阶边一丛向阳的苔花而心生愉悦。

一个坚强乐观的人,无论处于何种不堪境地,哪怕山重水复、扑朔迷离,纵使乌云翻滚、长夜漫漫,却依然能感受日光落进心窗的温暖,能欣赏严酷冬日里的风暴雪冰。

肆

卜算子·咏梅

驿外断桥边,寂寞开无主。已是黄昏独自愁,更著风和雨。

无意苦争春,一任群芳妒。零落成泥碾作尘,只有香如故。

驿站外的断桥旁，一株野梅兀自在寂寞中开放。黄昏独处已然孤苦，何况还要遭受风雨的侵凌。

不想费尽心机去斗艳争宠，因此淡然面对百花的嫉恨。纵然飘落成泥，碾作灰尘，却依然能散发清香阵阵。

小词以梅自况，托物言志，物我融一，加之笔触细腻，意味深隽，更兼境界苍凉旷远，一问世，便成了咏梅词中珍品。

诚然，陆游之前已经出现过相当多的咏梅杰作，如唐代黄檗禅师之"不经一番寒彻骨，怎得梅花扑鼻香"；王安石"遥知不是雪，为有暗香来"；以及林和靖"疏影横斜""暗香浮动"等经典绝句，但大多数咏梅作品落笔点多写梅花神韵风姿，着重表达世外高人那种不食人间烟火、远离尘世喧嚣的闲逸情怀。

另一点值得注意的是，尽管古往今来描写、讴歌梅花的佳作频现，但大都以诗歌形式呈现。真正咏梅的词作，我稍稍统计下，并不太多。

作为对比，我们不妨列录几首。

比如李清照的《清平乐·年年雪里》：

年年雪里，常插梅花醉。挼尽梅花无好意，赢得满衣清泪。

今年海角天涯，萧萧两鬓生华。看取晚来风势，故应难看梅花。

这首被历代评家称为"清照梅花词之冠"的《清平乐》，抚今追昔，寓情于景，确实达到了情景交融、物我合一的艺术境界，只是格调过于伤感，尤其结尾，有往事不堪回首之沉痛凄悲之感。

再看杨无咎的《柳梢青·茅舍疏篱》：

> 茅舍疏篱。半飘残雪,斜卧低枝。可更相宜,烟笼修竹,月在寒溪。
>
> 宁宁伫立移时。判瘦损、无妨为伊。谁赋才情,画成幽思,写入新诗。

此词写景抒情,淡雅绰约,清意袭人,既包含了对梅花的热爱,又寄托了作者不合污流、清贫自守的孤高情怀,是咏梅词中思想性与艺术性兼具的佳作之一。

因此,按我的审美,相较李清照的《清平乐》,我更喜欢杨无咎的这首《柳梢青》。

其实,宋词中真正有名且能与陆游的《卜算子》堪堪媲美的咏梅作品,惟有姜夔的《暗香》和《疏影》。这两首词,容我稍后与大家一起品读鉴赏。

再回到陆游。

全词通篇没有一个"梅"字,却处处能让读者感受梅花的风韵,看到作者和梅一样的高风亮节。

在陆游的笔下,梅花,蕴含了一位失意"战士"身处逆境而矢志不渝的崇高品格。

陆游作品往往平易晓畅,看似波澜不惊,其实常常隐含着一股恢弘阔达之气,就如大江大河,河面看似涟漪微漾,河底却暗流激涌,澎湃不已。

陆游一生酷爱梅花,写过无数咏梅诗作。他将梅花视作自己精神的载体倾情歌颂赞美,借此表现自己性格孤高,决不与争宠邀媚、阿谀逢迎之徒为伍的品格和不畏谗毁、坚贞自守的崚崚傲骨。

第十二章　亘古男儿一放翁：陆　游

"雪虐风饕愈凛然，花中气节最高坚""何方可化身千亿，一树梅花一放翁"等诗句都是他爱国主义情怀和高洁品格的自许。

陆游出生于两宋之交，成长在偏安的南宋。家国不幸、民族矛盾，给他幼小的心灵带来了不可磨灭的伤痛印记，"儿时万死避胡兵"就是其当时心境的真实写照。虽说他曾因长辈有功，一开始被授予登仕郎（九品的文职散官，相当于今天的办事员），但后来仕途坎坷，一直受到秦桧等权贵势力的迫害和打击。

1153年，他进京参考，本名列第一，竟因秦桧孙子位居自己名下而招致奸人的忌恨。结果第二年礼部考试时，秦桧暗中指示主考官不得录取陆游，主考官慑于淫威，只得奉命勾销了陆游的名字。也正因如此，加剧了陆母对儿媳的猜疑和不满，误以为是唐婉耽误了儿子的前程功名。

直到贼人死后，陆游才初登仕途。然而宦海风高浪急，官场云波诡谲，从来不会一帆风顺，性格耿介的陆游几起几落，始终没有得到朝廷的重用，不断在外放任上颠簸羁旅，漂泊流离。

1175年，好友范成大入主蜀州，邀请陆游为参议，两人以文会友，遂成莫逆之交。

陆游"位卑不敢忘忧国"，时刻不忘抗金，其间写了很多诗歌抨击时弊，终为朝中投降派不容。他们以"不拘礼法，宴饮颓放"为由对他肆意诋毁攻击，范成大迫于压力，次年免了陆游的参议之职，朝廷仅仅给他保留了一个主管道观的卑微小"官"。

为了回应黑暗势力强加于他的"狂放""颓废"，陆游愤而自号"放翁"，开始绝地反击。

这首《卜算子》正是诸多反击作品中最励志的咏叹，在宣喻自身冰清玉洁般的内心世界、书写孤寂境遇中仍坚韧不屈的同时，表明了一位爱国者无怨无悔、光明磊落的心迹。

这首词是思想性艺术性完美统一的典范之作，尤其末句更见劲节，难怪明末文学家卓人月会发出"沉沦不遇者，读之一叹"的感慨了。

伍

诉衷情

当年万里觅封侯，匹马戍梁州。关河梦断何处，尘暗旧貂裘。

胡未灭，鬓先秋，泪空流。此生谁料，心在天山，身老沧洲。

回首当年，为了建功立业，我单枪匹马，不远万里奔赴前线保卫梁州。如今，征战关塞河防的军旅生涯只能频频出现在梦里。梦醒时分不知身在何处，唯见灰尘落满了昔日出征时的战衣貂裘。

胡人未灭，鬓发染霜，兀自让人感伤泪流。谁能预料到，我这一生竟然心系天山，却落得身老沧洲的结果！

全词语言明白晓畅，用典自然，情意深挚，如叹如诉。与陆游作品一贯雄浑豪健的特点一样，此词格调悲壮沉郁，气势奔放壮阔，因此吟诵起来虽有些悲怆，但愤懑之中全无消沉之意。

第十二章 亘古男儿一放翁：陆 游

在南郑一带的戎马生涯对陆游触动很大，所以很多诗词都是有关这段时日的回忆或者记梦之作。譬如他另外一首《夜游宫》里的末尾就有类似的怀念："自许封侯在万里。有谁知，鬓虽残，心未死！"对疆场杀敌的向往之情和爱国热忱一览无余。

陆游虽然终身不为朝廷重用，又多次请缨无路并屡遭贬黜，但他抗金复国的大志一日未敢忘怀，哪怕年近古稀，哪怕身处江湖林野。然而现实越发悲凉逼仄，被迫退居山阴的日子漫长难熬，于是他只得暂时寄身梦中，将杀敌报国收拾旧山河的理想寄托在那段遥远的岁月。

想当年在大散关，金戈铁马，豪雄飞纵，气吞山河……如今，貂裘蒙尘，闲挂墙头。半壁山河仍在铁蹄的蹂躏之下，而他年迈体衰，双鬓渐白，壮志成空。想到这，怎不让这位英雄迟暮却又壮心不已的老者惆怅悲愤，以致泪流？最后，他只好仰天长叹，叩问上苍为何偏偏要让他身心分离：心向杀敌，身子却不得不僵卧偏远的沧洲？

这声叩问，既是诗人内心矛盾的体现，也是对南宋统治集团的责问和不满；这声叩问，虽不乏苦闷自怜，却融会了对祖国忠贞不渝的炽热感情；这声叩问，悲愤交加，直抵天庭，在深沉的浩叹中，凸显出陆游一如既往的碧血丹心。

中国历史上不乏慷慨悲壮的英雄，但具有诗人气质的英雄并不多。宋朝倒是一下子出现了两位，就是陆游和辛弃疾。我想，正因为他俩都有参与军事、政事的切身经历，才能在漠北风尘和沙场喋血中培养出一种真正的男子汉气质。可以说，艺术和血性在他俩身上得到了完美的统一，而这绝不是那些偶尔在纸上一时纵情的酸腐文人可以相提并论的。

宋朝尚文轻武，所以边患不断，烽烟四起。在屡战屡败的阴云中，尤其靖康之耻后，巨大的危机感始终笼罩在国家以及一些精英分子的头上。结果，大部分文人难免陷入幽咽呻吟的悲观状态。但以陆游、辛弃疾为代表的极少数主战文人，并没有一味幽怨悲叹，相反，他们创造出另外一种具有阳刚之气的美学范式——沉郁、苍凉、豪迈，当然也不可避免地带上一丝无奈。

正是基于上述原因，我们在诵读陆游、辛弃疾作品时，总会心跳加快，有一种拍案而起的冲动。我想，这既是文字的力量，更可能是他们那种男人气质打动了我们。

1207年，当82岁高龄的陆游听到自己一向支持的北伐主将韩侂胄在一次政变中被杀，不禁悲从心来，老泪纵横。他知道，有生之年再也看不到光复失地的可能了。

自此，他积郁成疾，终日忧愤，继而病情加重，卧床不起。

1210年1月26日，这位宋朝历史上最伟大的爱国主义诗人，怀着一腔遗憾溘然与世长辞。但临终之际，他仍牵挂着中原大地，于是留下绝笔《示儿》作为遗嘱：死去元知万事空，但悲不见九州同。王师北定中原日，家祭无忘告乃翁！

对抗金大业未就的遗恨，对正义必将战胜邪恶的信念，跃然纸上，可谓字字含悲，声声带泪，但披肝沥胆之情、忠贞不渝之心足可撼天动地。

陆游离世800多年了，但那位身披貂裘、手执长剑、纵马驰骋在荒原上的骑士形象，却永远留在了后人的心间。

第十三章　内热外冷：

姜夔

壹

"认识"姜夔（kuí），始于他的名作《扬州慢》。

我第一次去扬州，是1985年的夏季，那年我21岁。巧合的是，姜夔写这首词也是21岁经过扬州时。

那次，我没有去二十四桥看"夜月一帘幽梦"，也没有兴致在"春风十里柔情"中徜徉。恰恰相反，我蜷缩在高中同学就读江苏农学院时住的宿舍里。

这是我们最后一个暑假，是我们的毕业季。来扬州前，在老家，同学给了我一把宿舍的钥匙。

那晚蚊子特别多，加上天气炙热，我毫无睡意，于是就在脑海里拼命搜索有关扬州的古诗词。

也许是天意，当时我能记忆的，除了李白的"故人西辞黄鹤楼，烟花三月下扬州"两句外，就是姜夔的这首词。而且，当我默诵到"二十四桥仍在，波心荡、冷月无声"时，暑意顿消，只觉有股寒气自脚底升起，继而弥漫至周身。

那刻，萦绕耳际的是八百多年前扬州先民惨遭金兵荼毒蹂躏后撕心裂肺的呼号，眼前浮现的尽是扬州城被洗劫抢掠后死寂破败的画面……

下面就让我们跟随姜夔，踏进这片古老美丽而又多灾多难的土地！

第十三章　内热外冷：姜　夔

扬州慢

淳熙丙申至日，予过维扬。夜雪初霁，荠麦弥望。入其城则四顾萧条，寒水自碧。暮色渐起，戍角悲吟。予怀怆然，感慨今昔，因自度此曲。千岩老人以为有黍离之悲也。

> 淮左名都，竹西佳处，解鞍少驻初程。过春风十里，尽荠麦青青。自胡马窥江去后，废池乔木，犹厌言兵。渐黄昏，清角吹寒，都在空城。
> 杜郎俊赏，算而今、重到须惊。纵豆蔻词工，青楼梦好，难赋深情。二十四桥仍在，波心荡、冷月无声。念桥边红药，年年知为谁生！

扬州是淮南东路的著名都市，我行经竹西亭时，解鞍稍作休息停顿。当年春风十里的繁华街市，如今满眼尽是荠麦、野草，一派萧瑟冷清。自金兵进犯劫掠长江回后，荒废的池苑和参天古树都厌恶提及那场可恨的战争。临近黄昏，凄清号角声夹带的寒意，弥漫、回荡在寂寥荒凉的空城。

就算杜牧才高俊逸，若今日重来此地，也定会吃惊痛心。哪怕有描写"豆蔻"词的精工辞采以及歌咏青楼一梦的生花妙笔，他也断写不出昔日的那种款款深情。二十四桥依然如故，倒映在湖心中的一弯冷月随波荡漾，四周岑寂无声。想，桥边的芍药花如期盛放，却不知年年谁来欣赏，又是为谁而生？

此词写得空灵疏淡又清幽冷峻，既无婉约派的绵软柔媚，也无豪放末流之作的粗狂叫嚣，与苏辛词风的旷达、雄健也相去甚远，却在清空之中自带一种刚劲峻洁之气，在瘦骨逸神中散发出冷香幽韵。

这，确是我之前没接触过的词风。所谓文如其人，得先看看词作者姜夔何许人也。

姜夔，1155年生于江西鄱阳，字尧章，号白石道人，是南宋素有音乐家之称的著名词人。他少而孤贫，屡试不第，布衣终身。一生辗转流徙漂泊江湖，靠卖字和朋友接济为生。与诗人词家杨万里、范成大、辛弃疾交游甚善，互有唱和。

其人俊秀清朗，体态清矍挺拔，白衣胜雪，宛若仙人。作品素以含蓄空灵著称，有《白石道人诗集》《白石道人歌曲》传世。

姜夔诗词、散文、书法、音乐无不精通，是继苏轼之后又一位难得的艺术全才。

姜夔传世的《白石道人歌曲》，除了词文格律自成一体外，音乐方面的研究价值也相当高，是一份极其珍贵的古代乐谱资料。至今，附有曲谱的词集流传者，也仅他一人而已。他从大约80首词作中，搜录了17首"自度曲"并附有曲谱。

所谓自度曲，就是先有歌词，再作曲谱，这与之前大多数文人根据曲调"倚声填词"的方法完全不同。他打破了宋词上下阕曲调强求一致的规则，歌曲形成因此显得更为自由和流畅。除此之外，他还特别注重音阶、音调、节奏和歌词韵律之间的变化和统一，最大程度丰

第十三章　内热外冷：姜　夔

富音乐表现力的同时，熔技巧、内容于一炉，从而创造出一种和谐之美的至高境界。

显然，上述这段简短的生平介绍和他天赋异禀的音乐才能，还不能说明其足以影响姜夔词风、审美情趣、价值取向、个性特质等，因此，我们有必要进一步挖掘探索，从微末细节中寻求佐证。

从姜夔大量的作品中，我发现他对晚唐的陆龟蒙（号天随子）十分钦慕，就是和罗隐、皮日休一起被鲁迅称作"一塌糊涂的泥塘里的光彩和锋芒"中的三位之一。

既然提到罗隐和皮日休，我们不妨稍稍浏览下两位的作品。先看罗隐的《自遣》：

得即高歌失即休，多愁多恨亦悠悠。
今朝有酒今朝醉，明日愁来明日愁。

再看皮日休的《汴河怀古》（二）：
尽道隋亡为此河，至今千里赖通波。
若无水殿龙舟事，共禹论功不较多。

罗隐仕途坎坷，屡举进士不第，故作高歌旷达聊以排遣自慰，实则愤懑之情一览无遗；皮日休出身贫寒，饱尝疾苦，深知民众苦难，因此借古讽今反诘黑暗现实社会。他俩与陆龟蒙一起，都是当时愤世嫉俗的代表，构成了晚唐时期勇于批判政治腐败、反对主流社会的一道独特的风景。

不过，相对而言，陆龟蒙自我调整能力比较强。他早年虽豪放不羁，热衷功名仕途，但累次进士不第后，果断杜绝了出仕之念。

一开始，他有些落寞，有"无情有恨何人觉，月晓风清欲堕时"的白莲式的孤高不平，但他很快从被冷落、排挤的阴霾中走了出来。随后，他隐居松江甫里甪直，又在湖州长兴置园顾渚山下，亲自躬耕稼穑，体会农人、农事之艰辛。

当然，他仍然不会忘记拿起锋利的巨笔，揭露统治者残害人民生活的种种现象，比如他愤激之余写下的杂文名篇《野庙碑》《记稻鼠》等。

陆龟蒙心志高洁，孤芳自赏，稍有闲暇，便雇舟设蓬席，备妥书、茶、笔、勺具，泛舟往来于太湖，逍遥自适，所以又有"江湖散人"之美称。

所谓"散人"，根据他自传《江湖散人传》里的解释，"散人者，散诞之人也；心散、意散、形散、神散。既无羁限，为时之怪，民束于礼乐者外之，曰此散人也。"

我想，或许正因为他的"既无羁限"、不受流俗约束，他才能最后写出"觉后不知明月上，满身花影倩人扶"那种酒醉月下花丛的闲适之情和隐士的翩翩韵致。

写到这里，我们或许也隐约能捕捉姜夔的性格特点和神采风姿了。

两人均科考不举，布衣一介；同样泛舟江湖，潇洒不羁；都具高雅脱俗的魏晋风韵，所以才会在表象上呈现出神清气朗、道骨仙风的统一，反映到文字中，则是空灵超然的清雅流丽特质。

但仔细对比，仍然会发现，由于姜夔一直为生计奔波而漂泊流

第十三章 内热外冷：姜 夔

离，甚至寄人篱下，他的心境自然无法与家有数百亩田产、茶园的天随子相比。这也是为何他的作品在空灵疏淡中常带一股刚劲冷峻之气，在朦胧婉丽中凸显一种清空冷幽之风的缘故。

但我想不到的是，他创作《扬州慢》的时候才21岁，正是一生中风华正茂的年纪，如何就写得出"二十四桥仍在，波心荡、冷月无声"这种天荒地老般的冷冽和岑寂，写得出"念桥边红药，年年知为谁生"那般"寂寞开无主"的荒凉和无奈？

扬州，这座千年古都，云水流韵，朱帘翠幕，春风十里柔情，明月玉人吹箫，曾经那么繁华富庶，充满了诗情画意。然而在1161—1164年短短几年，金兵两度进犯扬州，烧杀掳掠，无恶不作，致使当地生灵涂炭，几乎变成了焦土和空城。

甚至到了十多年后，当几度名落孙山的姜夔路过时，扬州仍然没有从连年兵燹的创伤中恢复过来，仍旧是不忍目睹的一片荒凉破败。

于是，不第的失落郁闷、对朝廷不抵抗政策的愤慨、对故国山河屡遭践踏产生的"黍离之悲"一股脑地涌现脑海，让姜夔再也抑制不住与自己年龄不相符的那份凄怆和沉痛，悲慨之余挥毫写下了这首震古烁今的词作。

真所谓：国家不幸诗家幸，赋到沧桑句便工。

《扬州慢》以精致细微的笔触、舒缓低沉的音调，运用时空转换和虚实变化，以及恰到好处的用典，将扬州城的前世今生作了客观而忠实的描摹，从而使读者油然而生强烈的对比，以致对现实的残山剩水更加痛彻心扉。

然而，悲则悲，痛归痛，姜夔并未流于某些所谓豪放派那种粗俗的歇斯底里式的发作,也不同于苏轼、辛弃疾或豁达从容或豪爽激昂的乐观主义风格,更有别于婉约派的哀伤凄切,他只是低首沉吟,用清刚峭拔之势、冷僻幽独之情,淡淡地叙说,客观地再现战争带给扬州城万劫不复的巨大灾难,又含蓄地反映出自己怀才不遇的苦闷心境。

就这样,姜夔几乎从这首《扬州慢》就定下了自己的创作基调。一种兼冷幽、清空、峻切以及灵动、缥缈、自然的疏淡之风贯穿在他日后的作品中,成了他的标签,也成了后来浙西派词人史达祖、吴文英、周密等师法仿效的创作模式。

后人对姜夔评价甚高。如刘熙载就说:"白石才子之词,稼轩豪杰之词。才子豪杰,各从其类爱之,强论得失,皆偏辞也。"也有人分别将他比作文中韩昌黎、诗中杜少陵,更有人煽情地说他的词作像古琴之于音乐,似寒梅之于百花,可见褒奖之甚。

姜夔一生漂泊无居,浪迹天涯,所以他的诗词散处江湖,成就了一种"清空"的词韵,后经历代词人承袭,创造出了一个独立词派,谓之"清空骚雅派"。

接下来让我们继续欣赏他独有的叙事方式,聆听他低沉而富有磁性的嗓音,感悟他流寓之际飘零孤独的灵魂絮语。

第十三章　内热外冷：姜　夔

叁

点绛唇

丁未冬过吴松作

燕雁无心，太湖西畔随云去。数峰清苦，商略黄昏雨。
第四桥边，拟共天随住。今何许。凭阑怀古。残柳参差舞。

北雁悠然自得，自太湖西畔随着白云翩然飞去。数座山峰阴沉愁苦，仿佛在商量黄昏是否下雨。

真想在第四桥边，跟天随子一起隐居。如今算什么世道？我独倚栏杆缅怀千古，只见参差不齐的衰柳，兀自在空中飞舞。

小词色调冷峻，素淡清远，似雪中寒梅又如硬石瘦竹，在灵动飘逸的笔致里，在隐秀清虚的意境中，呈现出一种"野云孤飞，去留无迹"（张炎语）的隐士神韵和道家风骨。

然而，他毕竟还在风尘之中。

燕雁可以无心，活得自在逍遥，他却为了生计羁旅飘零，居无定所；太湖畔的几座山峰沉寂阴郁，正默默地酝酿着一场凄风苦雨。多想跟天随子做伴，在第四桥边筑庐隐居，忘却这尘世的烦忧。

可，登高凭栏，映入眼帘的只是纤弱的残柳在风中乱舞而已。

这样的心境，如何产生具有道家风骨的隐士神韵？这看似矛盾的因果关系里是否隐含一些必然的成分？

这，确实有些匪夷所思，但我必须耐下性子，去发现端倪，找出原因。

不妨再回顾下姜夔的身世。

姜夔父亲早逝，幼小的他一直随姐姐生活到成年，后四次参加科考，均无功而返。仕途不顺的他开始游历江淮、扬州等地，但看到的都是满目萧条破败的景象，内心时时郁积着一股家国之恨和伤时之痛。

大约1185年，他有幸结识了当时的诗人萧德藻，两人情趣相投，成为至交。萧德藻随后将姜夔介绍给了早已名满天下的杨万里、范成大等人，他们一看姜夔作品，都十分赞赏推崇。

此词是姜夔1187年前往苏州拜访范成大，途经晚唐名士陆龟蒙隐居之处时所作。

姜夔对陆龟蒙心仪已久，一直梦想有朝一日达到无所挂碍的悠云闲水般的境界。然而由于家境、际遇的不同，姜夔前行的道路上荆棘丛生。

一方面是国家山河破碎，处于风雨飘摇的日暮黄昏；另一方面是自己空有报国济世之心，却没有施展自己才能的一席之地，于是他自然限于出世和入世的矛盾中。尤其当他道经陆龟蒙故居时，内心难免不生出低沉的幽叹了。

此刻，他既有"沉思只羡天随子，蓑笠寒江过一生"的自许，但严酷而逼仄的"残柳"以及青山的愁苦让他无从逃避。

好在姜夔是个极其理智的人，尽管内心翻江倒海，却无一般文人在残山剩水间的顾影自怜，也没有声嘶力竭的情感爆发和怒吼。

第十三章　内热外冷：姜夔

他只是远远地站在一边，脸色冷峻，轻轻下笔，淡淡清唱，在动静、虚实、疾徐间营造出一种近似空无却又无不影射现实的清风流云、海浪空礁式的高妙意境，让看似矛盾对立的心灵诉求和外在形式的空蒙演绎达到了完美的统一。

陈廷焯尤其推崇此词的结处，点评说："只用'今何许'三字提唱，'凭阑怀古'下仅以'残柳'五字咏叹了之，无穷哀感，都在虚处。令读者吊古伤今，不能自止，洵推绝调。"（《白雨斋词话》）

这是一场人生的思索，这是一段灵魂的远行。词人追求超越，却总也超越不了。"云无心以出岫，鸟倦飞而知还"，他多愿像那舒卷的白云，远离尘世，游心方外！

他没有做到。除了家国情怀，甚至他还不乏儿女情长。然而正因为如此，我们才有幸看到了更为真实的姜夔，也因此能欣赏到他更多更美的作品。

接着我们来看看他别具特色的恋情词作。

肆

踏莎行

自沔东来，丁未元日至金陵，江上感梦而作。

燕燕轻盈，莺莺娇软。分明又向华胥见。夜长争得薄情知？春初早被相思染。

别后书辞，别时针线。离魂暗逐郎行远。淮南皓月冷

> 千山，冥冥归去无人管。

梦中，我分明看见你如莺燕般轻盈娇软的神形。你幽怨的泣诉仿佛就在耳边：长夜漫漫，你这薄情郎可知？春初相思只为你（您）。

看着你的书信，摩挲着你临别为我缝制的衣衫，感念着，你的魂魄不远千里随我行。想必此刻，淮南的月色皎洁，千山清冷，而你的魂魄将孤身而返，无依伶仃。

此词虽是怀恋之作，却只字未提相识、相恋时的缱绻之情，只有魂牵梦绕、刻骨铭心的忆恋。而且，与其他大多数作家不同的是，姜夔运用超人的想象力，就空起笔，笔势清劲，色泽冷冽，愣是将原本阳春白雪般的主题、牵肠百转的炽热柔情淡化到千山无言、冷月无声的寂寥意象中，由此创造出罕见的凄冷浩大之境，同时也从侧面反衬出千古以来"有情人难成眷属"这个无奈悲凉的事实。

王国维先生一向对姜夔颇有微词，说他虽格韵高绝，终究还是隔了一层。但是他对此词的歇拍两句也大为推崇，认为姜词中只有这两句才是他最喜欢的。

姜夔的一生，除了夫人，真正让他牵肠挂肚发自肺腑爱恋的，只有一位，就是那位合肥的琵琶女郎。

姜夔年轻游历江淮时在合肥认识了一对善弹琵琶的姊妹，并与其中一位结下不解之缘。

然而由于不食仕禄生计无着，他不得不四处奔波。他有点自卑，但更多的是一份男人的责任，所以深情缱绻之时，他数度硬了心肠黯然离开，终究未能与心仪的女子长相厮守。

第十三章 内热外冷：姜 夔

就这样，这段情缘成了他心中永远的遗憾。

此去经年，相思依然，痴心不变。誓约无价，诺言不能轻许，既然盟誓，无形中就成了一份债约。而或苦涩或温馨的回忆、或缥缈或真切的梦境，无疑是逼你还债的最好方式。

1187年，姜夔从第二故乡汉阳（宋时沔州）东去湖州途经金陵时，梦见了远别的恋人。梦醒后，他提笔写下了这首意境浑成的词作，字里行间满溢对情人的怜惜之情、负罪之感。

甚至直到中晚年，他仍然无法忘记那段爱恋，怪恨自己不该种下这段相思情缘。他的那阕《鹧鸪天》就是明证：

肥水东流无尽期，当初不合种相思。梦中未比丹青见，暗里忽惊山鸟啼。

春未绿，鬓先丝，人间别久不成悲。谁教岁岁红莲夜，两处沉吟各自知。

人间别久，真的不成悲么？原来是：两处沉吟各自知！

或许看惯了秋风明月，历经了岁月冷暖，此刻姜夔的相思不再艳丽、浓烈，所以有了些洗尽铅华后的淡然与从容了。

但他当时毕竟正值青壮年，面对人世间足以让人生死相许的那份情感，他的每一次转身，实在包含了太多的无奈。

一次次转身，再火热的激情也会渐渐消弭，再甜蜜的誓言也会变得苍白无力，甚至有欺骗的嫌疑。

故事的结局似乎早已注定。

我们接着往下看。

伍

长亭怨慢

余颇喜自制曲。初率意为长短句，然后协以律，故前后阕多不同。桓大司马云："昔年种柳，依依汉南；今看摇落，凄怆江潭；树犹如此，人何以堪！"此语余深爱之。

> 渐吹尽、枝头香絮，是处人家，绿深门户。远浦萦回，暮帆零乱向何许？阅人多矣，谁得似长亭树。树若有情时，不会得青青如此！
>
> 日暮，望高城不见，只见乱山无数。韦郎去也，怎忘得玉环分付。第一是早早归来，怕红萼无人为主。算空有并刀，难剪离愁千缕。

香软的柳絮渐渐吹尽，浓郁的柳烟将千家万户遮蔽。船儿在弯曲的河道上远行，暮色里帆影凌乱，不知驶向哪里？惯看了人间离别，还有谁比长亭的柳树更加漠然冷寂？它若有情，绝不会无动于衷，青翠如此！

城楼消失在苍茫的暮色中，远处唯见乱石层叠的群山而已。你放心，我这一走，绝不会像韦皋那样忘了曾经的"玉环"信誓。临别前，你曾叮咛我早早归来，担心自己孤苦无依。唉，即使有并州剪刀，也无法剪断离愁别苦的千缕万丝。

第十三章　内热外冷：姜　夔

姜夔在每首"自度曲"前都写有小序，说明该曲的创作背景和动机，有的甚至还介绍了演奏手法。

这首《长亭怨慢》沿袭了姜夔一贯的创作风格和审美理想，即内心明明郁热难当或者激情似火，但文字的表现总是不愠不火、若即若离，在清妙秀远中显出瘦硬之态。

至于音乐的呈现，凭我自己有限的鉴赏能力，却实在不敢想象。

此刻，我正在想象姜夔一首首自度曲的旋律。

在想，他娴熟运用七声音阶和半音弹拨出"敲金戛玉"的清越秀丽之音，是如何完美演绎他看似冷峻斗硬实则狂热的内心世界，又如何创造出契合他那种清刚婉丽又蕴藉典雅的和谐之美？

在想，一个喜欢炼字酌句一丝不苟的词人，一个心性压抑内热外冷的江湖浪者，一个吞吞吐吐欲言又止情感上不能收放自如的音乐家，如何营造"气象、体面、血脉、韵度"的意境？

在想，是否正因此，王国维说他如雾里看花，隔了一层？

秦观情至深时心到伤处，总会发出滴血般的哀嚎和呼天号地的凄鸣。

姜夔显然不屑或不会沉溺如此。他从不会放纵自己。他从不能畅快淋漓。他同样敏感，他痛并无奈着，但他始终克制。

对，就是"克制"两字。

就这样，如同"寒水自碧，暮色渐起，戍角悲吟"，让清角自去吹寒，姜夔冷冷地侧立一旁，故作镇定地看着，心窝却似刀扎一般，汩汩滴血。

陆

暗香·疏影

辛亥之冬，余载雪诣石湖。止既月，授简索句，且征新声，作此两曲。石湖把玩不已，使工伎隶习之，音节谐婉，乃名之曰《暗香》《疏影》。

旧时月色，算几番照我，梅边吹笛？唤起玉人，不管清寒与攀摘。何逊而今渐老，都忘却、春风词笔。但怪得、竹外疏花，香冷入瑶席。

江国，正寂寂。叹寄与路遥，夜雪初积。翠尊易泣，红萼无言耿相忆。长记曾携手处，千树压、西湖寒碧。又片片吹尽也，几时见得？

曾经多少次，我趁着月色在梅边吹笛。寻音而来的她，常常冒着夜晚的清寒，去为我把梅花攀折。如今我渐渐衰老，往日春风般绚丽的辞采和文笔，全都已经忘却。让我惊讶的是，竹林外几株稀疏的梅花，竟散发出清冷的幽香，一直飘到我们的座席。

江南水乡，此时一片静寂。多想折梅相寄，可叹路途遥远，何况梅花上逐渐积满了夜雪。每当我在梅花前端起酒杯，就不由自主落泪，因为默然无语的梅花总会勾起我心灵深处的记忆。忘不了当年携手同游时，那盛开的千树红梅，将西湖寒水都映染得不再冷冽。可眼

第十三章　内热外冷：姜　夔

前的梅花瓣正一片片被风吹落，我什么时候才能和梅花般美丽的你重新相见？

根据作者小序提示，这首词作于1191年冬天，离写《长亭怨慢》时大约过了半年。这半年中，姜夔游历巢湖，到金陵拜谒杨万里，秋季时分再回合肥，遗憾的是那对姊妹竟然下落不明。

姜夔在《秋宵吟》中叹惋的"卫娘何在，宋玉归来，两地暗萦绕。摇落江枫早，嫩约无凭，幽梦又杳"，正是他当时极度伤感而无奈的心境写照。

但他不得不勉力拾掇心情、背起行囊，重新出发。

这年冬天，姜夔辗转来到苏州，踏雪石湖，拜会致仕于此的范成大，两人弈棋品茗诗酒唱和，倒让他暂时忘却了"失恋"之痛。可当范成大在庭院向他征询咏梅诗时，那种伤离念远之情油然而生，那份身世之慨、国家衰微之感一起迸发。于是，就有了名传千古的两首咏梅佳作《暗香》和《疏影》。

因为是姊妹篇，我这里顺便也将这阕《疏影》列录一下：

苔枝缀玉，有翠禽小小，枝上同宿。客里相逢，篱角黄昏，无言自倚修竹。昭君不惯胡沙远，但暗忆、江南江北；想佩环、月夜归来，化作此花幽独。

犹记深宫旧事，那人正睡里，飞近蛾绿。莫似春风，不管盈盈，早与安排金屋。还教一片随波去，又却怨、玉龙哀曲。等恁时、重觅幽香，已入小窗横幅。

很显然，《疏影》的主题更复杂，作者引用的古典更多，甚至有些评论家认为"昭君""胡沙""深宫旧事"等"语码"有慨叹徽钦二帝被虏北国之意，这就未免太过穿凿附会了。

毋庸置疑，此词含有一定的家国之恨，有一定的思想性和进步意义，但因过于琐碎、堆砌以及沉晦，反而影响了其艺术表现力。唯一让我感到稍有点韵味的仅仅歇拍几句而已。

因此，我更偏爱《暗香》。

写梅花，却不直接描摹具体的形态，只是从虚处着手，用疏宕淡雅的手法表现其气质。人与梅交织、互现，很难说清楚究竟是在说人还是写梅。但我分明看到一个风姿绰约的身影在梅花疏影中忽隐忽现，甚至能感受到丽人的一颦一笑或无言幽怨。

这就是这阕词的特点，也最能反映姜夔那种"清空""骚雅"的文风。

清空不难理解，即与物象要保持适当的距离，要有一种淡然冲冷的胸怀，不让感情主宰自己的理智；但从技巧上又极善捕捉、表达主人翁细腻、飘忽以及复杂的内心活动，从而使作品达到超逸空灵的境界。

雅，即是力求雅正，讲究法度，注重炼字琢句，协守音律，追求高雅脱俗的艺术情趣。这方面，晏殊、欧阳修等前辈已然做了些努力，中期的周邦彦则穷尽形相，将雅词发展、推到了顶峰。

只是物极必反、矫枉过正，由于周美成过于注重词本身的技巧或韵律，致使作品往往苍白僵化，缺少鲜活的生气，因而很难打动人心。

骚，简单说，就是以诗的笔法入词，承继《离骚》式的以表现自我、抒发自我为主要目的抒情传统。但与大多数作家不同的是，姜夔的"骚"，通过其"清空"的创作手法，总是能把具体的情感转化成

第十三章 内热外冷：姜 夔

空灵模糊的意趣。

就这样，姜夔恪守本色，对词进行全面雅化的同时，将"清空""骚雅"和谐地绾结一起，创造了一种新的词风。

此风一起，时人竞相效仿，以致直到清初，还形成了奉姜夔、张炎为宗的浙西词派。

总之，姜夔因其独特的个人经历、气质，凭借丰富的美感经验，通过清新秀逸的文辞，往往能将水中月镜中花这些迷离恍惚的场景演绎转化成动人唯美的意象。

结果，言外之意不断涌现，画外之境层出不尽，总让人浮想联翩，回味无限。

然而，如果我们认真品味姜夔的作品，会发现，他设造的意象群大多过于阴冷、悲凉、衰败，缺少博大开阔的意境，没有向上昂扬的力量。

那儿有完美而精致的艺术风格或手法，却少了点生命的律动和感发，有的只是一系列象征没落消极的冷月、寒云、疏影、暗香等意向群的堆积。

而这，难道不是词人心性高洁却又屡遭屈辱、落魄潦倒一生的写照吗？不正是南宋小朝廷日渐衰落即将趋于灭亡的缩影吗？

因此，对于姜夔，我们没有理由要求的更多了。

钟鼓鞺鞳般的豪壮之语，黄钟大吕式的高亢音响，还是让辛弃疾等铁血男儿高歌倾吐、拨弄撞击吧。

第十四章　英年早逝的状元郎：张孝祥

壹

张孝祥，1132 年生于浙江宁波，祖籍安徽和县，字安国，别号于湖居士，少年时随父迁居芜湖。南宋著名书法家，词人。

他家境贫寒，但自幼天资聪颖，年少英伟，23 岁就金榜夺魁，被高宗亲擢为进士第一。后因上书为岳飞鸣冤，为当时权相秦桧所忌，累及其父锒铛入狱。所幸次年秦桧呜呼，张孝祥凭着卓绝的才华，得以在官场平步青云，最终坐上中书舍人的职位。

张孝祥生性慷慨潇洒，词风豪壮典丽，但也不乏清雅流丽之作。有《于湖居士文集》《于湖词》传世。

接下来欣赏他的词作。

贰

六州歌头

长淮望断，关塞莽然平。征尘暗，霜风劲，悄边声。黯销凝。追想当年事，殆天数，非人力；洙泗上，弦歌地，亦膻腥。隔水毡乡，落日牛羊下，区脱纵横。看名王宵猎，骑火一川明，笳鼓悲鸣，遣人惊。

念腰间箭，匣中剑，空埃蠹，竟何成！时易失，心徒壮，岁将零，渺神京。干羽方怀远，静烽燧，且休兵。冠

第十四章 英年早逝的状元郎：张孝祥

盖使，纷驰骛，若为情！闻道中原遗老，常南望、翠葆霓旌。使行人到此，忠愤气填膺，有泪如倾。

极目淮河，关塞荒芜、淹没在茂盛的草木中。飞尘昏暗，霜风凄紧，边地静寂无声。黯然凝望，遥想当年沦陷，恐是天数运命，不由人意志而定：洙泗水边，礼仪之邦如今早已一片膻腥。对岸是金兵毡包营地，日落时牛羊归圈，剩下的尽是纵横交错的敌军岗哨据点。瞧，金兵将领夜间出猎，火把将整片平川照得通明。听，胡笳鼓角发出的凄厉声，令人胆战心惊。

想我腰间弓箭、匣中宝剑，空由尘封虫蛀；壮志满怀，竟施展不成。时机轻易流失，却等闲虚度，徒具雄心；光复中原、收复汴京的希望更加渺远难行。朝廷正推行礼乐以怀柔靖远，边境烽烟宁静，敌我暂且休兵。驿路上尽是奔走不绝、进贡求和的使车，此情此景，实在让人羞愧难为情。听闻中原父老，年复一年苦盼王师到来，怎不令过往行人泪如雨下、义愤填膺！

这首词音韵铿锵明快，声情激壮悲愤，通过对民族与文化、现实与历史等因素撕裂、碰撞的诠释分析，多角度、多方位展示了宋金对峙时期双方的态度和实力对比，在沉痛揭露金国实行骄横残暴统治的同时，无情鞭挞了南宋小朝廷极力主和、偏安一隅的投降、绥靖政策。很显然，这是一曲豪迈雄放、洋溢着爱国主义激情的"词史"式战歌。

张孝祥高中状元后，虽一度受到秦桧迫害，但随着秦桧不久身死，政途颇为顺利。

他旗帜鲜明地反对投降献媚求和的无耻行径，积极支持挥师北伐光复失地的主战方略。正因如此，当他的好友同年进士虞允文1161年在采石矶大败金兵后，他在《水调歌头·闻采石矶战胜》中不遗余力地讴歌将士们"雪洗虏尘静，风约楚云留"的英勇悲壮，傲啸"我欲乘风去，击楫誓中流"这般气雄磅礴之言，体现了自己欲仿效周瑜、谢玄等前人，乘风破浪，扫清中原，匡复山河的豪情壮志。

遗憾的是，两年后，张浚主导的北伐军在符离（今安徽宿县北）溃败，主和派得势，将淮河前线边防撤尽，并向金国遣使乞和。

当时张孝祥由张浚举荐任建康留守，两人仍上陈朝廷反对议和、收复中原的主张，然而孝宗置之不理。

此时的张孝祥，既痛边备空虚、敌势猖獗，尤恨南宋王朝柔媚无骨的可耻，于是，在一次宴会上，即席挥毫，写下了这首著名的词作。据宋无名氏《朝野遗记》载，张浚听过此词，深受触动，为之罢席而出。

我曾无数次想象过当年金统区衰败寥落以及民不聊生的惨状，一如七十多年前日占区倭寇实行"三光政策"后的情景。可想而知，当地的父老乡亲是怎样急切盼望"王师"前去解除他们的苦难，将敌寇驱除出境，光复中华。

对此，陆游就曾有"遗民泪尽胡尘里，南望王师又一年"的感慨；词人的好友范成大也在《州桥》里说过"州桥南北是天街，父老年年等驾回。忍泪失声询使者，几时真有六军来"，这些无不反映出中原人民向往故国、殷切盼望复国的强烈愿望，也体现了这些作者的爱国主义情怀。

不过，无论从内容还是气势上，这些作品都与这阕《六州歌头》无法相提并论。这首词在展示宏大历史画卷的同时，其慷慨忠愤之调，犹如黄钟大吕之声，直叩人心，更能激发起人们的爱国热情。

张孝祥与张元干号称宋室南渡初期的词坛双璧，尤其张孝祥，上承苏轼，下启辛弃疾，是南宋词史上豪放派的重要代表人物。

除了立意鲜明、笔墨酣畅的爱国词，张孝祥有一部分写景寄情之作则显得清疏淡远，体现了作者疏朗、豁达的人生态度。

下面两首《西江月》就是明证。

叁

西江月

题溧阳三塔寺

问讯湖边春色，重来又是三年。东风吹我过湖船，杨柳丝丝拂面。

世路如今已惯，此心到处悠然。寒光亭下水连天，飞起沙鸥一片。

此词言辞朴素自然，信笔所至，全无一句惊人之语，但看似浅易平淡，却意境高远，耐人品味。

符离之战失败后，张浚于次年病亡。张孝祥孤掌难鸣，很快被主和派弹劾落职，政治生涯中第二次遭到迫害和排斥。目睹奸佞当道、朝政腐败，他满怀忧愤却无可奈何，于是和大多数失意的文人一样，难免产生寄情山水、返归自然的想法。

然而，他并未一味消极悲观，相反倒有历经倾轧磨难后看透世事的一份闲适和旷达，表现到作品里，自然就有了这种潇洒飘逸之姿。

三塔湖（今名三塔荡）春色正好，风送船行，有杨柳轻轻拂面；抬眼望，湖水一碧万顷，水天交会处一群沙鸥正展翅翱翔。置身于如此明丽如画的风景，词人心胸大开，再无半点俗念挂怀，物我两忘，灵魂随之升华到"鸥鸟忘机"的完美境界。

肆

西江月·黄陵庙

满载一船明月，平铺千里秋江。波神留我看斜阳，唤起鳞鳞细浪。

明日风回更好，今宵露宿何妨。水晶宫里奏霓裳，准拟岳阳楼上。

舟行江上，秋意正浓，但见交相辉映的山光水色一路铺排。忽有逆风吹来，掀起粼粼细浪，好似波臣风伯刻意留我多看会儿美丽的斜阳。

明天若是顺风更好，今夜露宿又有何妨？听，涛声阵阵，犹如水中宫殿奏出的美妙《霓裳》，想必明天准能在岳阳楼上欣赏洞庭湖的美景胜状。

自1164年被罢免建康知府后，张孝祥几度改官外放，仍不忘初

第十四章 英年早逝的状元郎：张孝祥

心，坚持抗战主张。但由于孝宗皇帝昏庸，朝内主和派得势，他的一片拳拳爱国热情终究随着时光流逝，慢慢冷却。

好在张孝祥胸襟广阔，有苏轼般的旷朗淡泊之风，所以即使政治上屡遭打击，也能从自然山水间寻得安慰，愉悦自己的心灵。

苏轼"竹杖芒鞋轻胜马。谁怕？一蓑烟雨任平生"那种泰然自若的神韵风姿，孝祥毫不费力地承继了过来。

有别其豪侠如风的爱国、咏怀词作，此词奇幻如仙，主观感情色彩浓烈，想象奇特丰富，足见作者独特的构思和杰出的艺术才华。

南宋学者魏了翁盛赞此首"在集中最为杰特"（《鹤山题跋》卷二），自非虚言。

可惜造化弄人，天妒英才，1170 年 7 月，张孝祥在芜湖不幸中暑身亡，年仅 38 岁。

据说孝宗皇帝闻听死讯极为痛惜，大有用才不尽之感。

早知如此，何必当初？

第十五章 毕生不忘杀贼：辛弃疾

壹

在诗山词海中徜徉了多年，访过杜甫的草堂，观过李白的金樽，赏过李商隐的锦瑟，看过李清照的莲舟，听过苏轼的歌吟，但最让我难忘的，还是他手中那把长剑！

不错，李白的那柄剑也很有名，或许也杀过人，但终究象征或者装饰的成分多了些，通常是花前月下、饮宴酒酣之际舞弄把玩，用来助兴罢了。

而他的那柄剑，周身泛着幽冷的寒光，摄人魂魄的剑气中溢满了豪情，更裹挟着惊天的愤怒。

他的那柄剑，渴饮过胡虏的鲜血，斩杀过小人的头颅，掠获过叛将的反骨。他仗着它，从800多年前兵祸连结的金统区冲出重围，决然南渡淮水回归大宋。

他原本指望继续仗着这把剑，挥师北伐，定鼎中原，收复失地，然而懦弱的南宋朝廷没有给他机会。

时光荏苒，但他"了却君王天下事"的那份忠君报国的信念始终未变，可惜镜中颜凋，帽边鬓改，英雄如他也因此常常泪洒衣襟。

凝望着破碎的山河，阴沉的天空，他禁不住仰天长叹：凭谁问，廉颇老矣，尚能饭否？

但朝廷不信廉颇。

他却矢志不渝，甚至去世时也连喊三声"杀贼"，然后气绝身亡。

他，就是辛弃疾。

对他这样的大丈夫、真男人,所有的赞美之词都是那样苍白无力。唯有重温一阕阕经典,从中感悟他超迈刚健又温情脉脉的人格魅力。

贰

水龙吟·登建康赏心亭

> 楚天千里清秋,水随天去秋无际。遥岑远目,献愁供恨,玉簪螺髻。落日楼头,断鸿声里,江南游子。把吴钩看了,栏杆拍遍,无人会、登临意。
>
> 休说鲈鱼堪脍,尽西风、季鹰归未?求田问舍,怕应羞见,刘郎才气。可惜流年,忧愁风雨,树犹如此!倩何人唤取,红巾翠袖,揾英雄泪!

南国秋季,千里萧瑟寥廓,水天一色,无边无际。遥看如女子头上玉簪发髻似的群山,心中平添愤恨忧思。夕阳斜照着西楼,孤雁凄惨悲鸣,楼头孑然伫立我这个思乡游子。看着手中的宝剑,我使劲拍遍了楼上栏杆,也无人领会我此刻登楼的心意。

别提莼鲈美味,西风劲吹之时,潇洒如张翰,料也难归。更别说只图一己私利的许汜,自然无颜面见胸襟广阔的刘备。国事衰败如此,但流水无情,仍北伐无期。叫谁去请那些歌姬舞女,来为我擦拭英雄失意的眼泪。

这是辛弃疾的名篇之一，充分反映了那个特定时代的现实和矛盾。全词通过写景、联想抒写了词人壮志难酬、报国无门的失意和抑郁悲愤的心情，极大地表现了他诚挚无私的爱国情怀。

善于用典和以文为词是辛作的特色，但他对典故的使用绝不是简单的铺陈，相反往往具有鬼斧神工般的演绎而摇曳人心。在他的笔下，看似松散的古文句式，自由不羁，随意纵恣，但无不气韵生动，语义连贯，且节奏顿挫，铿锵有力，绝非一般文章的套用和罗列。

记得介绍苏轼的诗歌时引用过林语堂的赞誉："即便浴池内按摩筋骨亦可入诗，俚语俗句用于诗中，亦可听来入妙。"在辛弃疾那也一样，几乎无文无意不可入词。

既然再次提及苏轼，我们不妨再稍稍展开下。

说起豪放词的代表，我们一般称"苏辛"，其实他俩的词风还是有一定区别的。

苏词的豪放主要表现为清旷、淡泊和豁达，说到底是一种文人的豪放；辛词悲壮、倔强和刚健，是英雄的豪放。

也就是说，苏轼毕竟是一介文人，他的词只是"乌台诗案"后失意落寞才写的，大多是"余力为之"，而辛弃疾却像屈原、陶渊明、杜甫等先辈一样，他是用整个生命在写词，且表现的都是正面意志，用今天的话来说，全是满满的正能量。这也是为什么我们吟诵辛词，尤其他的爱国词时常会情不自禁地拍案击节，沉醉在他设造的或古典或自然的意象中不能自拔，被他的一腔至死不悔的爱国热忱感染得涕泪交加。

第十五章 毕生不忘杀贼：辛弃疾

这是一名真正的战士，一个顶天立地的男人，一位携着侠义与豪情的英雄。

那么，这位英雄来自何方？

1140年5月28日，辛弃疾出生于山东济南历城，原字坦夫，后因体弱多病改字幼安，号稼轩。此时，中原大地已沦陷了十多年。为了家族的安危，他祖父辛赞忍辱接受了金国的伪职，但"变节"的耻辱感始终挥之不去，于是他只能将爱国主义教育灌输给"宋裔金籍"的辛弃疾，后者就是在这样的家庭环境熏陶下成长的。

作为一个热血男儿，每天看着骨肉同胞被异族占领者虐待踩躏，他的内心饱受煎熬，义愤填膺。他从小就立志要抗金复国、建功立业，以解君父不共戴天之仇。

但这需要机会。

倘若不是金主完颜亮好大喜功贸然南侵，或许辛弃疾一辈子都等不到南渡的机会。

完颜亮没想到的是，他一出兵，后院就起了火。宋人反他理由充分，契丹人也反了，甚至连女真人也开始跟他作对。不久，完颜亮兵败采石矶，旋即为部下所杀。

机不可失，时不再来，辛弃疾拿起了爷爷赠给他的那柄祖传宝剑，振臂一呼，立马拉起了2000多人的义军，随后又加入了以耿京为首的另外一支起义大军。

然而，当他受托南下与南宋朝廷联络后北还时，竟然听到耿京被叛徒张安国所杀、义军溃散的消息，怒火冲天的他艺高胆大，亲率十八骑、五十多名豪杰之士竟然驰袭五万人的敌营，并生擒叛将，然后一路与追兵周旋,渡过大江,回归宋境,擒获张安国,后者在临安闹市被处斩。

那是1162年,辛弃疾才22岁。

他惊人的勇敢和过人的胆略,震动了南宋朝野上下。他豪迈倔强的性格和北伐的热情,尤其是"宋裔金籍"的身份,却让对他一度信任有加的新皇帝宋孝宗心存疑虑,更遭到那些投降派的猜忌和排挤,所以终其一生也未得到真正意义上的重用,甚至被闲置家居长达二十余年。

这首词大约作于1170年,辛弃疾时任建康通判,距他南归过了七八年了。其间,他曾写了不少著名的北伐建议,如《美芹十论》《九议》等,但均未被采纳。

那天,他登上建康城西淮水河边的赏心亭,极目远眺群山,那份收复失地、统一河山的使命感油然再生,但黑暗的现实又让他陷于进退两难的无可奈何中。

辛弃疾的人生字典里,原本没有后退两字,他浑身上下都是铁血傲骨,生命哲学里始终激荡着义无反顾、激流勇进的天性。然而,身份的微妙,投降派不断的毁谤、污谗,使他的复国之梦布满了阴霾,阻力重重。

由此,我们在一部《稼轩长短句》里常看到两股力量的碰撞、对峙、纠缠以及冲击和消长,看到辛词壮阔炽热、震荡盘旋、变幻莫测的各种风姿。这种进退两难中的尴尬和挣扎几乎贯穿了他一生,同样贯穿在他的一部部作品中。结果,呈现在读者眼前的无一例外的是他那英雄失志的沉郁悲慨形象。

第十五章　毕生不忘杀贼：辛弃疾

此刻，他仿佛就站在我眼前，可当我谦卑地向他致意的时候，他却转身飘然而逝，空留清瘦挺拔的背影。

我拔起脚，毫不犹豫地追随了过去……

叁

太常引

建康中秋夜，为吕叔潜赋

一轮秋影转金波。飞镜又重磨。把酒问姮娥：被白发、欺人奈何？

乘风好去，长空万里，直下看山河。斫去桂婆娑，人道是、清光更多。

一轮缓缓飘移的秋月洒下万里金波，就如一块刚磨亮的铜镜飞上了天廓。把酒问嫦娥：青丝变白发，让人如何承受？

真想在浩瀚长空中御风而行，俯瞰大好山河；还要直上月宫砍去婆娑的桂荫，让月光洒向人间的清光更多。

此词一反作者惯常的用典风格，而是通过神话传说，运用浪漫主义的艺术手法，表达词人反对朝廷怯懦投降、立志匡复中原失地的政治理想。

这首词大概为辛弃疾 1174 年在建康任江东安抚司参议官时所作。

符离之败以及随后宋金之间签订第二个丧权辱国的"隆兴和

议"之后，宋孝宗更是不思进取，南宋朝廷上下弥漫着一股屈辱偷安之风。

辛弃疾看在眼里，急在心头。其间，除了《美芹十论》《九议》，他还陆续写了另外几篇奏议，反复强调、陈述恢复大计，结果均被弃之不理。

南归已整整12年了，白发早已染了双鬓，却仍寸功未建，收复中原的梦想遥遥无期。面对一轮皎洁的月亮，辛弃疾再也无法抑制悲慨之情，迸发出摧心裂肝的一句："被白发、欺人奈何？"以此排遣英雄怀才不遇而又无可奈何的内心矛盾。

可辛弃疾永不言弃！

他展开想象的翅膀，要乘风万里直上九天揽月，不仅如此，他要努力砍去那棵月桂树上的纷繁枝叶。他要荡涤一切黑暗，让月色清辉遍洒人间大地，让浩然正气飘荡在整个世界。

这就是他的现实理想，这就是他为实现理想所体现出的不屈不挠、勇往直前的坚强意志。

然而，在主和派百般阻挠、极力摈弃的压力下，他超乎常人的坚强意志面临一次次严峻的考验。

他会退缩吗？

第十五章 毕生不忘杀贼：辛弃疾

肆

青玉案·元夕

东风夜放花千树。更吹落，星如雨。宝马雕车香满路。凤箫声动，玉壶光转，一夜鱼龙舞。

蛾儿雪柳黄金缕，笑语盈盈暗香去。众里寻他千百度，蓦然回首，那人却在，灯火阑珊处。

就像春风吹开了繁花吹落了星星：一城花灯挂满了千枝万树；焰火纷纷，乱落如雨。豪华的马车走过，芳香飘洒一路。凤箫声声，月光流转，此起彼伏的鱼龙花灯正在通宵达旦地飞舞。

漂亮的姑娘们都戴着亮丽的饰物，笑语盈盈从人群走过时，空气中顿时暗香弥漫、漂浮。我千百次寻觅她的芳踪，没有找到；突然一回首，却发现那人远远地站在灯火零落之处。

记不清是哪一期的《经典咏流传》，创作过《迟到》《一剪梅》《无言的结局》等经典流行音乐的台湾知名作曲家陈彼得先生，弹奏着吉他为大家献唱过这首词。我认为，老先生沙哑浑厚又不乏高亢的嗓音以及一气灌注的激情，不仅较好地把握了这阕婉约词的风格，甚至也十分精准地诠释了辛弃疾的个性特点。

原来在辛弃疾那里，原本香软温柔的情爱，也能被他演绎得风情激荡，轰轰烈烈；原来追慕恋人、谈情说爱，稼轩先生也能独辟蹊径，与众不同。

从这个意义上说，对该词的评析，我反对很多人诸如隐含国家兴亡之慨、不与苟安者同流合污、英雄无用武之地等说法。

此词大概作于1175年，辛弃疾仍是一介微末小官。没错，他始终没忘抗金复国大业，对南宋朝廷不思恢复、偏安江南的投降主义路线深恶痛绝。他时刻准备上阵杀敌，欲补天穹，却恨无路请缨。

他为此愤怒忧伤，却无济于事。他有些落寞。

他毕竟没有苏轼那种洞悉世事人心后的淡泊和旷达。何况，虽说是秀才出身，骨子里却是武将的做派。

我在欧阳修那个章节曾说过，风流是宋朝的标签，宋朝是一个风雅开放的时代。

晚年，辛弃疾在《浣溪沙·偕叔高子似宿山寺戏作》一词中就自嘲过：自笑好山如好色，只今怀树更怀人。

辛弃疾就是这样一个特立独行、我行我素，只听从自己情感召唤的男人。

然而他自己行事高调、雷厉风行，却对自己爱慕的女子有别样的审美标准：她应该不同凡俗，遗世独立，冰清玉洁。

那年临安的元夕花灯节上，辛弃疾在穿金戴银、笑语盈盈的女人间一眼就看到了心仪已久的梦中情人。但人群如流，鱼龙飞舞，烟火璀璨，一时让他丢失了目标。他开始寻寻觅觅，没有她的任何踪影。就在他蓦然回首的一瞬间，那位幽人却远远地站在灯火稀疏零落的地方。他没有丝毫犹豫，抬脚就朝那边跑了过去……

他就是那样大胆无畏地追求自己的目标，从不躲闪，因为他坚信只要自己努力执着、持之以恒，就一定能采摘到众芳中最美丽芬芳的那一朵。

这或许就是辛弃疾的爱情观，更是他人格魅力的写照。当然，男女情事永远不会消磨他一生的志向，那就是：抗金、杀贼、复国。

追求自己喜欢的女人，力主抗金复国大计，这两件事并不矛盾，辛弃疾一件也不想耽搁，且从来没退缩过。

如果一定要说这首词，尤其是煞拍三句有什么寄托或寓意的话，我更倾向于王国维先生点评的做事业、学问之第三重境界，即：只要不懈地追求奋斗，那么磨难波折过后一定会豁然顿悟、柳暗花明，就一定能取得最后的成功。

但我固执地认为，800多年前的那个元夕晚上，辛弃疾当时没考虑什么事业、学问，甚至复国大业一时也丢在了一旁。

那刻的他，只是一门心思追求那位孤芳自赏的姑娘，然后和她共诉衷情、共种相思，也许只有这样，才可以让他暂时忘了摇摇欲坠的山河国家。

可，他真能忘得了吗？

伍

菩萨蛮·书江西造口壁

郁孤台下清江水，中间多少行人泪。西北望长安，可怜无数山。

青山遮不住，毕竟东流去。江晚正愁余，山深闻鹧鸪。

郁孤台下的清江水，汇聚了多少流离逃亡之人的眼泪；举头眺望西北的长安，无数的青山将视线遮拦。

青山能遮住行人的望眼，却阻断不了江水的汩汩东流。江天渐晚，愁情正浓，可深山中竟然还传来鹧鸪凄苦的啼声：行不得也哥哥！

小词运用比兴手法，写得质朴、自然，在看似不愠不火的简淡叙述中，却将一腔爱国情思以及自己一筹莫展的愁闷展现得蕴藉深沉。

这首词大约作于1176年，当时辛弃疾任江西提点刑狱，驻节赣州，经常巡视往返于湖南、江西之间。一日，他途经造口，俯瞰郁孤台下奔流不息的江水，一时心潮起伏，思绪万千。

四十多年前，金兵攻陷汴京后大举南侵，势如破竹，其中一支追兵一直将宋高宗逼到了东海边，另一路人马则穷追隆祐太后（原宋哲宗皇后，两度被废又两度出山，对南宋初江山社稷的稳定有不可磨灭的贡献），至江西造口时，太后身边亲信随从所剩无几，情势危急之下，她只得乔装成农妇，舍舟登陆，才侥幸逃过一劫。

往事历历，如在眼前。

纵使辛弃疾再豪气纵横、英武刚强，联想起几十年前那屈辱苦难的一幕，也难免英雄洒泪。他不知道自己的眼泪是否能与当年逃难者的眼泪融合交集，但他深深理解广大百姓的那份悲苦。

然而几十年过去了，半壁江山依然沦陷，中原人民仍在敌国的奴役统治下卑微地生活。

第十五章 毕生不忘杀贼：辛弃疾

何时能跨上战马、手挥长剑，进而直捣黄龙、收复失地？"可怜无数山"！这哪是什么自然界的荆棘野草、崇山峻岭，这分明是南宋主和派精心设计阻止主战派北伐的重重壁垒啊。

念及于此，辛弃疾心一沉。

但只不过一刹那的工夫，那个百折不挠、无所畏惧的男人又回来了。

滚滚江水，能冲破重峦叠嶂奔腾向前，那么正义的抗金事业何尝不能克服一切阻力，取得最后的胜利！

可，仅仅几秒钟，他又陡然想起朝廷的苟安和不抵抗政策，当即悲慨难抑。

暮色苍茫中，他满怀愁绪在江边徘徊，恰巧从山的深处传来鹧鸪鸟的哀鸣。难道这"行不得也哥哥"的啼鸣，是在暗暗规劝他收了北伐的心思，就此作罢吗？

辛弃疾在身不由己的矛盾中纠结着，心开始滴血……

黄昏紧赶着黑夜的脚步。突然黑夜中传来另一种声音，低沉悲壮却坚定得不容置疑：不，我绝不会轻言放弃！

陆

摸鱼儿

淳熙己亥，自湖北漕移湖南，同官王正之置酒小山亭，为赋。

更能消、几番风雨？匆匆春又归去。惜春长怕花开早，

> 何况落红无数。春且住。见说道，天涯芳草无归路。怨春不语。算只有殷勤，画檐蛛网，尽日惹飞絮。
>
> 长门事，准拟佳期又误。蛾眉曾有人妒。千金纵买相如赋，脉脉此情谁诉？君莫舞，君不见，玉环飞燕皆尘土！闲愁最苦。休去倚危栏，斜阳正在，烟柳断肠处。

如何经得起三番五次的风雨肆虐，眼看春天又将匆匆离去。因为怜惜春色太短，所以常担忧花开得太早而凋谢太快，何况如今已到残春，落红飘舞。

请停住你的脚步！你可知，你若走了，天涯芳草就断了归路。你却沉默不语。算来，只有屋檐下的蜘蛛，为了保留些许春的痕迹，仍在辛苦地吐丝结网，殷勤地粘住漫天飞舞的柳絮。

想当年，陈皇后因人嫉妒陷害幽闭长门宫，本来定好的相逢佳期再次被耽误。纵然她曾花千金买下司马相如的《长门赋》，满腹情意又能向谁倾诉？

别得意忘形，在那鬼魅乱舞！难道你们没瞧见，像杨玉环、赵飞燕这般被宠极一时的人物，都早已化成了灰土。

愈思愈想，竟全都是烦闷愁苦。

别去高楼凭栏远眺，当斜阳落在暮霭笼罩的烟柳之时，只会使人更加悲郁断肠、伤心无助。

这首词，表面看似伤时惜花、伤春怨怀的传统题材，但在思想境界上，在传达出生命的感悟和艺术表现形式上，却远远不是一般婉约词可比拟的。

第十五章 毕生不忘杀贼：辛弃疾

辛弃疾非常擅长比兴手法，加上他本人涉猎广泛、学识渊博，所以总能将自然景象非常妥帖地与古典事象交错融合，并借此抒情言志，表现他浓厚而强烈的家国之恨和矢志之慨。因此，该词虽写得婉约，却沉郁顿挫，曲折缠绵中自有一种悲壮苍凉之姿。

这首词是作者由湖北转运副使调任湖南转运副使，同僚在小山亭为他设宴饯行时所写，时间是1179年暮春。

辛弃疾南归17年来，坚持抗金的复国主张始终没有引起朝廷的重视，他自己一直屈身就任于闲散官职，在江西、湖北、湖南辗转外放。这次居然调任到离抗金前线更远的湖南，且仍是掌管粮运的差使，他失望之余，苦痛不已。

眼见时局日益艰危，国势日渐衰微，他再也难以抑制内心的忧愤悲伤，即兴吟诵了这首荡气回肠的千古名篇。

想我南归，本来想借助王师有朝一日挥剑北上，荡平敌寇，收复失地，解救处于水深火热中的父老乡亲。谁知近20年来，我屡屡谏言却石沉大海，宵小当政，迫害忠臣，以致北伐事业未竟，空负了我一腔报国热情。如今，年届不惑，"匆匆春又归去"，我还能承受几番风雨的肆虐侵凌？

伤春惜花的婉约题材，却能倾注如此博大深沉的思想感情，能被演绎得如此沉郁豪放，这，整个一部词史上，或许只有辛弃疾一人能做到。

原因何在？

除了拥有豪杰之士的胆略气魄，辛弃疾还拥有一般豪杰欠缺的识见才能，同时还有一颗悲天悯人的仁爱之心。正因如此，当报国之志屡屡受挫之时，他才能将所有的激情、才具都投入词的创作中，成为历史上创作词体数量最多的人，也成为驾驭词体最得心应手、取得最大成就的伟大词人。

他，无愧于"词中之龙"的美名！

话说宋孝宗虽然不辨忠奸昏庸无能，但鉴赏力应该不差。据说此词流传到他耳里，他颇为不悦。可见这首词流露出来的对国事、对朝廷的担忧怨愤之情是何等强烈。

宋孝宗看不到辛弃疾的一片丹心，看到的却全是不满和怨恨。不到两年，辛弃疾就被罢官闲置了。

柒

丑奴儿·书博山道中壁

少年不识愁滋味，爱上层楼。爱上层楼。为赋新词强说愁。

而今识尽愁滋味，欲说还休。欲说还休。却道天凉好个秋。

人年轻时不明白忧愁的况味，总喜欢登高远望。登高远望，为了写一首新词，无愁而勉强说愁。

如今尝尽了忧愁的滋味，想说却没有说。想说却没有说，只说了句：好个凉爽的清秋！

第十五章　毕生不忘杀贼：辛弃疾

小词运用对比手法，着重渲染一个"愁"字，但浓愁淡写，重语轻言，将词人大半生失意悲苦的内容、令人啼笑皆非的人生过往都留在了言外。真所谓言尽而意不尽，意尽而韵不断，因此有着极强的艺术效果。

1181年春，辛弃疾任隆兴（今江西南昌）知府兼江西安抚使时，在上饶开工兴建带湖新居和庄园，安置家人居住。因奉行"人生在勤，当以力田为先"的生活准则，所以他把带湖庄园取名为"稼轩"，并自号"稼轩居士"。

筹建带湖新居其实也是为将来的归隐做准备，因为他太清楚自己"刚拙自信，年来不为众人所容，故恐言未脱口而祸不旋踵"（《论盗贼札子》）而招致的结局了。果然，同年11月，他被弹劾落职。此时，带湖新居正好落成，于是辛弃疾回到带湖，开始了他中年以后的闲居生活。

此后20年间，除了有两年一度出任福建提点刑狱和福建安抚使外，他大部分时间都在乡闲居。

辛弃疾在带湖居住期间，常到博山游览。博山风景优美怡人，他却常常无心赏玩。眼看国事日非而自己无能为力，一腔愁绪无法排遣，久而久之，变成了有口难言，欲说还休，无奈之余，遂在博山道中一壁上题了这首平易浅近又蕴藉含蓄的词章。

我们顺便再来看他的另外一首《一剪梅》，一样的对比手法，一样的浓愁淡描、重忧轻言。

忆对中秋丹桂丛，花也杯中，月也杯中。

今宵楼上一尊同,云湿纱窗,雨湿纱窗。
浑欲乘风问化工,路也难通,信也难通。
满堂惟有烛花红,歌且从容,杯且从容。

显然,这是一首中秋赏月未果后借题发挥的词作。

如何忘得了曾经的那个花好月圆的中秋节:皓月当空,桂花飘香,花、月尽在杯盏中。而今宵秋雨纷飞,月儿没了踪影,空余寂寥孤独。真想乘风上天去问个究竟,为什么中秋之夜没有月亮呢,但"路也难通,信也难通",想问也问不成啊。

只能借酒酣饮以及狂歌热舞来弥补这些遗憾了,然而词人真能从容得起来吗?我想,结果恐怕只是"旧恨春江流不断,新恨云山千叠"罢了。于是,忧国之思,无疑更甚。

好在,辛弃疾虽然政治上终身受抑,但他始终对生活充满了积极乐观的态度。正因如此,我们才有幸看到了他寄情山水田园以及反映农村生活、景物的一些短幅小令,且大都写得清新生动,别具一格。

捌

清平乐·村居

茅檐低小,溪上青青草。醉里吴音相媚好,白发谁家翁媪。

大儿锄豆溪东,中儿正织鸡笼;最喜小儿亡赖,溪头

第十五章 毕生不忘杀贼：辛弃疾

卧剥莲蓬。

小词构思精巧新颖，下笔轻简，没有一句浓墨重彩，却将一家五口的人物形象、生活场景描摹勾勒得惟妙惟肖，给我们展示了一幅栩栩如生、有声有色的具有浓厚生活气息的农村风俗画。

我想，每个人心中都住着一个桃园梦，都曾希望在安适的山水间将或孤独或纷扰的灵魂安放栖息，彼时再无车马喧嚣，再无俗事缠绕。邀三五好友，煮茶听雨，沐风观荷，吹箫赏月，踏雪寻梅；抑或独自一人修篱种菊，悠然南山，清淡自持，粗茶淡饭，希冀彻底远离市井繁华，杜绝红尘蝇利。遗憾的是，我们这些肉胎凡身终究逃脱不了功利的羁绊，所以往往只能梦里依稀，南柯一场而已。

这不，放达洒脱如苏轼，也免不了倚杖发出"长恨此生非我有，何时忘却营营"的叹息。辛词一贯慷慨豪迈，气势浩荡，故与苏轼并称"苏辛"，但在江山破碎，报国无门的境遇下，年迈的稼轩也只能将一腔热血豪情收起，转而寄身于田园山水之间，无奈忘却"横绝六合，扫空万古"，搁下"道男儿到死心如铁，看试手，补天裂"的雄心壮志。但我未料到的是辛弃疾一转身，一放下，描摹的田园风光和乡居生活竟然如此恬静怡然，撩人心弦。

一条清澈的小溪，该是杨柳拂堤，堤上绿草青青；蜿蜒的小溪边是一座低矮的茅草小屋，一对白发的老翁老媪估计刚喝了自家酿造的米酒，微醺着，用他们再熟悉不过的"吴语"，闲聊着他们一家五口的家常，憧憬着秋季时分的收成。

当然也有可能在追怀昔日的青春，相伴一生的感激，甚至于令人心悸的那第一次见面……想远了，老头子，还是看看我们的孩子们吧。老媪红着脸轻嗔道。

只见大儿子正在豆田里忙着除草，二儿子专心编织着鸡笼，最小的儿子尚不懂世事，只知一味玩耍，此刻静卧在溪边剥着莲蓬……

辛弃疾短短几行字，不加雕琢，不施粉黛，不需泼洒，如白描一般，意趣盎然，清新恬淡，却将一幅生动、温馨、安静的乡居画面展现在我们面前，恍如亲临其境又似缥缈依稀在梦中一般引人遐想不止，甚至让我们忘却了光阴的流逝，漠然了流年的转换。

尤其描写其中小儿子的那句，使我不自禁地想起唐代诗人胡令能的《小儿垂钓》：蓬头稚子学垂纶，侧坐莓苔草映身。路人借问遥招手，怕得鱼惊不应人。以及清朝袁枚的《所见》：牧童骑黄牛，歌声振林樾。意欲捕鸣蝉，忽然闭口立。尽管场景不一样，但几个孩童那种天真无邪、一本正经而又顽皮戏谑的动作、神情却又异曲同工，浑然天成。

于是就傻傻地想回到童年……

当然，童年一去不复返了。而且，我认为辛弃疾始终没有放弃收复中原、统一祖国的抗金大志。

他从来没有真正放下和转身。

他深深意识到，只有抗金复国，彻底打败侵略者，他和普天下的百姓才能真正过上和平宁静、朴素安适的田园生活。

他，能达成他的心愿吗？

第十五章 毕生不忘杀贼：辛弃疾

玖

西江月·夜行黄沙道中

明月别枝惊鹊，清风半夜鸣蝉。稻花香里说丰年，听取蛙声一片。

七八个星天外，两三点雨山前。旧时茅店社林边，路转溪桥忽见。

明月皎洁，惊飞了栖息枝头的喜鹊；夜风清凉，送来了蝉鸣一片。稻花香飘，让人憧憬美好的收成；阵阵蛙声，似在歌唱可期的丰年。

微云漂浮的天际，闪烁着稀疏的星星点点；影影绰绰的山前，时不时落下几滴雨丝，在缠绵。昔日土地庙附近、树林旁的茅屋小店在哪儿呢？原来，一拐弯，上了溪桥，它赫然出现在了眼前。

这首词语言淳朴自然，平易而不失精切，笔调灵活生动，将人们最熟悉的月、鸟、蝉、星等自然物象巧妙地组织起来，在营造乡野山村恬静幽美的仲夏夜风光时，充分反映出词人对丰收的期待、喜悦以及对农村生活的热爱之情。

辛弃疾闲居后，活动轨迹基本以上饶为中心，所以他有更多的时间和闲情逸致去领略黄沙岭的风光。

黄沙岭一带不仅是一个风景优美的去处，而且周围都是可以灌溉的稻田，是一片飘着"稻花香"的沃野。

辛弃疾不止一次去过黄沙岭,每一次去都会有新的发现和体验,因而也留下了不少描写黄沙岭风光的词作,这首《西江月》无疑是其中最有名的佳作。

与上篇《清平乐》一样,这首词的内容题材很平常,不过词人乡居生活的所见所闻,笔下也都是极普通的景物和人物。但这看似平淡的叙述和画面中,却蕴藏着作家独具的匠心以及醇厚的感情。

通过这两首词,我们可以隐约领略到辛弃疾豪迈雄浑之外另一种婉约深曲、清新质朴的词风,且这种词风一样能给人强烈的感受和审美体验。究其原因,最重要的一点是他对自己的祖国、人民,甚至自然界的一切,都充满了深深的热爱、关切和同情。

他有词道:"一松一竹真朋友,山鸟山花好弟兄。"一个对松竹花鸟都充满爱心的人,可想而知,对山河破碎、同胞受辱的情形,他是怎样的痛心;对平和宁静、和谐安适的乡野生活,是怎样的期待和憧憬!

而这一切,都源自他那颗忧国忧民、情真意挚的善良心灵。

写到这里,我情不自禁地站起身,脱帽向他致敬!

拾

西江月·遣兴

醉里且贪欢笑,要愁那得工夫。近来始觉古人书,信著全无是处。

第十五章 毕生不忘杀贼：辛弃疾

> 昨夜松边醉倒，问松"我醉何如"。只疑松动要来扶，以手推松曰"去"！

这首小令，题目为《遣兴》，看似即兴之作，抒发闲居生活的自在悠闲之情，其实往细一看，作者是在借幽默诙谐之笔宣泄心中的不平，字里行间透露出一种对现实的不满和倔强的生活态度。

写到这里，我不妨顺便介绍一下"四大中兴诗人"之一的杨万里的一首词，供大家参照对比。

昭君怨·赋松上鸥

> 偶听松梢扑鹿。知是沙鸥来宿。稚子莫喧哗。恐惊他。
> 俄倾忽然飞去。飞去不知何处。我已乞归休。报沙鸥。

这首词，语言清明朴素，初看内容平淡，不过作者闲居生活的一个片段，但反复吟咏后方知笔墨隽秀，思致蕴藉。杨万里为人正直，因奸相专权愤而辞官归隐。他假借"鸥鹭忘机"典故，想忘掉尘世间一切污浊的心机，以此寄托自己的情感，排遣内心的忧愤苦闷。

因此，同样是表达内心的愤懑，但境界高低一目了然。杨万里更多的是无奈，辛弃疾更多的是抗争。

回来继续说稼轩。

词中"近来始觉古人书，信著全无是处"两句，出自《孟子·尽心下》"尽信书，则不如无书"，本意是那些所谓的经史子集等权威的书籍上说的话，难免与事实不符，不可一味采信。辛弃疾翻用此语有了进一步的诠释，他想表达的是，古书上尽管有许多"至理名言"，但在世道日非的现实社会根本行不通，所以信它不如不信。

下阕描写松人互动的情节，憨态可掬，活灵活现，却将作者执拗、自立、无畏的性情展露无遗。

也是，醉昏头的哪是我辛弃疾，而是那帮纸醉金迷不思进取的奸邪佞臣啊！何况，我即使烂醉如泥，也会努力挣扎着站起来，不需旁人搀扶，更要对那些假意殷勤的小人断喝一声：滚开！

辛弃疾心在"天山"，莫非也要像他的长辈陆游那样"身老沧洲"吗？究竟还要等待多久，才能擂响战鼓、沙场点兵，然后横戈跃马、上阵杀敌，去"了却君王天下事"呢？

他，不知道。

前几年，虽说也不太顺，好歹手里还一度掌握钱财粮草，还能暗暗购置军备，训练甲士，组建军队，以图抗战大计，或者赈灾救荒造福一方百姓，而如今却废官罢退在家，落得英雄无用武之地的境遇。除了郁愤愁苦，他无计可施。

他只能痴痴地等，哪怕每日忧心如焚，哪怕经常借酒消愁，以此麻痹自己的神经。

好在阴暗的日子里，也不总是凄风苦雨，偶尔也会出现清风明月，更重要的是，这个黑白颠倒、泾渭不分的恶浊世道，终究不乏一些铁肩担义、妙手著文的志士同仁。

因此，辛弃疾孤独，但并不孤单。他对恢复大业始终充满了信念。

第十五章 毕生不忘杀贼：辛弃疾

拾壹

破阵子

为陈同甫赋壮词以寄之

醉里挑灯看剑，梦回吹角连营。八百里分麾下炙，五十弦翻塞外声。沙场秋点兵。

马作的卢飞快，弓如霹雳弦惊。了却君王天下事，赢得生前身后名。可怜白发生！

带着醉意剔弄灯花察看宝剑，梦中听到了各个营垒的鼓角声声。士兵们正在战旗下分享着美味的牛肉，乐器演奏的雄壮军歌激荡人心。原来秋高马壮，沙场正在阅兵。

战马像的卢一样跑得飞快，弓箭离弦之声如霹雳般雷鸣。一心想要替君王完成恢复天下大业，取得世代相传的美名，可惜如今成了白发人！

这首词结构独特，文笔矫健，恣肆的豪情中闪烁着爱国主义的光辉，强烈的进取心里却难掩报国无门的悲愤。

人们都说辛弃疾的词是"英雄之词"，主要是指词文中流露出来的逼人豪气以及黄钟大吕般的鞺鞳之声。

这种豪气，源于他坚定的政治抱负，得益于悲天悯人的博大情怀，更多的可能还是青少年时期养成的无拘无束的个性以及冲锋陷阵沙场喋血的亲身经历所致。因此，他的壮词，绝非那些"江湖夜雨十年灯"的文人寒士能写得出的。

幸亏辛弃疾有同道中人。其中之一就是题目中的陈同甫（陈亮）。

1188年冬日的一天，雪后初晴，一位壮士正骑着一匹大红马驰骋在白雪皑皑的原野上。他就是从浙江依约前来铅山鹅湖拜会稼轩的龙川先生。当时，辛弃疾身患小恙，但依然在自己庄园扶栏远眺。

那点火红，热烈而耀眼，正如闪电点般疾飘而来……

辛弃疾顿然觉得伤痛消失得无踪无影。他笃定是好兄弟来了，随即转身下楼，策马相迎。

两人在村前石桥上重逢了，两双手紧紧地抓在了一起。多少话要说，多少痛要诉，可不知从何说起。就这样，他俩静静伫立石桥，一任爱国之情汹涌澎湃，最后几乎同一时间拔出佩剑砍向了坐骑。

如柱的鲜血喷洒天空，染红了天边的晚霞，凛冽的北风中传来悲怆而坚定的盟誓：为统一祖国奋斗不息。

辛弃疾和陈亮并没结交为异姓兄弟，然而他们"斩马盟誓"的英雄形象却一点不比刘关张单薄，甚至在我的心里，更加崇高、伟大。

如果说13年前的第一次"鹅湖之会"，朱熹、陆九渊、陆九龄等思想家成就了中国历史上著名的哲学盛典，那么，"辛陈之晤"（第二次"鹅湖之会"）更是传扬千古、震撼人心的英雄之会，是一台洋溢着极致阳刚、蕴含男性美学力量的合奏交响之会。

中国，太需要这样有血性的男人了。

第十五章 毕生不忘杀贼：辛弃疾

辛弃疾和陈亮这次会晤，瓢泉共酌，鹅湖同游，长歌相答，纵论世事，相处了十多天才挥手作别。别后，辛弃疾仍念念不忘两人一起立下的豪情壮志，于是借梦境写成《破阵子》寄给了好友。

只可惜，陈亮六年后高中状元，第二年就不幸因病去世了，享年52岁。

但，辛弃疾还得继续赶路。他甚至来不及擦拭老泪，来不及悲伤，因为几年后，一代理学大师朱熹也告别了这个世界。

尽管以朱熹为代表的义理学派开启了12世纪中国古典哲学的辉煌年代，但他晚年却被斥为"伪学魁首"，甚至死后，当局也严禁人们参加其追悼仪式。

辛弃疾和陈亮一样，是朱熹的诤友，虽然观点学说相左，但在抗金复国、反对议和这些大义上，他们从不含糊，故彼此惺惺相惜，情真意厚。

此番朱熹下世，曾经亲近的门徒友人为了避嫌，或远走他乡或隐匿不出，更有公开表示与朱熹脱离关系的，致使吊唁会出现了"门生故旧至无送葬者"的尴尬境况。但辛弃疾风尘仆仆地赶来了。

不仅来了，他还亲致悼词："所不朽者，垂万世名。孰谓公死，凛凛犹生。"

这就是辛弃疾的勇敢。

虽然早已双鬓染霜，但40年前突入金营俘掠张安国的那份豪气犹在，"虽千万人，吾往矣"的胆魄没丢，安身立命的忠义气节，从来就不为浊流所动。

从这个意义上说，不只是他的作品带给我们无与伦比的美学享受,更重要的是,他那饱满、奇崛而响亮的生命形象时时冲击着我们的心灵,让我们领略感悟到英雄人格的真正力量。

壮哉,辛稼轩!

拾贰

贺新郎

邑中园亭,仆皆为赋此词。一日,独坐停云,水声山色,竞来相娱。意溪山欲援例者,遂作数语,庶几仿佛渊明思亲友之意云。

甚矣吾衰矣。怅平生、交游零落,只今馀几!白发空垂三千丈,一笑人间万事。问何物、能令公喜?我见青山多妩媚,料青山见我应如是。情与貌,略相似。

一尊搔首东窗里。想渊明《停云》诗就,此时风味。江左沉酣求名者,岂识浊醪妙理?回首叫、云飞风起。不恨古人吾不见,恨古人不见吾狂耳。知我者,二三子。

我已经垂垂老矣。遗憾的是,曾经的好友风流云散,如今所剩无几!白发空自疯长,而功业未成,却早已看穿洞悉世间万事。还有什么事、什么人能让我称心如意?我看青山潇洒多姿,想必青山也同样这般看待我自己。无论情怀还是外貌,都非常相似。

窗边搔首,把酒一尊;自斟自酌,心旷神怡。想当年,陶渊明写完《停云》诗后就是这样的感觉和心境。江南那些沉溺于功名利禄的人，怎能体会到饮酒的妙趣和真谛？回身朗啸，一时云海翻滚、狂风骤起。我不恨见不到同道的前人，只恨他们无法见识我的疏狂而已。了解我的，就那么两三个知己。

与陈亮"鹅湖之会"后，辛弃疾一度被朝廷复用，但1194年夏再次被罢官。回到上饶后，他开始在铅山东期思渡瓢泉旁筹建新居，四年后，新居竣工，内设"停云堂"。这首《贺新郎》即是辛弃疾仿陶渊明《停云》"思亲友"之意而作，抒写了作者罢职闲居时寂寞与苦闷的心情。

是啊，英雄暮年，交游零落，白发如许。问世间，却无一物能令自己一展愁容，只有那妩媚的青山知情识意，尚能与自己结为忘形之交。窗下手把酒杯，想学陶潜远离尘俗，不计得失。那些偏安江南的"沉酣"者，如何能了解我的心思？因为他们不过一些"江左风流人，醉中亦求名"（苏轼语）地追名逐利之徒。我，云飞风起的壮志雄心依然不减，可放眼四周，孤寂无友，只剩下寥寥的"二三子"！

此时的辛弃疾到了花甲之年，然而北伐大计仍是遥遥无期。痛心失望之余，他自然想到了种菊东篱、悠然南山的五柳先生，然而他终究学不来渊明先生"幡然醒悟"后的气定神闲，甚至，连东坡那种淡泊旷达的处世方式，他也做不到。

他，实在是一个不会后退的人。

于是，我们一次又一次看到盘旋交替的两股气流在他胸臆间碰撞、冲击。一种是舍我其谁、积极向上的上冲力量；另一种是受人排挤、掣肘的下压之力，结果，呈现在我们面前的，无一例外是一个英雄失志的悲慨而又无奈的形象。

是的，他终其一生，几乎都挣扎在"天远难穷休久望，楼高欲下还重倚"这进退两难的悲苦中。

然而，或许正是他政治失意、报国无门，才让他将自己惊人的才气、不羁的性格和剩余的精力全部投入挥洒到词的创作中。而以文为词、信手用典、无视词的"本来面目"，几乎可以无所顾忌地笔走龙蛇且纵横捭阖，就成了辛词最大的特色之一。

这种特色，越到晚年，尤为明显。

据辛弃疾忘年之交的岳珂记载，辛弃疾特别喜欢该词中的"我见青山多妩媚，料青山见我应如是""不恨古人吾不见，恨古人不见吾狂耳"两句，常常在朋友间非常自得地亲自吟诵，并问坐客如何，众人不约而同都叹服不已。

可见，这首词作，是辛弃疾晚年最得意的词作之一。

拾叁

贺新郎·别茂嘉十二弟

绿树听鹈鴂。更那堪、鹧鸪声住，杜鹃声切。啼到春归无寻处，苦恨芳菲都歇。算未抵、人间离别。马上琵琶关塞黑，更长门翠辇辞金阙。看燕燕，送归妾。

将军百战身名裂。向河梁、回头万里，故人长绝。易

第十五章　毕生不忘杀贼：辛弃疾

水萧萧西风冷，满座衣冠似雪。正壮士、悲歌未彻。啼鸟还知如许恨，料不啼清泪长啼血。谁共我，醉明月？

绿荫丛中鹈䴗声叫，好似在抽泣；鹧鸪哭嚎刚停，杜鹃又发出凄厉的啼鸣，声音更为悲切。它们竟然一直啼到春天归去再无半点春色可以寻觅，接着再怨恨百花凋零、芳菲消歇。但这些，又怎能抵得上人间的悲苦离别？

昭君出塞，呜咽的琵琶声中，她奔向未知的茫茫荒野；更有陈皇后幽闭长门别馆，含冤辞别了金阙。还有《燕燕》一篇，说的是庄姜无奈送别戴妫之事，后者曾是卫庄公的小妾。

汉代名将李陵身经百战，但因兵败归降匈奴而身败名裂；在河梁为苏武设宴饯行，他回首遥望万里之外的故国，在依依不舍中与老友诀别。还有猎猎西风中，燕太子丹和众人皆穿戴如雪的衣冠，在易水河边为荆轲送行，荆轲慷慨悲歌，回荡不息。

鸟儿如果知道人世间有那么多的离愁别恨，料想不会再哭泣掉泪，而一定会痛苦地悲啼出鲜血。你这一走，还有谁同我醉赏明月？

这首词悲壮沉郁，感情强烈，音如裂帛，声情并茂地抒发了词人送别堂弟茂嘉时的沉痛心情。

据张惠言《词选》记载，茂嘉因罪谪徙，辛弃疾于是借题发挥，将个人身世与家国兴亡绾结一起，以致多年的郁积不平，一触即发，一发不可收了。

辛弃疾描摹的三种鸟，任何一种啼声都足以使人悲痛欲绝，何况它们此起彼伏，在耳边交替凄鸣？这不是一般意义上的送别，它更可能引发的是词人沉潜心底几十年的家国之恨。

辛弃疾彻底爆发了。

他再也顾不得词体格式，顾不得起承转合，那刻，历史上种种离愁别恨的典故，触须而至，脱口而出。他不是在写词，他简直是在宣泄，宣泄心中的愤怒。

于是，《贺新郎》这种近似"骈四俪六"的长短句组合以及这种词牌特有的高亢激越的节奏，就成了辛弃疾释放情感的最佳选择。

我一向对赋体有抵触情绪，总觉得内容空泛辞藻华丽，过于铺陈堆砌，直到看到江淹的《恨赋》、庾信的《哀江南赋》、王勃的《滕王阁序》、骆宾王的《讨武曌檄》，才有所转变。不得不承认，辛词之"豪"，很大程度上与磅礴大气跌宕有致的赋体气势不无关联。

就这样，辛弃疾以天才般的创造力，在词的海洋里纵横跳跃，上下腾挪，轻而易举地哼唱出了别具一格气势如虹的词坛新声。

吟诵他的作品，总觉一股浩荡、爽利的清风扑面而来，一种排山倒海的气势激荡人心。

南宋，何其不幸，但幸运的是有了一个辛弃疾！

拾肆

鹧鸪天

有客慨然谈功名，因追念少年时事，戏作

壮岁旌旗拥万夫，锦襜突骑渡江初。燕兵夜娖银胡䩮，

第十五章 毕生不忘杀贼：辛弃疾

汉箭朝飞金仆姑。

追往事，叹今吾，春风不染白髭须。却将万字平戎策，换得东家种树书。

忘不了年轻时率领千军万马南渡淮水的情景：义军枕戈达旦，然后一早万箭齐发向敌军发起了攻击。

追忆往事，不由得我深深叹息，即使春风也不可能再把我的白胡子染黑。看来还不如将那万字抗金方略，跟东邻人家换一本种田植树的书籍。

辛弃疾短短五十五字的小令，高度概括了他一生先扬后抑的人生际遇。

俗话说，好汉不提当年勇，然而当客人前来闲谈功名时，辛弃疾还是忍不住回忆起几十年前夜袭金营、活捉叛将以及引兵南归诸事。

那是他一生最高光的时刻。每每想起这传奇般的经历，他仍豪情四溢，得意之情溢于言表。

可当他怀着一片报国之心南渡归宋，满怀希望为宋杀敌建功之时，朝廷不但不委以重任，亦不采纳他的平戎之策，反而将他长期投闲废置，使他壮志难酬，遗恨终生。

还有多少时间可以等待？还有多少光阴能被浪费？鬓发胡须皆白的辛弃疾，在无奈的自嘲中陷入了深深的失望。

但，辛弃疾还在顽强地期待着，期待柳暗花明的那天。

拾伍

南乡子·登京口北固亭有怀

何处望神州？满眼风光北固楼。千古兴亡多少事？悠悠。不尽长江滚滚流！

年少万兜鍪，坐断东南战未休。天下英雄谁敌手？曹刘。生子当如孙仲谋！

何处能看到中原大地？从北固楼上眺望，山川秀丽，却仍看不见北国神州。千古兴亡，往事悠悠，只有长江水夜以继日滚滚东流。

当年孙权年少英武，统帅三军，独霸东南，坚持抗战，始终未曾屈服低头。天下英雄有谁堪称是他的敌手，只有曹操和刘备而已，难怪曹操会感叹说："生子当如孙仲谋。"

这首词笔致遒劲疏旷，感怆雄壮，在借古讽今中问答自如，风格明快，充满了昂扬进取的情调。

1203年，主张北伐的韩侂胄起用主战派人士，64岁的辛弃疾先被任为绍兴知府兼浙东安抚使，次年被改派为镇江知府。

镇江，在历史上曾是英雄用武和建功立业之地，此时成了与金人对垒的第二道防线。花甲之年的辛弃疾，此时被复用，且在战略要地担任一方大员，他精神大振，对挥师北伐、挺进中原、收复失地信心

第十五章 毕生不忘杀贼：辛弃疾

倍增。尤其当他登临北固亭时，压抑已久的满腔报国豪情油然而生。

他想起了年轻有为的孙权。

按理，无论智谋才略，孙权都不及曹操，然而他雄踞东南一隅，卧薪尝胆，不畏强敌。在兵力悬殊、敌强我弱的赤壁大战中，他联合刘备，大破曹兵，一举奠定了鼎足而立、三分天下的格局。那时，孙权才27岁！

如今的南宋，也是占据半壁江山，却一直以来耽于安乐，投降苟且。好在韩侂胄力主抗金，使辛弃疾看到了胜利的曙光。

谁才是敌酋的真正对手？当下是否有像孙权那样的英雄来扭转乾坤？

是韩侂胄？也许是吧，但可别小瞧了我这个"廉颇"！老骥伏枥，志在千里；烈士暮年，壮心不已。我，才是真正的孙权，只有我才能力挽狂澜，直捣黄龙！

我想，这才是辛弃疾真正要表达的主题思想，借千古英雄自喻，从而表达他匡复中原的坚定信念，同时也代表了广大人民奋发图强的时代呼声。

然而，历史再次跟他开了个玩笑，让他刚刚燃起的一点希望火焰瞬间熄灭。

这，可从他另一次登临北固亭的感发中找到佐证。

拾陆

永遇乐·京口北固亭怀古

千古江山，英雄无觅，孙仲谋处。舞榭歌台，风流总被雨打风吹去。斜阳草树，寻常巷陌，人道寄奴曾住。想当年，金戈铁马，气吞万里如虎。

元嘉草草，封狼居胥，赢得仓皇北顾。四十三年，望中犹记，烽火扬州路。可堪回首，佛狸祠下，一片神鸦社鼓。凭谁问：廉颇老矣，尚能饭否？

千古江山依然，却再也找不见东吴英雄孙权的住处。昔日的舞榭歌台、风流余韵，早在千年的风雨中化为了尘土。斜阳映照着长满野草杂树的普通街巷，人们说，刘裕曾在那儿停留驻足。想当年，他领军北伐、收复失地之时，金戈铁马、气吞万里，是何等的威猛英武！

然而他的儿子宋文帝却草率用兵、好大喜功，欲效法汉将在狼居胥山刻石纪功，结果大败南逃，仓皇失措中只能遗憾地回首北顾。瞭望江北，眼前惊现 43 年前的那一幕：烽火连天的扬州城，多少生灵惨遭荼毒！往事不堪再回顾。如今的佛狸祠堂，老百姓年年在此欢度社日，全然忘了这儿曾经是拓跋焘皇帝的行署。瞧：乌鸦啄食着祭品，祭祀擂起了大鼓。还会有谁再关心探问：廉颇老了，饭量如何？

同样的地点，同样的抚今追昔，然而这首《永遇乐》的格调明显与《南乡子》不同。如果说《南乡子》充满了昂扬奋进积极向上的乐观主义精神，这首词却沉郁顿挫，豪壮悲凉，抒发了词人面对恶劣现实愤懑却又无力回天的无奈心情。

除了作者生发的强烈深沉的家国情怀，这首词在引用典故方面简直到了出神入化的地步。

还是那位岳珂，年轻时有幸在筵席间听见辛弃疾反复要求歌女歌唱这首《永遇乐》。当时稼轩几乎一个个地询问来客，征求大家的意见。岳珂毕竟年轻大胆，认为该词用典太多。据说辛弃疾还果真听取了晚辈的建议，重新修改润色达几十遍之多。如此想来，我们今天看到的这阕词，或许已经是修改版了，否则可能看到的典故更多。

然而，或许正是作者恰如其分、贴切自然的大量用典，才让这首词体现出应有的沧桑和厚重，才有了处于危艰时局却难以言说的无奈和隐痛。

本来，这几年应是"隆兴和议"以来最有可能收复旧山河的大好时机。

辛弃疾更不用说，为了这一刻，他可是足足等了43年！

眼看几十年的夙愿即将实现，辛弃疾和大多数主战人士一样，无不欢欣鼓舞，豪情万丈。尤其辛弃疾，他立誓要学孙权搏虎，像孙权大破曹兵那样建功立业，威名远扬。

然而，事情远非他想象的那么简单。

韩侂胄其实不过一介刚愎自用的政客，军事方面的准备工作极其草率，又在战略上采取极左的冒险主义路线，加之将帅乏人，他自身心性狭窄，排斥异己，凡此种种，使得本来较为主动的北伐战事渐渐陷入被动之中。

辛弃疾心急如焚,屡屡谏言,反招韩侂胄猜忌以及言官的攻击,最终又落得调职的结局。

他清醒地意识到,北伐必将失败,但却无能为力。正是在这样的背景下,辛弃疾再登北固亭瞭望江北时,不由怀古兴悲,忧愤难当。于是,憋闷心中几十年的那股怨气,冲天而起,化为这首千古传唱的《永遇乐》词曲。

正像辛弃疾预料的那样,史称"开禧北伐"的最终结局就如当年宋文帝面临的一样,只落得"元嘉草草,封狼居胥,赢得仓皇北顾"的下场。

幸亏辛弃疾没有那么长寿,否则,他更会痛不欲生、死不瞑目。

看来辛弃疾此生,注定等不到山河一统的时候了。

两年后,即1207年秋天,朝廷再次起用辛弃疾为枢密都承旨的诏令送达铅山的路途中,辛弃疾已病重卧床不起。9月10日(一说10月3日)深夜,昏睡几天的稼轩突然从床上一坐而起,双眼紧盯着挂在墙上的那把鱼肠古剑,嘴里大喊了三声"杀贼"后,轰然倒下,带着无限的遗恨溘然离世,享年67岁。

他的忘年之交、83岁高龄的陆游,在绍兴鉴湖听闻噩耗,不禁悲从心来,仰天长叹:"君看幼安气如虎,一病遽已归荒墟。"以此悼念这位至死不忘北伐的挚友。

稼轩先生,其实你无须遗憾也不用抱恨。

知道吗,你当年突入敌军阵中生擒叛将的壮举早已彪炳史册,你对文学形式(词)开创性的贡献无人可及。

第十五章　毕生不忘杀贼：辛弃疾

　　当苏轼先生以他的智慧从容驾驭他的人生之舟，成为中国传统文人士大夫心中的典范时，你用血性、无畏、执着和勇敢书写了自己的人生传奇。某种意义上，你更应成为民族生死存亡时万民的楷模，因为你才是那个真正大写的"人"，一个值得大写的真男人！

　　还有，你知道吗，70年后，你和陆游念念不忘的王师，不仅没有收复中原，相反连自己都消失了。敌人是谁？不是原来的女真人，而是换成了更加凶猛的虎狼之师蒙古铁骑。他们先灭掉了你做梦都想杀的敌人，然后回过身来毫不犹豫扑向了王师。

　　这就是历史的铁血和无情，这也是时代发展、人类进化的必然规律。落后总要挨打，懦弱必定被欺，古今亦然。

　　不过，即使70年后的南宋小朝廷覆亡之时，也还有一个人保持着不可覆灭的崇高气节，他就是文天祥，一位誓死不屈、舍生求义的民族伟人。

　　你听到他气贯长虹的"人生自古谁无死，留取丹心照汗青"的生命赞歌了吗？你看到他用铁血丹心书写的那篇绝命遗书了吗？

　　他是这样写的：孔曰成仁，孟曰取义。惟其义尽，所以仁至。读圣贤书，所学何事？而今而后，庶几无愧……

　　稼轩，所以你不必再抱憾遗恨，因为你的人格力量早已深入人心，并在文天祥那得到了延续。你无愧于朝廷，无愧于时代，无愧于民族，也无愧于自己。

　　因为是你，我不知不觉写成了诗词解析以来最长的文字，但我并没感到丝毫疲惫。

　　我几乎一直保持着与你一样的心跳和呼吸，在每一次的快意恩仇中与你同悲同喜。我知道自己浅薄寡闻的知识才情不足以诠释你的一篇篇千古雄文，也没能力概括总结你作品的艺术特点，但我自以为读懂了你的个性，理解了你的生命。

生命的意义在哪？在于创造，为了崇高的理想，坚韧不拔无怨无悔地向上、穿越、创造。

你做到了。你不仅将词这种文学形式拓展开创到了前无古人后无来者的境地，更重要的是你塑造了多元、立体、有活力、有深度的生命形象，因而也就为后人竖起了一座"人"的丰碑，尤其是男人的丰碑。

于是，我最后的结束语就归结为：要做，就做辛弃疾那样的男人！

第十六章 『樱桃进士』：蒋捷

壹

蒋捷（约1245—1305），字胜欲，号竹山，咸淳十年（1274年）进士，宋末元初阳羡（今江苏宜兴）人。南宋覆亡后，素有节气的他隐居不仕，人称"竹山先生""樱桃进士"，与周密、王沂孙、张炎并称"宋末四大家"。

其词多抒发黍离之悲、故国之思，以悲凉清俊、萧瑟疏朗为主，在宋末词坛上自成一体，有《竹山词》传世。

下面请欣赏他的作品。

贰

一剪梅·舟过吴江

> 一片春愁待酒浇。江上舟摇，楼上帘招。秋娘渡与泰娘桥，风又飘飘，雨又萧萧。
>
> 何日归家洗客袍？银字笙调，心字香烧。流光容易把人抛，红了樱桃，绿了芭蕉。

春愁一片，唯有烈酒可消。行驶在吴江的船儿，随着波浪轻轻摇荡，岸边酒肆的酒帘，正迎风殷勤相招。过了秋娘渡，来到泰娘桥，一路上斜风飘飘，细雨潇潇。

何时才能回到家中，让爱妻为我洗去长袍上的风尘，然后共调笙瑟，焚香闲聊？时光易逝，快得让人来不及回味，转眼已是春去夏来，景物换成了红樱桃，绿芭蕉。

这是一首天涯倦客的思归曲，写得灵动流丽，真挚深婉，以极富音乐性的节奏，将读者带进夹杂着风声雨声的一片春愁中。

我想，这不只是感叹春光易逝、年华易老的愁，也不仅仅是羁旅漂泊、倦游思归的愁，其实词人真正想抒发的是离乱颠簸中的流亡之愁。

叁

虞美人·听雨

少年听雨歌楼上，红烛昏罗帐。壮年听雨客舟中，江阔云低断雁叫西风。

而今听雨僧庐下，鬓已星星也。悲欢离合总无情，一任阶前点滴到天明。

年轻时在歌楼上听雨，红烛摇曳，罗幔轻盈；壮年时在漂泊的客船上听雨，江水茫茫，云霭沉沉，失群的孤雁在西风中发出阵阵哀鸣。

而今的听雨，是在清冷的僧舍里，鬓间的白发早已点点星星。雨落如旧，它从来不在乎人间的悲欢离合，一味在阶前淅淅沥沥，直到天明仍滴个不停。

雨这个意象，历代诗人都不惜笔墨描写过，虽也不乏孤苦愁怨的句子，但宋前大都还是清新爽利得多。然而到了宋朝，雨似乎更多地与愁思难解难分。

这不，连优雅的晏殊，在面对落花风雨时也发出"不如怜取眼前人"的伤春惜时的感叹，连一向风流潇洒的欧阳修也只能无奈地目送"乱红飞过秋千去"的暮春残景，更别说李重元"雨打梨花深闭门"、小晏"落花人独立，微雨燕双飞"、清照"梧桐更兼细雨，到黄昏，点点滴滴"时那种凄清寂寥的心境了。

但，如果我们稍加领会就不难发现，上述作家都是因一时、一地或者一事的偶然感发写下的。蒋捷的这阕词不同。

他通过时空的转换跳跃，将自己的一生浓缩到三个阶段的"听雨"画面中，从而高度形象地概括出自己一生喜乐悲苦的心路历程，同时又草蛇灰线般暗示了时代兴衰的嬗变轨迹。

蒋捷是这样一个人：他只是远远地旁观，不会也不便直接反映时代的巨变，而是采用"待把旧家风景，写成闲话"（《女冠子》）、"彩扇红牙今都在，恨无人、解听开元曲"（《贺新郎》）这种婉曲、迷离、幽深的方式，曲笔道出郁积于心的块垒，于自身的落寞愁苦中寄寓感伤国亡的一片怀旧之情。

面对逝水流光，他没有撕心裂肺的呼号，只有淡淡的喟叹和浅浅的吞吐。

正因如此，他的作品既无辛派后劲粗放直率之疾，也无姜派末流刻削隐晦之失，相反清矍疏朗，含蓄蕴藉，卓然成家，成为宋末元初

第十六章 "樱桃进士"：蒋 捷

最有名的词坛高手之一。

蒋捷祖籍宜兴，1274年中进士，但当时时局混乱并没授官。宋亡元兴，他愤于亡国辞官不仕后，常往来于宜兴、无锡和武进，径自过着种菊东篱、栽蔬田园的隐居生活。

写这首词的时候，他正隐居在今宜兴周铁镇竺山湖边的福善寺里。或许正是这个"僧庐"外的一夜雨声激发了他的创作灵感，才让我们有幸看到了这篇优美的词章。

按理，江南是人文荟萃之地，蒋捷归隐后，无论是在武进、宜兴或无锡，应该有很多境遇相同、志趣相投的文人雅士诗酒唱和共相往来，但他身后竟寂寞得生卒失传，这不得不说是我国文学史的遗憾，更是武进、无锡乃至宜兴人集体的悲哀。

好在有一点是无疑的，那就是蒋捷曾经隐居过的地方皆有"竹山"，他本人更喜欢在以竹命名的山上植竹。竹是高洁、坚贞和正直的象征，所以"竹山先生"的称谓可以说实至名归，尽显"樱桃进士"虚心纳物的高雅品性。

还有《竹山词》的流传，这些都给了我们安慰。

唯愿不久的将来，能够挖掘或考证出更翔实的资料，以弥补人们心中的缺憾。

宋词，无疑是继唐诗以后中国文学史上的又一座高峰。两宋词坛群星璀璨，名作纷呈，由于篇幅关系，我只选录了16位名家的词作进行梳理解析，蒋捷是最后一位。但我相信，大家已然能从这些经典中领略词的艺术魅力。

附录1　花间鼻祖：

温庭筠

壹

几乎没人不爱美色。当然,美色并不仅仅是女人的专利。有时,男人的俊美照样能倾国倾城,比如宋玉、潘安。

女人的美或许仅凭绝色姿容就足以打动人心,甚至流芳百世,但如果只是花样美男,生命力注定不会长久,更不可能扬名立万。

男人的美,除了五官身材,必须以风度神韵取胜,更需超人的才情支撑,才能深入人心或青史留名。

男人可以不美,但如果肚里有货,且行事风格特立独行,照样能吸粉无数。

温庭筠就是这样的一个另类男人。

这不,连唐朝四大才女之一的鱼玄机都成了他的铁杆忠粉。这位美丽多情的女子,甚至因为这位比她大三十多岁的大叔而误杀情敌犯下死罪,年仅 26 岁就香消玉殒。

要知道温庭筠不但不俊,反而丑陋至极。可以这样说,在中国文学史的才子中,除了之前的左思,后来的贺铸、汤显祖等,他恐怕是名副其实的第一"丑男"。

到底有多丑,史书上语焉不详,大概丑到词穷,实在找不出恰当的词汇来描摹形容了。好在《旧唐书》给他取了个"温钟馗"的雅号,总算启迪了我们的想象。原来,他的那副尊容不但吓人,而且连鬼怪都害怕,简直可以起到辟邪镇宅的作用。

按理,他本是唐初宰相温彦博的裔孙,遗传基因应该不错,可传到他那儿，差距咋就那么大呢？

相信温庭筠肯定怨天尤人，为此郁闷过。

即使没有宋玉、潘安、嵇康之貌，哪怕稍稍差一些，就如元稹、杜牧他们，也好啊。

可惜，没有如果和假设。

丑，何罪之有？难道能妨碍我追求美好生活的权利？

生卒年不详的温庭筠生于唐末，本名岐，字飞卿，太原祁（今山西祁县东南）人。出身没落贵族阶层，父亲早逝，幸得父辈友人相助，得以安度少年时光。

他少而聪慧，文思敏捷。

成年后，他辞别亲友开始独闯天下，坚信一定能金榜题名，在仕途打出一片天地。

刚到长安时，他意气风发，豪侠冲天，视登科为探囊之物。然而由于他恃才傲物，生活放浪，形迹不检，为当时权贵和皇帝不容，连考了几次，均名落孙山。

但科举不第并没影响他在京城的赫赫声名。

据说他每次应试，善押官韵，八叉手而成八韵，所以荣得"温八叉"之称。想当年曹植七步成诗，温庭筠更是了得，一叉手即成一韵，叉八下就能完稿了事。

这还不是他的全部本事。

提前交卷，闲着也是闲着，不安分的他开始帮邻桌答卷。被发现隔开后，他仍能通过口型、暗语等为八位考生做枪手，接连上演一幕幕"助人为乐"的"感人"篇章。

结果自然被逐出考场，并被取消了参加"公务员"考试的准入证资格。

还不止于此。

自己没资格再参加科考，温庭筠技痒难消，索性就为他人假手作赋，生生引发出855年的考场泄题大案。

如此顽劣不化，又无文凭，京城哪还有他的立足之地？

他开始去江浙一带游历，内心深处却仍牵挂着京城灯红酒绿的花花世界。没过多久，他就从吴中返还长安。途中，在常州东安拜谒东汉文学大家蔡邕之墓，不由感叹道：

古坟零落野花春，闻说中郎有后身。今日爱才非昔日，莫抛心力作词人。

孤愤幽怨之气呼之欲出，一副怀才不遇的样子。

回到长安后，因为才名鼎盛，加上落拓不羁，倒也博得众多人士与之结交。他自我感觉良好，又膨胀起来，开始与一帮官宦子弟打得火热，成天在风花雪月中流连忘返虚掷青春，直至把人家带进沟里为止。

这还不算，后来居然还将了当朝宰相一军。

京城显然又待不下去了，去流浪吧。

然而，功名不成、放浪形骸、行为不端，却无法掩盖温庭筠惊人的才华。

他精通音律，诗词兼工：其诗辞藻华丽，气格清新，与李商隐齐名，时称"温李"；其词多写女子闺情，风格婉丽纤巧，语言俊秀精工，是花间词派的代表作家，被称为"花间鼻祖"。

或许，丑，更激发了他的才情以及对美的想象力；或许，丑，让他更加追求文字的唯美和旖旎；当然，丑，也并没耽搁他的风流成性。

总体而言，温庭筠给我的印象不太好。倒不是因为他的貌丑，也不是因为他的放荡不羁，实在是因为他"男子而作闺音"式的香软和柔靡，成天在花前月下、闺情绮怨中故作姿态、低回流连。

我不明白我的老乡、常州词派的开创者张惠言前辈为何对他的词作有"深美闳约"之说，我倒觉得刘熙载的评价"飞卿精艳绝人"更为中肯贴切些，或者王国维的那句"温飞卿之词，句秀也"来得更实在精准。

我开始阅读他的作品时，看到了他的《过陈琳墓》《蔡中郎坟》《商山早行》《过五丈原》等诗作，结果发现：温庭筠的狂放荒唐其实是种表象，内心深处实则时常积郁着一种怀才不遇、吊古伤今的愤激之态，且时常有高远峻拔的旋律在流淌。

看看他的《赠少年》："江海相逢客恨多，秋风叶下洞庭波。酒酣夜别淮阴市，月照高楼一曲歌。"明显不同于他惯有的藻饰纤柔之风，相反呈现出一种壮丽明朗的色调，尤其最后一句中的"月照高楼"四字，一扫开头的郁闷之气，读来疏朗高亢，令人振奋之余耳目一新。

那么他的词作呢？我是否犯了先入为主的通病？

就让我们走进温飞卿的花间，看看究竟是怎样风花雪月的情事，又有多少闺怨闲愁能撩拨我们的心弦，引起我们的共鸣。

贰

菩萨蛮

小山重叠金明灭,鬓云欲度香腮雪。懒起画蛾眉;弄妆梳洗迟。

照花前后镜,花面交相映。新帖绣罗襦,双双金鹧鸪。

画屏上的小山随着光线的移动忽明忽暗,美人光滑的秀发半垂香腮,宛如乌云度雪。慵懒起床画眉,恹恹无聊地梳洗。

前后镜子一照,看看面容发髻是否满意,只见双镜中显现的是花容月貌,天生丽质。穿上新制的罗袄,上有金线绣成的金鹧鸪一对,怎不令人顿起情思缕缕。

据说就是这首词,成了温庭筠一生落魄潦倒的背景。

前文说过,科举不第后,温庭筠并没离开京城,照样与一些朋友把酒言欢。其中一位朋友的父亲便是当朝宰相令狐绹大人。

当时,长短句刚刚流行不久,皇帝非常喜爱,尤其青睐《菩萨蛮》曲调,有意让诸大臣倚声填词。令狐绹深知温庭筠填词功底,又有儿子这层关系,于是就叫温庭筠填了几首,并按自己的名义敬呈了上去。他还特意叮嘱温庭筠对外不许透露半点风声。

评选揭晓,令狐绹署名的大作,就是上面介绍的《菩萨蛮》,毫无悬念荣登榜首,并很快传唱出去,一时红遍大江南北。

温庭筠一看自己的作品火了,虚荣心顿起,再也无法淡定。他把前几天的诺言抛到了九霄云外,对外宣称要维护自己的著作权。

这还了得,让当朝权相难堪!令狐绹本想在唐宣宗跟前保举温庭筠弄个一官半职,这样一来自然没了下文。

当然,真相如何,我们难以得知。

还是继续欣赏他的名作。

似乎历来幽闭深闺的女子,都是柔弱不堪又美貌非凡的。

你看温飞卿的用词:鬓云、香腮以及"花面交相映",活脱脱一幅睡美人慵懒起床后临镜梳妆的仕女画。

然而,即便国色天香,身穿绫罗绸缎,也无法驱散她孤单寂寞的愁绪。金鹧鸪成双成对,反衬出她的形单影只。

我心中的他,在哪里?他这一走,何时才能返回?你可知道我每天精心梳妆认真打扮,全是为了等你!

然而,一天天过去,你一直没有出现。终于,往日的金鹧鸪也失去了原本鲜活的色彩和迷人的风姿,日渐变得了无生气。

秋去冬尽,又一个草长莺飞的春天来了,可还是不见他的身影。

屋外,细雨霏霏中传来漏声迢递,惊动了塞雁,也再次勾起了她无尽的相思。只见她眼角湿润,轻启朱唇,一曲幽怨的《更漏子》自唇边吐出,飘洒在缭绕的香雾中,绵延到阁楼的每一个角落里……

说实话,即使时光走过了一千多年,那种深闺美女寂寞的形象仍活灵活现,不时跃动在我眼前。

更漏子

柳丝长,春雨细,花外漏声迢递。惊塞雁,起城乌,画屏金鹧鸪。

香雾薄,透帘幕,惆怅谢家池阁。红烛背,绣帘垂,梦长君不知。

……

更漏声由远及近,却惊动不了闺阁内画屏上的那对金鹧鸪;歌声如诉如泣,唤不回远行的浪子。屋内香雾缥缈,透入层层帘幕,弥漫在卧榻四周。既然惆怅无眠,那就背对红烛,放下绣帘,寄身入梦与你一见吧,可转而一想,纵使一夜长梦,你又岂能得知,无非徒增伤感,平添愁绪而已……

"梦长君不知",和"肠断白蘋洲"一样,在欲休还说之间戛然而止,留给读者一片意味不尽的想象甚至空白,加上一分婉丽、二分含蓄以及七分浓艳。我想,这或许就是典型的温词风格。

940年赵崇祚编选的《花间集》,开卷便是温庭筠词66首,大多涉及女性题材。温庭筠,堪称女性心声的第一代言人。这方面,可以与之一比的恐怕只有后来的"奉君填词柳三变"柳永了。

温庭筠的众多作品,无不涉及艳事闺怨,尽管写得很唯美,但大多是客观景物以及精美意象的堆砌，缺少热烈率真的感情抒发，总是散发着闲愁，混合着呻吟。

但不得不承认，温庭筠是古今少有的全才，尤其在中国词史上是个极其重要的人物，是"婉约词派"的间接源头。李煜、欧阳修、李清照乃至陆游等都深受其作品影响。

这可以从后来者的作品中找到佐证。

比如"鸡声茅店月，人迹板桥霜"，被欧阳修演绎成"鸟声梅店雨，柳色野桥春"；温庭筠说"江上柳如烟，雁飞残月天"，柳永就哼"杨柳岸，晓风残月"；飞卿《更漏子》歇拍"一叶叶，一声声，空阶滴到明"的引用，有苏轼《木兰花》的起拍"梧桐叶上三更雨"以及李清照《声声慢》中的"梧桐更兼细雨，到黄昏，点点滴滴"，等等。

明朝汤显祖点评《花间集》后，更是掀起了一股温词热，一度出现了"人人读花间，少长诵温词"的追捧现象。及至清乾隆末年，一统词坛百余年的"常州词派"更是把温词当作经典推崇备至。

我记得解析唐诗时曾引用过他的小令《望江南》，其中两句"过尽千帆皆不是，斜晖脉脉水悠悠"，此刻又清晰地闪现脑海，让我为那位独倚江楼、望夫不归的痴情女子叹惋不已。

只是相较而言，我更喜欢他的诗作，清新明丽之外也不乏铿锵悲凉之致，比如他的那首《商山早行》：

> 晨起动征铎，客行悲故乡。鸡声茅店月，人迹板桥霜。
> 槲叶落山路，枳花明驿墙。因思杜陵梦，凫雁满回塘。

跟所有羁旅漂泊的游子一样，温庭筠一直在赶路，奔波在未知的旅途，踯躅在崎岖的山冈。正因为他一直行走，沿途所见景物无一不触动思乡的情愫，让他怅惘不已。

同样是鸡声、茅店、夜月，同样是人迹、板桥、凝霜，为何家乡的这些意象那么亲切而富有诗意，为何异乡的这些景物陌生得那么单调而充满了凄凉？更不用说昨夜梦回的村头池塘里，更有鱼翔浅底、野鸭嬉戏的热闹欢畅！

啊，他已走得太远，再也回不去了。到头来，乡愁终将只是一方矮矮的坟墓，他在外头，亲人们都在里头。

他就这样走了，走得无声无息，没有人确切知道他踪影。

如此冷落、亏待当时文坛顶级的诗人，那么，大唐的气数，还远吗？

时代的运命，自然不是一介书生能左右，何况温庭筠修身不够，品行不检。

我想，亏欠他的不只是没落的晚唐王朝，他自己也难辞其咎。

不爱惜自己的羽毛，自恃才高、目中无人、任性胡为，说到底，是他过度消费了自己。

那么，就此跟他道别吧。

附录2　情深语秀：

韦庄

壹

与温庭筠同为"花间派"代表,并称"温韦"的韦庄,大约836年出生于长安杜陵(今陕西省西安),也是唐末五代时杰出的诗词大家。他原本家世显赫,是唐初宰相韦待价七世孙、苏州刺史韦应物四世孙,可惜到他这一代,因父母早亡,家境开始衰微。但他才学过人,疏旷率性。早年屡试不第,直至59岁才考中进士,谋了一个校书郎的官职。

韦庄的中晚年见证过黄巢起义、大唐灭亡以及五代前蜀的建立,可谓看尽人间苦难,历经沧桑之变。唐亡之前,曾以判官之职奉命入川,配合谏议大夫李询前往调停西川节度使王建和东川节度使顾彦晖之间的纷争。劝说未成,韦庄反而得到了王建的赏识和重用。

随着朱温907年篡唐建国(后梁),韦庄眼看复唐无望,面北跪拜行礼后,拥戴王建即位登基,建立前蜀,后被任为宰相。不几年他即身退归隐,之后了无踪迹,大约910年离世。

初识韦端己,是因为他的那首《台城》,让我们重温一遍:

江雨霏霏江草齐,六朝如梦鸟空啼。
无情最是台城柳,依旧烟笼十里堤。

曾无数次想象过作者登临台城时那种郁积在心的无奈感慨和迷

惘。然而，因为年代太久，往事如烟，加上如今的南京早已成了中国最美丽、最现代化的大都市之一，因此似乎很难触动我的心弦，直到几年前的那一天。

那是一个寻常的午后，我驱车前往乡间探望耄耋之年的父母。

路边小鸟雀跃聒噪，拂堤浓柳如烟，而我心绪不宁。昨夜得知公司倒闭，意味着我盛年下岗。何去何从？方向盘在我手中，我却不知该驶向哪里。

恍惚间我驱车来到了一条小河边。天公也不作美，竟飘起了小雨，淅淅沥沥。我索性熄火下了车。

正值暮春。

河边野地里芳草青青，不远处的几株紫荆花开得正艳，河堤两岸的垂柳袅袅生烟。温润的微风中，间或还传来几声鸟雀的欢鸣。"隔叶黄鹂空好音"，我怅然脱口道。随即脑海中又闪现出韦庄的"最是无情台城柳，依旧烟笼十里堤"这两句。

是啊，这芬芳春色与我何干？这花香鸟语又是为谁？如果说鸟儿空啼、杨柳堆烟勾起了杜甫、韦庄忧国伤时之痛，对于我，却构成了某种嘲笑式的无情和冷漠。

鸟儿不解人心悲喜，只依节序雀跃啼鸣；杨柳不管世事无常，仍按常规勃郁生烟。从六朝如梦联想到大唐严峻的现实危机，一介文人韦庄，实在无计排遣，只得托辞别处，最终归结于台城柳的"无情"。

一千多年后的我，即将失业，面临生计无着的窘境，除了纠结无助，竟然一筹莫展。于是，本来象征盎然春意的碧草、鸟鸣和烟柳反而显得那么多余、突兀以及不适时宜。

也许就那么一瞬间,我仿佛触碰到了韦庄作《台城》时的心境。说共鸣或许略有僭越,但此情此景,唯有《台城》最能抒我胸臆。

说得有点远,回到主题,接下来欣赏韦庄的词作。

贰

菩萨蛮

红楼别夜堪惆怅,香灯半卷流苏帐。残月出门时,美人和泪辞。

琵琶金翠羽,弦上黄莺语。劝我早归家,绿窗人似花。

画楼中,香灯下,罗帐半卷。夜色阑珊,残月将落,美人含泪与我辞别,怎不令人神伤惆怅?她拿起金翠羽装饰的琵琶,拨出婉转如黄莺的琴音,似乎在劝说我早点回来。绿窗前的她像花儿般美丽,也像花儿般容易凋零。

离别总是伤感的,何况今夜一别不知何时才能相见?于是,那位美貌如花的歌姬,偷偷拭去了眼角的泪花,再次拿起琵琶,拨唱起"绿窗人似花"的曲子,祈望心上人莫要辜负了她的一片真心和美好年华。

虽说韦庄和温庭筠的词作在内容上无多大差别,无非男欢女爱、离愁别恨,但温词主要供歌姬演唱,且华美浓艳;韦词则着重于自身情感的抒发,清新流畅外,情蕴深挚。

清末镇江丹徒人陈廷焯（属常州词派后学）写的《白雨斋词话》中有一段对韦词风格的评价，说"韦端己词，似直而纡，似达而郁，最为词中胜境"，我认为稍显夸张，不如王国维老先生说的"韦端己之词，骨秀也"来得贴切中肯。

骨秀者，情真意切也。怪不得王国维也有两句词"阅尽天涯离别苦，不道归来，零落花如许"，想必是受了韦词影响，有感而发，直抒胸臆。另外，韦庄的作品还间接受到民间词的影响，所以往往表现得更为率直朴素，如他的《思帝乡》等。

总体而言，我认为，韦词往往写得一往情深、真切自然，只是境界格局稍稍逼仄了些。

叁

菩萨蛮

人人尽说江南好，游人只合江南老。春水碧于天，画船听雨眠。

垆边人似月，皓腕凝霜雪。未老莫还乡，还乡须断肠。

人人都夸扬江南的美好，游人最好的选择是在此终老。这儿的水清澈碧绿胜过天，这儿能在彩绘的船上听着雨声酣然入眠。

这儿酒家的卖酒女面如皎月，她的双臂白如霜雪。所以啊，年华未老之时切莫还乡，如果回去一定会痛断肝肠。

白居易《忆江南》描写的花红似火、水绿如蓝的江南美景，已然使人流连神往，哪堪再被那皓腕凝雪、当垆卖酒的"垆边人"含情相视？这就更让人迷醉而不思归计了。

如果说张祜的"人生只合扬州死"将扬州的美写到了极致而稍显夸张、奇险，那么韦庄的这阕词令则将整个江南的山水、风月吟咏得更加唯美、真实。虽说对故乡有源源不断的牵挂，有"劝我早归家"的美人临别叮咛，但故乡正值一片战乱，想必早已满目疮痍、生灵涂炭。再说，我至今未有功名一事无成，回去徒增伤悲哀凉而已。

因此，还是暂时客居江南，等老了再回吧。

中国人历来有化不开的故土情结，内心深处始终挥散不去狐死首丘、叶落归根的念想，我想韦庄也不会例外。由此看来，作者的不还乡应是无奈之举，他描写的江南之美只不过成了他思乡之苦的背景。

当然，这又是我的揣测，事实上我内心一丁点都不希望如此美丽的江南会引起他如许的感伤。

肆

思帝乡

春日游，杏花吹满头。陌上谁家年少，足风流？
妾拟将身嫁与，一生休。纵被无情弃，不能羞。

踏春游冶，三两瓣缤纷的杏花随着微风飘落到少女的发髻。突然前面小路上出现一位风流倜傥的英俊少年，让她顿生情愫，一见钟情。

冲动之下，她在内心暗自作出了要将终身托付给少年的决定，并且愿意为此承担任何风险，那就是：即使被无情抛弃，也无怨无悔。

小令清新明朗，词义质朴，全无藻饰，以白描手法、民歌风格勾勒出一位天真烂漫而敢于追求、敢去爱的少女形象，读来情韵生动，耳目一新。

说实话，第一次看这阕小令时，着实让我吃惊不小。在礼教社会中，很少能看到如此大胆、直白而又炽烈的爱情表白。何况，这是出自一位妙龄少女之口。

于是，我开始回顾之前有关爱情题材的作品，结果发现：几乎所有山盟海誓式的忠贞不渝中都隐含有几分悲怆，几乎所有的绵绵相思里都夹带着几丝幽怨，几乎所有漫长的守候和期待内都怀带着几分嗔怪。

稍稍能与之相比的或许只有之前的乐府民歌《上邪》那种"山无陵，江水为竭。冬雷震震，夏雨雪。天地合，乃敢与君绝"的惊天气势以及敦煌曲子词《菩萨蛮》那般果决的誓言了：枕前发尽千般愿，要休且待青山烂。水面上秤锤浮，直待黄河彻底枯。白日参辰现，北斗回南面。休即未能休，且待三更见日头。

但请注意，前者是情人之间的表白，后者是已婚男子的爱情宣言。很明显，与待字闺中少女那种迫切要求自由恋爱的大胆甚至泼辣相比，还是少了些真实性，缺乏些感染力的。

写到这里不禁想,原来古代女性对爱情追求的热烈程度丝毫不亚于现代人。从这个意义上说,即使科技再发达、人类再进化、文明再进步,人类的感情生活其实始终如一。几乎没有一个人能逃避得了爱情的萦绕。

的确,离了朝云暮雨,巫山纵然万年不倒,也失去了意义,至多不过一堆没有生气的土墩乱石而已。

因此,我要感谢韦庄,给我们提供了这么一位鲜活生动而又痴情的少女形象。

介绍他的文字犹有竟时,相信这位少女却深深地烙在了大家的心里。

附录3　千古词帝：

李煜

壹

978年七夕,也恰好是李煜42岁的生日。这位李璟第六子,世称南唐后主、李后主、南唐最后一位国君,961年继位,975年兵败降宋,被俘至汴京(今河南开封)。因其曾经守城抵抗,被宋太祖赵匡胤封作违命侯。

忍屈负辱过了三年囚禁生涯的他,生日这天,哼唱了一阕《虞美人》,不料引起宋太宗猜忌,竟被赐牵机药毒杀而死。

自此,"春花秋月""一江春水""流水落花""寂寞梧桐"等文学语码深深植入中国文化,并透过李煜亡国身死之痛,飘过天际,穿越时空,一路逶迤而行,不止征服了打败他的王朝,也俘获了千年来所有读者的心,并因此奠定了他"千古词帝"的地位。

当然,除了词方面取得的成就,他还通晓音律,工于书画,自创"金错刀"体,在诗文方面均有相当高的造诣。

李煜不是个好皇帝,政治上庸碌无能,智谋上乏善可陈,但他是个好人。

他的多情、善良、专一,说明他有一颗赤子之心;他艺术上的成就更是所有帝王所不能及。

我常想,如果他专心于政,或许能做个平庸的皇帝,但我国文学史上绝对少了位顶级的艺术家,"千古词帝"的大位或许将永远空置。

事实上,很少有人会以全部身心投入某人某事上,无论其间的悲苦喜乐。我们的本性习惯于接受享乐,逃避悲苦,而李煜全盘接受。

是的，无论亡国前的极致享受还是国破后的深切悲哀，他都沉溺其间，情至深处，全无顾忌。

就这样，他一边细品曾经人间天上般的绚烂辉煌，一边反复咀嚼地狱似的苦难和不幸，接着歌吟出一篇篇字字含情或声声带泪的千古绝唱。

这一切，都源于他的真。

因此，在众多有关李煜及其作品的评注中，王国维先生的那段话最合乎我的心意。他是这样说的："词人者，不失其赤子之心者也。故生于深宫之中，长于妇人之手，是后主为人君所短处，亦即为词人所长处。"又说，"阅世愈浅，则性情愈真，李后主是也。"可谓至评。

那么下面就让我们一起来慢慢体会他的真、他的浅和他的痛。

贰

清平乐

> 别来春半，触目愁肠断。砌下落梅如雪乱，拂了一身还满。
>
> 雁来音信无凭，路遥归梦难成。离恨恰如春草，更行更远还生。

自离别后春天过了一半，映入眼帘的暮春景致让人愁肠寸断。台阶下的落梅似雪般纷乱，沾衣的花瓣掸去了片刻又旋即落满。鸿雁飞过,不曾带来一字音信;山高水长,连梦中也难觅你的归影。别离之恨仿佛春天的野草,无处不在,越行越远还在蔓延滋生。

李煜中后期的作品,一脱之前的粉尘气,凄婉中更显悲壮苍凉。而且,他这时期的作品往往直抒胸臆,毫无遮拦地宣泄心中的种种郁闷愁苦,比如上作。

李璟亡故后,将一副烂摊子交给了原本无意大位的李煜。

当时的现状是,黑云压城,山河飘摇。

971年,宋太祖灭掉其他几股割据势力后,屯兵南阳,虎视当时较为强大的南唐。"做个人才真绝代,可怜薄命做君王"的李煜惊恐万分,不但上书乞请去除唐号,改称"江南国主",还派七弟李从善入宋朝贡。谁知七弟一去竟被赵匡胤扣为人质,时间是971年的十月份。

时隔半年,春色过半,落梅翻飞,春草滋长,不由得李煜触景生情,分外思念远在异乡的亲人。

写到这里,突然想起近四十年前的那首《恼人的秋风》:"为什么一阵恼人的秋风,它把你的人、我的情,吹得一去无踪?为什么你就随着那秋风,没有说再见、说珍重,没有留下姓和名……"虽说两者反映的主题、内容不同,但字里行间所体现的别愁离恨还是差不多的。

七弟北上之时正是秋风凄紧之期,李煜何曾想到这阵秋风将七弟吹得全无音讯、再无影踪?早知如此,他也不会轻易派遣亲弟入宋,最不济也得执手相看、殷殷关照后再道珍重,依依惜别。

可是,他没有那么做,更没想到最后的结局。

于是，在无尽的懊悔之余，他只好将一腔别离愁绪一股脑地挥洒在纷乱的落梅、蔓延的春草上了。

叁

捣练子令

深院静，小庭空，断续寒砧断续风。无奈夜长人不寐，数声和月到帘栊。

深夜，庭院幽静空寂，时紧时慢的秋风送来断断续续的捣衣声。长夜漫漫，辗转难眠，偏有那如水的秋月、风中的寒砧声，泻进窗棂。

古代诗歌中，捣衣或捣衣声常用来表达思妇对远戍边关的征夫的思怨之情，是一种情感符号和象征，日益成为文学创作的表现题材之一。如初唐诗人沈佺期在《古意呈补阙乔知之》一诗中有这样的句子："九月寒砧催木叶，十月征戍忆辽阳"；杜甫一首名为《捣衣》的五律也曾说过："亦知戍不返，秋至拭清砧"……至于太白的"长安一片月，万户捣衣声"，更是家喻户晓人人皆知了。

但这些作品无一不是从捣衣者的角度出发的。而李煜的这首词却是从听砧声的人的角度入手，或许主人公就是他自己。

因此，这阕词就不再是简单的传统意义上的思妇怨，更有可能是作者对他曾经的红颜知己周后寄托的一份追忆之情，甚至是家破败国后那种沉痛而又无奈的失落愁绪。

就这么短短的 27 个字，仅凭秋风、砧声、月色几个单纯的意象，在凸显作者孤寂凄清心情的同时，勾起读者无限的同情。

肆

相见欢

林花谢了春红，太匆匆。无奈朝来寒雨晚来风。
胭脂泪，相留醉，几时重。自是人生长恨水长东。

林间的花儿脱去红妆，凋谢得太匆匆，竟然还要横遭朝雨暮风的摧残和作弄。挥之不散的是粉面娇颜上的盈盈泪水，每每忆起不禁让人伤悲难抑，迷醉心痛。

何时才能与她重逢？人生从来就欢少恨多，而那恨，有如永不停息的江水，长流向东。

李煜贵为皇帝，后宫嫔妃众多，但他并非好色荒淫之徒。

他和第一任皇后娥皇（大周后）伉俪情深，琴瑟相和。这一点，可以从娥皇得病后李煜朝夕相伴、衣不解带、药必亲尝等一般凡夫俗子都难以做到的举动中得到印证。可惜红颜薄命，29 岁时，大周后经不住病痛折磨香消玉殒。

由于丧母守孝等，直到 968 年，即大周后死去四年后，李煜才册立娥皇的妹妹（小周后）为后宫之主。

然而，好景不长，七年后，貌美多才的她与夫君等四五十人同被押送开封，成了大宋的阶下囚。宋太宗是个好色之徒，自然不会放过她，常常找她入宫侍寝，甚至百般凌辱。娥皇早亡，给李煜的打击很大，如今又成了他人的俘虏！不仅国破家亡，现在还有夺妻新恨，李煜内心五味杂陈，怨痛难当。

已是暮春，花儿凋谢，本属正常，但谁知竟是这凄苦风雨不断摧残所致。

于是，在李煜的眼里，此刻花的凋零，犹如大周后的夭逝、南唐国的败亡；淋雨的花朵，仿佛小周后回眸一刹那求援无助而掉下的眼泪。

我想，这时的李煜脑海中一定闪现过杜甫《曲江对雨》那句"林花著雨胭脂湿"，可面对这一切，除了悲痛怨恨，又如之奈何？

千转百回欲哭无泪，他最后只能一声长叹，翻涌的气息中送出这句"自是人生长恨水长东"。

伍

相见欢

无言独上西楼，月如钩。寂寞梧桐深院锁清秋。
剪不断，理还乱，是离愁。别是一般滋味在心头。

这首词，没有忸怩之态，全无雕琢之工，明白如话，自然晓畅，因此不再翻译。

残月、深院、清秋，加上寂寞的梧桐，这一切无不令人愁绪顿生。高院深墙锁住了人，却如何锁得住亡国之痛、思乡之情？

李煜很清楚寂寞苦痛的根源，那就是丝丝缕缕、剪不断理还乱的离愁。这离愁，是告别故国时无以言传的悲痛与悔恨；这离愁，是面对宫人相送时的满面泪水和愧疚；这离愁，是沦为臣虏后对故国家园的遥想，是对曾经荣华富贵的不堪回首。

自被俘后，李煜一直被囚禁在一所深宅大院，写下了很多短幅的小令，每一首都如诉如泣，表达出孤寂、郁闷、哀愁和悔恨的心情。这首《相见欢》，可以说是他小令中最为凄恻悲怨的作品。

据载，宋太宗曾派南唐旧臣去探寻李煜的态度。见到昔日臣僚，后主一开始只是与他握手大笑，并无一言。稍后，他突然长叹道："悔不该当初杀了潘佑、李平"（二人均因抨击时弊而下狱）。谁知这位旧臣随后如实回禀了宋太宗，这也成了生性多疑的宋太宗毒杀李煜的动机之一。

很多人概念中以为李煜的词风属于婉约一派，总觉得儿女情长的多。但其实，我们仔细分析他后期的作品，不难发现，反倒显得苍郁悲壮，气韵浩大。

我们接着往下看。

陆

浪淘沙

帘外雨潺潺，春意阑珊。罗衾不耐五更寒。梦里不知身是客，一晌贪欢。

独自莫凭栏，无限江山。别时容易见时难。流水落花春去也，天上人间。

帘外传来雨声潺潺，浓郁的春意又要凋残。罗锦被受不住五更的冷寒。只有迷梦中才能忘却囚徒身份，才能享受难得的片刻之欢。

独自一人切莫登楼倚栏，因为远眺故国的无限江山只会让人平添伤感。离别它很容易，再要见到它比登天还难。流水无情，落红飘零，春色就这般消逝，而无论天上、人间，我都不会留恋回还。

这首词，我迟迟不敢下笔解析。倒也不是担心画蛇添足，只是想，任何诗词，尤其是经典，就如一坛醇美的佳酿，一经翻译，就像兑进了白开水似的，味道自然淡了。我也不怕会错了意解析得不准确。

可此刻的我，思索良久，愣是无法"理解"，甚至连"以意为之"都十分艰难。关键就是结句的那四个字"天上人间"！

一般以为，"天上"意味曾经的奢华富丽，"人间"则是回归世俗的普通平凡，因此只是今非昔比之感；还有人认为是"人亦将亡"的悲叹。

第一种说法，我实在无法苟同。身陷囹圄的李煜，饱受屈辱近三年，亡国之痛、去国之思以及无尽的悔恨一直纠缠折磨他的身心。此时的他终日以泪洗面，形销骨立，早已生无可恋，还会在乎"天上""人间"之别？

因此，我更倾向于第二种看法，即不久下世之谓。只可惜，好多这类评注对"天上""人间"诠释得扑朔迷离或者一笔带过，并未反映作者内心的真正想法。

"人间"语义清晰明了，无须多言。我认为，这里的"天上"当指天堂或仙境。

正因为自己的昏庸无能、治国无方才导致了家破国亡，自己也成了别人砧板上的鱼肉，任人宰割。

还有何面目存活于世？死后的灵魂如何上天成仙？或许只能下十八层地狱才能洗刷他的罪名，才能当得起他的罪孽。我想，这才可能是李煜最后日子里的所思所想。

正因为生无可恋、一心赴死，李煜被俘后期的作品在哀婉沉痛之余才显得如此慷慨悲壮、意境宏阔。

一般文学史习惯将苏轼看作豪放词派的开路先锋，但在我的眼里，李煜后期的作品显然带上了豪放词的印迹。

"无限江山"之慨叹，"天上人间"之悲凉，哪里还有一丝花间的脂粉气？

所以王国维不吝赞赏道："词至李后主而眼界始大，感慨遂深，遂变伶工之词而为士大夫之词。"针对自己的前辈、清朝诗人周济将李煜排在温庭筠、韦庄之下的说法，他更是愤愤不平，认为是颠倒黑白并大声反问道："'自是人生长恨水长东'，'流水落花春去也，天上人间'，（温庭筠的）《金荃》、（韦庄的）《浣花》能有此气象吗？"

我认同周济以"严妆""淡妆"来比喻温、韦作品的风格，但他对李煜词作"粗服乱头"的评价却太过草率、差之千里。

柒

破阵子

四十年来家国，三千里地山河。凤阁龙楼连霄汉，玉树琼枝作烟萝。几曾识干戈？

一旦归为臣虏，沈腰潘鬓消磨。最是仓皇辞庙日，教坊犹奏别离歌。垂泪对宫娥。

近四十年的家国基业，三千里的锦绣山河。那儿有高耸入云的宫殿楼阁，有玉树琼枝般的奇花草木。看惯了歌舞升平，习惯了奢侈生活的我，何曾想到会起事兵戈？

自从做了俘虏，我因整日愁苦忧伤而消瘦憔悴、双鬓皆白，身心备受折磨。最难忘的是仓皇辞别宗庙、肉袒北上的那天，教坊的乐工们还奏起了别离悲歌，我伤痛欲绝，面对着宫女，只能默默无语而泪流。

这是李煜被俘之后痛定思痛的一份心灵独白，其中有对故国家园的自豪、自恋，也包含了对国破家亡的自责与悔恨。如果一首诗有"诗眼"之说，那么"几曾识干戈"就是这首词的"词眼"。它既是词人不珍惜锦绣江山的结果，也是词人沦为臣虏的原因。

不过，他这个俘虏，比蜀汉之刘阿斗、南朝之陈叔宝显然要硬气得多。

刘禅亡国后麻木得"乐不思蜀"，陈叔宝降隋后厚颜得毫无心肝，两人都被钉在了历史的耻辱柱上，遭万世唾弃。唯有李后主，虽然结局一样，却因他发自肺腑的忏悔以及字字滴血的词作，千年来一直受到世人的同情、惋惜和欣赏。

最后，让我们一起回顾李煜最有名的一阕词《虞美人》。

捌

虞美人

春花秋月何时了，往事知多少？小楼昨夜又东风，故国不堪回首月明中。

雕栏玉砌应犹在，只是朱颜改。问君能有几多愁，恰似一江春水向东流。

往昔的美好岁月何时了却的？那一幕幕的往事，历历如在眼前浮现。昨夜小楼上春风又起，朗月当空，怎承受得了回忆故国的伤痛情思！

想必雕花的栏杆、白玉的台阶应该还在，只是物是人非，那儿的人红颜已改。要问我心中有多少哀愁，就如那不尽的江水滔滔东流。

这首词解析的关键在于对第一句的理解。"春花秋月"意指美好的岁月，这一点大家并无异议。问题是"何时了"这三个字究竟表达了词人怎样的内心感受。一般都诠释成"春花秋月何时才了结呢？"以此来说明一旦看到美好的物象，就会往事再现不堪回首；还有一些解析说是用"劫后余生将何时了却呢"来表明他对生命的决绝之心。

从李煜被俘三年的心路历程来看，这两种说法都有道理。但这两种设问均是针对未来的，那么紧接着的一句"往事知多少"未免显得太过突兀了。

其实，按我的理解，很简单，就是对过去的一种追问，即：美好的一切是如何消亡结束的？

可以想象，曾经威赫一时的一国之君沦为阶下囚后，充溢李煜内心的不只是愁苦悲哀，应该还有一份痛彻心扉的悔恨不时缠绕着，引发他对一切美好过往的沉痛思考，尽管思考的结果更多停留于"雕栏玉砌朱颜"这些象征豪华奢侈生活的层面，尽管为时已晚。

还有部分评注认为李煜有感于岁月永恒、人生无常之间的巨大反差，体现出他对宇宙人生的思索等，未免就过于牵强附会，把他提得太高了。

李煜就是李煜，他只是一个艺术天才，一名杰出的词作者，一位缺乏理性思辨、不懂政治权谋的继位者，是历史跟他开了个玩笑，把原本只想归隐田园、悠游山水的"钟隐"推到了风口浪尖，推到了舞台的中央。

因此，结局几乎是注定了的：不会察言观色，不懂世故人情，没有任何演技，那么，即使他再丰神俊朗，也只不过是一个场上过客而已。

现在，这位舞台的过客，剩下的机会不多了。

回忆徒增伤感，悔恨无济于事。在可以预见的短暂时日里，这位过客此刻只想放纵心绪，一任自己无休无止的如东流江水般的悲愁泛滥、汹涌，继而静静等候人生终曲的响起。

果然，宋太宗听闻此曲龙颜大怒，随即命人赐酒毒杀了李煜。

这阕《虞美人》无疑是李煜生命的最后悲歌，是他的绝命挽词。从此，"问君能有几多愁，恰似一江春水向东流"这血泪之歌，将被世人铭记并咏唱千年。

历史总是惊人的相似。生性狭窄猜忌、残忍恶毒的宋太宗何曾料到，他死后130年，他和兄弟开创的大宋王朝（北宋）在"靖康之难"后覆亡，他的后代——宋徽宗宋钦宗父子俩被金人掳掠到了五国城（今黑龙江依兰县），在更为屈辱的囚禁生涯中结束了生命。

显然，作为君王，李煜是失败者。但正所谓"国家不幸诗家幸"，正是亡国的代价让他成为"千古词帝"，也成就了他历代帝王中文学成就最高的声名。这何尝不是他的意外之幸，何尝不是中华文脉的大幸？

单凭这点，我们也要认真地向他道声：谢谢。

后 记

自儿子2019年年底帮我开通公众微信号发第一篇文字至今，时间已过去了三年多。而码上这些文字前的准备工作也不过短短的两年时间。

五六年，却想做人家一辈子做的事情，且他们大多数都是浸润其中的专家学者，可想我的草率痴狂，我的苍白肤浅。

我没有时间在浩瀚的古籍中埋首考证，说实话，我也不知道那些黄卷的藏身之处，更没有精力去登临踏足先人辗转过的地方。我，只是凭借手头几本几乎翻烂了的诗词鉴赏，外靠百度的指引，就开启了这段孤独的旅程。

我一遍遍吟诵这些千年经典，一个字一个字地体悟作者的心境，感受这些独特灵魂散发出来的迷人气息。

我几乎与他们保持一样的呼吸频率和心跳节奏，时时体验着他们的悲喜。我快乐着他们的快乐，痛苦着他们的痛苦。

我会随着柳永浅吟低唱，跟着东坡哼大江东去，陪着秦观呼号哭泣，伴着清照把酒东篱，更会追逐辛弃疾金戈铁马、一往无前……

我的灵魂在与这些伟大灵魂的碰撞交融中得到了共鸣和升华。所以，这段旅程孤独，但并不孤单。

我承认难免寻章摘句，常会江郎才尽。但我相信，我所介绍的一个个词作家的生平和创作背景，大致无误；我还相信，那些词作所表达的情感，大体真实；我更坚信，我解析这些作品的方式是独一无二的。

我知道自己几斤几两，也多多少少清楚现实社会的世故人心。

我要说，这是最美好的时代，却也有可能是价值观严重扭曲的时代。

从物化角度而言，当下的中国创造了无数奇迹，在 GDP 数字、经济总量、高铁公里数等领域都位居世界前列。可除了这些，中国到底还缺点什么？老百姓到底还需要些什么？"人民对美好生活的向往"究竟包括哪些内涵？

我想，"美好生活"一定不是简单的物质文明的高度发达和堆砌。物质富足掩盖不了世人心灵的空虚和精神的贫瘠。

当人们一边高呼要传承国粹精髓大力弘扬华夏文明的传统美德时，内心深处却无不充斥着对个人利益的各种算计和渴望。

然而，除了对物欲名利的追求，我们是否该静下心来问一问自己的内心：那是我们生命的全部意义吗？

说实话，至今我仍未找到答案。

说到底，我只是裹挟在时代大潮中的一粒微尘，但我仍期待着，在身不由己的翻飞途中，能早点止住脚步，然后熨帖着大地，想一想未来的方向。

我要学林清玄，在内心深处时时点亮一盏灯，上面书写两行字：

今日踽踽独行

后 记

他日化蝶飞去

而《诗词小析》之《暗香疏影：在最美宋词里邂逅最有趣的灵魂》就是这样一次净化心灵、剔除沉疴的尝试。

到这里，我要说感谢了。是的，必须说。

首先，感谢简书，尽管你有时没来由地锁文，尽管你的审核机制有待改进，尽管你的包容性还值得商榷。

其次，感谢掌门任真先生以及所有伯乐们，尤其是海浥。是你推我的第一篇文，我坚信，仍将是你推我的最后一篇文"辛弃疾"。你的无私敬业，你的温婉知性，你的善良真诚，我会永远铭记在心。

再次，得感谢从容小主文学群的家人们，是你们一路的支持和陪伴，让我走到了今天。

最后，要感谢的人很多，名单很长，但我不会吝啬笔墨，他们是：城门市鱼、水亦宽、山东宇哥、朋友是老酒、纳兰蕙若、琴雪·山人、东方润木、林文、艾达、楚云听荷、曼珠沙桦、海杯子、幸福小猪、入梦出现、唯进步不辜负、江南秦裔、幽人独趻、卿有故事、红柳-3291、云展云舒、露娜2005、凉月未央、胡老太、博学的毛婆婆、林慧蝶、东山草、大雁f、Hua枫叶、非常道-faae、如风-自由、朵儿淘气、丝柳寸情、夕宝奶奶、绛相和、丁香满园啊、花语松林、浅醉青鱼、遨游寰宇、秋一梦、遇秋风、空青随笔、纯雪、心路浅漾、小爱与你同行、素的盐、不负此生、伏红子，等等。

当然，一定会有遗漏的朋友，请原谅老陈我日益衰退的记忆力。

上述提到的朋友里，不乏文章大师，不乏诗词专家，更多的是说故事写散文的高手。让我特别感动的是这样几位：

城门兄弟，学富五车，胸怀天地，思接千载，博古通今，以一支如椽巨笔，凭着无与伦比的古文功底，书写了集思想性艺术性堪称完美一体的一篇篇雄文，唱响了一曲曲荡气回肠的正义之歌、人性之歌。你对我文字以及拙作的点评，往往言简意赅，一语中的，让我屡屡折服以外，只能举杯遥祝和感谢：兄弟，谢谢你一路上对我的提携和鼓励。干杯！

水亦宽兄弟，你繁忙之余，几乎总在第一时间给我留评，你的严谨认真和待人接物的真诚态度，让人有如沐春风般的感觉。你数次替我答疑解惑，不厌其烦地为我指点迷津，我，除了感激，就是感恩。谢谢你！

朋友是老酒，老师，虽然我们互动不多，但你是第一位打赏我贝的人，就凭这点，我不能忘记你！

东方润木，你每次给我的留评，就是一篇篇精彩至极的散文。你知识渊博，底蕴深厚，你的长篇留评，往往胜过了原文。怪不得常有简友感叹，看我老陈文后的留评，是一种莫大的享受。而东方君，你居功至伟，和其他几位兄弟姊妹，合力打造了这道靓丽的风景！

篇幅有限，请原谅我不能一一书写其他兄弟姐妹对我的情义。但我还得稍稍花费点时间说说诗词群主纳兰蕙若女士。

有关宋词解析，我之前拟定的题目是"徜徉在词的海洋"，但出版社的编辑认为欠妥，所以我曾广发英雄帖，向城门、艾达、楚云、山东宇哥以及《风语阁》文苑等求助，诸位好友也确实提出了他们的想法，只是仍待商榷。最后，我灵机一动，就想，既然简书有诗词群，为何不向纳兰请教呢？

后 记

  纳兰得知我的想法，以她天才的组织能力，立即在群内发动接龙，帮我出谋划策。不仅如此，她还借机在群内连续布置了两期作业，第一期要求以此句为诗眼，写入七律中，第二期的要求即以宋词为主题。

  在此，我非常愿意抄录纳兰女士的那阕《一七令·词》，如下：

词。

隽永，参差。

朝煮韵，暮烹诗。

清照留憾，纳兰饮痴。

风花萦雅致，雪月抚琼枝。

后主一江春水，东坡千古情思。

霜天晓角疏影处，烛影摇红暗香时。

  所谓千里之遥，莫逆于心。亲爱的朋友们，我们虽处天涯两端，从未谋面，但大家对我的帮助支持，全在心里。

  最后要感谢的是，此刻正翻阅着拙作的读者您。唯愿我的文字不致使您厌倦，相反，如果能获得您心灵的共勉，快乐人生老陈，快慰不已。

  再次感谢大家。

2023 年 1 月 15 日

于常州武进湖塘